그리고는 놀라서 그대로 굳었다.
머리색이 리오의 본래 머리색인 검은색으로 돌아오지
않았던 것이다. 정확히는 회백색이었던 머리색이 더욱 짙은
흰 빛을 띠고 있었다.

정령환상기

아주 중요한 물건이니까
이건 네가 먼저
가르아크 왕국으로 가져다줘.

그렇게 말한 크리스티나는
반지에 감긴 끈을 목걸이처럼 만들어
플로라의 가슴에 걸쳐주었다.

커버 및 본문 일러스트_ Riv

CONTENTS

✤

〖 프롤로그 〗 ——————————— 010

〖 제 1 장 〗 잃어버린 기억과 남겨진 추억 — 014

〖 제 2 장 〗 초월자의 수수께끼 ——————— 062

〖 제 3 장 〗 권속 ———————————— 110

〖 제 4 장 〗 앞으로의 방침 ——————— 140

〖 제 5 장 〗 가르아크 왕국에서 ———————— 182

〖 제 6 장 〗 대담 ————————————— 218

〖 제 7 장 〗 폭풍 전의 고요 ——————— 250

〖 제 8 장 〗 습격 ———————————— 268

〖 에필로그 〗 상봉 ———————————— 336

〖   후기   〗 ——————————— 338

플로라
벨트람

벨트람 왕국 제2 왕녀
언니 크리스티나와
간신히 재회했다

크리스티나
벨트람

벨트람 왕국 제1 왕녀
플로라와 함께
리오에게 보호받고 있다

로아나
폰테인

벨트람 왕국의 귀족 영애
플로라의 수행원으로
함께 움직인다

사카타
히로아키

이세계 전이자이며
용사 중 한 명
유그노 공작을
뒷배로 움직인다

시게쿠라
루이

이세계 전이자인
고등학생
벨트람 왕국의
용사로 움직인다

키쿠치
렌지

이세계 전이자이며
용사 중 한 명
국가에 소속되지 않고
모험가로 지냈는데……

리제롯테
크레티아

가르아크 왕국의 공작
영애이자 리카 상회 회장
전생은 고등학생인
미나모토 리카

아리아
거버네스

리제롯테를 모시는
시녀장이자 마검술사
세리아와는
학생 시절부터 친구

스메라기
사츠키

이세계 전이자이며
미하루 일행의 친구
가르아크 왕국의
용사로 움직인다

샤를로트
가르아크

가르아크 왕국의 제2 왕녀
하루토에게 적극적으로
호감 표시 중

레이스

저급 암약하는
정체불명의 인물
계획을 어그러뜨리는
리오를 경계한다

사쿠라바
에리카

성녀의 이름으로 변경
소국에 혁명을 일으킨 여성
자신이 용사임을 숨기고
행동 중

리오(하루토 아마카와)

어머니를 죽인 원수에게 복수하기 위해
살아가는 이 작품의 주인공
벨트람 왕국이 지명수배를 내려 가명인 하루토로 활동 중
전생은 일본인 대학생 아마카와 하루토

아이시아

리오를 하루토라고
부르는 계약 정령
희귀한 인간형 정령이지만,
본인의 기억은 애매모호

세리아 크렐

벨트람 왕국의 귀족 영애
리오의 학원시절 은사인
천재 마도사

라티파

정령의 마을에 사는
여우 수인 소녀
전생은 초등학생인
엔도 스즈네

사라

정령의 마을에 사는
은늑대 수인 소녀
리오 곁에서 바깥 세상
견문을 넓히는 중

아르마

정령의 마을에 사는
엘더드워프 소녀
리오 곁에서 바깥 세상
견문을 넓히는 중

오피아

정령의 마을에 사는
하이엘프 소녀
리오 곁에서 바깥 세상
견문을 넓히는 중

아야세 미하루

이세계 전이자인 고등학생
하루토의 소꿉친구이며
첫사랑인 소녀

센도 아키

이세계 전이자인 중학생
이부남매인 하루토를
미워한다

센도 마사토

이세계 전이자인 초등학생
리오에게 미하루, 아키와
함께 보호받는다

등장인물소개

　야구모 지방의 최북서부와 미개척지의 최동부. 양쪽을 가로지르는 땅에 펼쳐져 있는 무인 산악 지대.

　그 안에 있는 해발 1만 미터가 넘는 높이 솟은 산, 그곳 정상 오두막에서 한 소녀가 천 년에 가까운 세월을 살고 있었다.

　천 년이라는 세월을 보낸 여자를 소녀라고 부르는 것에 어폐가 있을지도 모르겠으나, 그녀는 어떤 이유 때문에 육체적으로나 정신적으로나 어린아이인 채로 성장이 멈춰 있었다. 아직 열 살도 채 되지 않은 그 외모는 어느 모로 보나 소녀였으며, 이 소녀는 경험을 쌓거나 지식을 습득할 수는 있어도 정신적인 미숙함은 계속 안고 있었다.

　그런 이유로,

　소녀는 고독했다. 아주 드물게 물자를 찾아 마을에 내려간 적은 있어도 교류가 있는 특정 인간은 없었다.

　하지만 적어도 소녀는 고독을 고통으로 느끼진 않았다. 소녀에게는 사명이 있기 때문이었다.

　"네가 이 땅에 사는 자들을 지켜 줬으면 해."

　천 년도 전에, 그녀에게 이렇게 부탁한 사람이 있었다. 소녀에게 그 인물은 주인이라고 부를 수 있는 존재였다. 주인처럼 명령을 받은 적은 한 번도 없었지만 소녀에게 있어 그 사람의 말은 절대적이었다. 세계에서 가장 강하고 숭배할 수 있는 존재였기 때문이다.

"이 싸움을 끝내고 올게."

동경하는 사람이 그렇게 말했으니 분명 싸움은 끝난다. 그렇게 믿었다. 그리고 그 사람은 소녀 앞에서 떠났고, 싸움은 끝났다.

세계에는 평화가 돌아왔다.

하지만⋯⋯.

싸움이 끝나도 그 사람이 소녀에게 돌아오는 일은 없었다. 소녀는 특별했던 주종관계가 끊어졌다는 사실을 알았다. 그리하여 소녀는 자신의 신이나 다름없는 주인을 잃고 말았다.

"이 싸움이 끝난 뒤에는 네가 살고 싶은 대로 살아도 돼. 소라의 인생은 소라의 것이니까. 주인으로서 내가 그것을 허락하마."

하지만 그가 남긴 말은 그뿐만이 아니었다.

"친구를 사귀는 것도 좋겠구나."

소녀에게 있어 그 인물은 양부모라고도 할 수 있는 존재다. 하나뿐인 주인이자, 하나뿐인 가족, 그리고 하나뿐인 타인과의 유대였다.

하지만 혼자인 것은 동경하던 그 사람도 마찬가지였다.

이런 이유로 소녀가 자신 이외의 교류가 없다는 것을 미안하게 여기고 있었을 것이다. 그래서 부모가 자식의 성장을 바라듯, 소녀에게 자신 이외의 사람들과 어울릴 것을 권했다.

"필요 없습니다!"

하지만 소녀는 반사적으로 그렇게 대답했다.

"당신만 있으면 됩니다. 앞으로도 당신 곁에서 당신을 모시는 것이 저의 기쁨. 그러니 부디 무사히 돌아오세요."

이어서 그렇게 호소했다.

그로부터 약 천 년.

당시의 일을 소녀는 천 년이 지난 지금도 선명하게 기억하고 있다.

모든 것은 그 사람 덕분이었다는 것을.

그래, 그 사람이야말로 싸움을 끝낸 최대 공로자라는 것을.

세상이 다 잊어도 소녀만은 기억했다.

주인이 싸움을 끝낸 직후, 누구도 주인의 존재를 기억하지 못한다는 사실을 참을 수 없어 주인이 지켜낸 야구모의 땅에 그와 관련된 전승을 남기기도 하였으나, 이제는 당시를 살던 이들도 세상을 떠났다.

하지만 소녀만은 아직도 기억하고 있다.

그러니까, 괜찮다.

이 세상에서 단 한 명, 자신만 남겨진 느낌이 들긴 하지만……

그것으로 족하다.

나는 주인과 똑같은 방식으로 살아간다.

소녀는 그렇게 생각하며 주인이 이룬 이 평화로운 세상 한구석에서 오늘도 홀로 살아가고 있었다. 그런데…….

그날, 그때, 그 순간.

새로운 이야기가 찾아왔다.

천여 년 전에 끊겼을 주인과의 연결.

"어……?"

그것이, 갑작스럽게 부활했다.

"……용왕님?"

황급히 오두막 밖으로 나온 소녀가, 슈트랄 지방으로 이어지는 하늘을 올려다보았다.

〖 제 1 장 〗 ❈ 잃어버린 기억과 남겨진 추억

그날.

그 순간.

인지를 초월한 압도적인 힘이 서로 부딪쳤다.

한쪽은 땅이 뒤집힐 것 같은 대지의 해일. 한쪽은 대지를 삼킬 것 같은 빛의 분류. 전자는 흙의 고위정령이 빙의한 에리카가 쓴 힘이고, 후자는 리오가 아이시아와 함께 방출한 힘이다. 어느 쪽의 힘이 앞섰다고 할 수 없을 정도로 막상막하의 힘이었다.

하지만 기묘했다. 아니, 정상적이지 않았다. 터무니없는 규모의 사건들이 팽팽하게 맞선 것임에도 흔적이 깨끗하게 사라지고 있었다. 천재지변이 일어났던 것이 거짓말인 양 평화로운 광경이 펼쳐지고 있는 것이다. 거대한 현상의 여파로 오드나 마나가 휘몰아치는 기색도 없었다.

하지만 그런 것조차 아무 상관이 없을 정도로, 현재 이 자리에 있는 모든 이들은 엄청난 위화감에 휩싸인 상태였다.

"저기……, 저기서 싸우고 있던 건, 대체 누구야?"

라티파가 불안한 목소리로 답을 구했다. 바로 그것이 이 자리에 있는 모두가 품고 있는 위화감이었다.

눈앞에서 누가 싸웠는지 떠올릴 수 없다.

기억하지 못하는 것이다.

누가, 왜 싸우고 있었는가?

기억나지 않는다. 아니, 어쩌면 처음부터 누가 싸웠는지 몰랐던 걸 수도 있다. 기억하지 못하는 것인지, 아예 모르는 것인지, 그조차도 알 수 없었다.

정신을 차리고 보니 시선 끝에서 힘과 힘이 맞부딪치고 있었다. 그리고 거짓말처럼 모든 것이 사라져 버렸다.

"……."

세리아, 미하루, 리제롯테, 사츠키, 사라, 오피아, 아르마, 샤를로트, 고우키, 카요코, 아리아. 어느 누구도 라티파의 의문에 답하지 못했다. 대답하고 싶어도 싸운 자의 이름을 입에 올릴 수가 없었다.

힘의 충돌이 일어나기 직전의 일이 떠오르지 않게 되었다. 떠올리려고 해도 처음부터 아무것도 몰랐던 것처럼 아무것도 떠오르지 않았다.

시간이 멈춘 것 같은 느낌이었다.

아니, 시간을 날려버린 것 같았다.

지금 호숫가에 있는 라티파 일행은 자신들의 앞에서 무슨 일이 일어났는지 이해하지 못했다.

'……왜지?'

모두가 그렇게 생각했다.

힘이 서로 부딪친 이상, 누군가가 거기서 싸우고 있었을 텐데…….

기억나는 것이라고는 세계를 가득 채울 듯한 빛의 분류

가 대지의 해일을 삼키고 사라진 마지막 광경뿐이었다. 그 순간을 기점으로 이전의 기억 중 일부가 깨끗하게 사라져 있었다. 그런 느낌이었다.

마치 꿈이라도 꾸는 것 같았다. 깨어 보니 어떤 꿈이었는지 자세히 기억나지 않는 것 같은 상황이었다.

"……."

너나 할 것 없이 답답한 얼굴이었다.

왜일까?

저기서 싸우고 있던 것이 누군지 모르겠다. 그런데 너무나도 신경이 쓰인다. 마음 깊이 절실하게, 누구인지 알고 싶었다.

그래서 발이 멋대로 움직였다. 시선 끝으로 빨려 들어가듯 저마다 자연스럽게 걸음을 내디뎠다.

"기다려라."

그때, 모두의 뒤에 있던 프랑수아가 말했다. 가서 어쩔 셈이냐고.

"……."

모두가 멈춰선 채 대답을 망설였다.

상대가 국왕이라 대답하기 어려운 것도 있었지만, 다들 누구와 짜 맞춘 것도 아닌데 당황하면서도 서둘러 움직이려 했기 때문이었다.

왠지 모르게 그곳으로 가야 할 것 같았다. 그뿐이었다. 이치로 움직이려던 것이 아니었다.

"······저곳에서 무슨 일이 일어났는지 상황은 확인해야 겠죠. 실력으로 따져보아도 **이 자리에 있는 모두가** 알아보는 게 맞지 않을까요?"

"그건 그렇다만······."

상황을 확인해야 한다는 것은 프랑수아도 이해하고 있었다. 그 장소에서 무슨 일이 일어났는지 알고 싶은 것은 프랑수아도 마찬가지였다.

그가 일동을 불러 세운 이유는 무슨 일이 일어났는지도 모르는 장소에 모두를 보내는 것이 불안했기 때문이다. 전투가 끝났는지도 확신할 수 없는 상황에서 선뜻 다녀오라고 쉽게 지시할 수는 없었다.

조사 역을 보낸다면 소수의 정원을 보내는 것이 바람직했다. 전력에 미치지 못할 것 같은 자들까지 보내는 것은 내키지 않았다. 여기서 프랑수아가 머릿속으로 가장 먼저 떠오른 후보는 고우키와 카요코 두 명이었다.

"부디 허락해주세요."

"부탁드립니다!"

하지만, 함께 가겠다는 듯 세리아와 미하루가 나섰다. 당장이라도 달려가고 싶은 듯 다급한 얼굴이었다.

"흐음······."

망설이며 신음하는 프랑수아. 마도사로서의 세리아가 가진 우수함은 더할 나위 없을 만큼 잘 알지만, 엄선한다면 역시 고우키나 카요코가 조사 역으로 적합했다. 미하루는 말할 필요도 없었다.

"저도 갈게요!"

"……저희도."

그때 라티파도 동행을 제안했다. 사라, 오피아, 아르마도 얼굴을 마주보고는 그 뒤를 이었다.

"가게 해주세요, 폐하."

용사인 사츠키마저 동행을 자청했다.

"으음……."

국왕의 입장에서 보자면 보호해야 할 귀한 용사를 전투가 벌어졌던 장소에 보내는 일은 중대한 이유가 없는 이상 삼가야 했다. 어떤 위험이 있을지 모른다. 하지만 이런 말을 꺼낼 것이라면 왜 사츠키를 전쟁터에 데려온 것인가?

'본인이 원했기에 짐은 사츠키 공을 데려왔다……. 아니, 그랬던가? 그것뿐이었나? 다른 이유가 있었던 것 같은데.'

사츠키를 이 싸움에 데리고 온 보다 분명한 이유를 프랑수아는 떠올리지 못했다. 그래서 이성적인 판단이 작용해 망설임이 앞섰다.

갑작스러운 사태에 혼란스럽기는 모두가 마찬가지였다. 기억해야 하는 것을 기억하지 못한다. 그럼에도 무언가가 있었다는 느낌은 들었다. 그들은 그런 막연한 근거로 초조하게 나가려는 것이었다.

"용사이신 사츠키 님이 직접 청한 것입니다, 아버지."

샤를로트가 프랑수아 설득에 나섰다. 그것이 합리적인

명분이 아니라는 것은 총명한 왕족인 샤를로트라면 이미 알고 있으리라. 더욱이 이 자리에 있는 전원이 조사하러 갈 필요성은 더더욱 없다는 것 역시 충분히 이해하고 있을 터였다. 그럼에도 그런 말을 한 이유는 하나였다.

"어쩐지 저도 저곳에 가고 싶습니다. 왜 그렇게 생각하는지, 저는 그 이유를 알고 싶어요. 부디 허락해주지 않으시겠어요?"

샤를로트 역시 가고 싶은 마음이 간절했기 때문이었다. 조금 전의 '**이 자리의 모두**'라는 발언에서도 드러났듯이 이미 다 함께 갈 마음이 확고해 보였다.

"무슨 소리를⋯⋯."

보호를 받아야 할 입장인 샤를로트는 방해밖에 되지 않는다. 바보 같은 소리 말라는 말이 프랑스의 목까지 치밀었다. 하지만 입이 떨어지지 않았다. 분명 말도 안 되는 부탁인데 어찌된 일인지 단번에 거절할 수가 없었다.

"리제롯테, 당신도 말씀을 드려주세요."

"네?"

"때와 장소에 따라 예의를 차릴 수 있는 것은 당신의 장점이지만, 가고 싶은 거죠? 당신도."

샤를로트는 여지껏 입을 다물고 있던 리제롯테의 심정을 꿰뚫어보듯 물었다.

"⋯⋯네, 저도 가고 싶습니다."

리제롯테는 강한 의지를 내비치며 힘차게 고개를 끄덕였

다. 평상시 같으면 누구보다도 논리적으로 움직였을 그녀마저 이치에 맞지 않는 행동을 하려 하고 있었다. 아니, 지금 이 자리에 있는 누구도 이치로 움직이려고 하지 않았다.

이치는 아니다.

그럼 무엇인가?

기억을 잃었음에도 감정이 남아있기 때문인지도 모른다.

하지만 정작 본인들은 그것을 모른다…….

감정은 일시적이다. 머지않아 흩어져 버린다. 이 자리에 있는 사람들이 초조해하는 것은 본능적으로 그것을 깨달았기 때문이리라. 소중한 감정까지 잃을까 두려워서, 그래서 감정이 향하는 곳으로 움직이려 한다.

아무래도 프랑수아 역시 예외는 아닌 것 같았다. 이 이상 사태에서 국왕으로서 가장 이성적이어야 함에도, 이 자리에 있는 전원을 조사 역으로 보내야겠다는 생각이 들었다. 이 사람들의 의사를 존중해 주고 싶다고, 아무 근거도 없는데 마치 그것이 최선의 선택인 것처럼 느껴졌다.

"……알았다. 최대한 조심히 다녀오도록."

결국, 프랑수아는 큰 한숨을 내쉬며 전원에게 조사 허가를 내주었다.

시간은 이십 여분 정도 거슬러 올라간다.

가르아크 왕국 그레고리 공작령, 영도 그레이유 근교. 가르아크 왕국군이 마도선을 정박해놓은 호수에서 1킬로미터 정도 떨어진 곳.

　'죽었어. 이번에야말로……'

　에리카의 심장에 꽂았던 리오의 검이 소실되었다. 정령이 영체화해 사라지듯 검 역시 빛의 입자가 되어 사라져갔다.

　"이런……."

　리오는 검이 사라지며 무너지는 에리카의 시신을 끌어안았다. 하지만 지탱하지 못한 몸이 균형을 잃어 넘어질 듯 기울었다.

　"하루토."

　그때, 실체화한 아이시아가 뒤에서 리오의 몸을 받아냈다.

　"미안해. 갑자기 몸에 힘이 빠져서."

　리오는 에리카를 안은 채 황급히 자신의 힘으로 바로 서려고 했다. 하지만 아이시아가 리오의 몸을 당겨 자신의 몸에 기대게 했다. 그리고 보듬듯이 리오의 허리에 손을 감고 말했다.

　"무리하지 마."

　"괜찮아. 좀 지친 것뿐이야."

　걱정하지 말라는 듯 리오가 다정하게 대꾸했다.

　"아마 초월자의 권능을 발동시킨 반동일 거야. 몸에 그 부담이 밀려오고 있어."

　그렇게 말한 아이시아의 단정한 얼굴에 그늘이 드리웠다.

"초, 월자……. 그런가. 하지만 괜찮아, 정말로."

낯선 단어에 순간 멍해진 리오였지만, 이내 아이시아를 타이르듯 괜찮다는 말을 부드럽게 반복했다.

"미안해. 하루토의 부담을 덜어주는 게 내 역할인데."

"……잘은 모르겠지만, 아이시아 덕분에 몸에 부담이 오는 정도로 끝난 거잖아? 대체 무슨 일이 일어난 건지 알려줄 수 있을까?"

안타까운 표정을 한 아이시아에게 리오는 일부러 밝은 어조로 물었다.

"알았어. 하지만……."

"……왜?"

"모두와는 만나지 않는 편이 좋아. 이 자리에서 벗어나자. 나중에 설명할게."

입을 떼고 망설이던 아이시아가 그렇게 제안했다.

"……그래. 우리가 사라진 걸로 모두한테 위험은 없는 거지?"

"괜찮아. 당장의 위험은 지나갔을 거야. 그보다 지금은 우리가 모두와 만나는 게 문제가 될 수도 있어."

"……알았어. 그럼 갈까?"

리오는 잠시 틈을 두었다가 미소 지으며 순순히 고개를 끄덕였다. 어쩔 수 없는 이유가 있다는 것을 어렴풋이 깨달았기 때문일 것이다.

"벌써 움직일 수 있어?"

조금 전 뒤로 쓰러진 리오의 몸을 걱정하는 것인지 아이시아가 그의 등을 부축하며 물었다.

"응. 덕분에 편안해졌어. 하지만 그 전에…….."

리오는 에리카를 끌어안은 채 앞으로 나와 자력으로 섰다. 그 후 정령술을 발동시켜 안고 있는 에리카의 시체만을 능숙하게 얼려나갔다.

"《스토리지》."

그리고 주문을 영창해 시공의 장을 발동시켰다. 두꺼운 얼음으로 뒤덮인 에리카의 몸이 아공간의 일렁임 속으로 빨려 들어가더니 곧 사라졌다.

"어쩌려고?"

"……이대로 놔둘 수는 없으니까. 죽었을 거라고는 생각하지만, 잠시 상태를 보고 고향으로 옮겨서 묻을 거야. 약속도 했으니."

에리카가 죽었다는 확신은 있지만, 에리카 안에 잠들어 있던 수수께끼의 존재에 대해서는 죽었을 거라는 확증이 없었다. 또 부활할지도 모르니 만일을 위해 에리카의 시체를 보관하며 당분간은 상태를 지켜볼 필요가 있었다.

"……모두가 이쪽으로 오려고 해."

그 순간, 아이시아가 호수 쪽을 응시했다. 흙먼지가 날리고 있어 시야는 나쁘지만, 달려오는 일동의 모습이 저 멀리서 보였다. 막 이동을 시작한 참인 것 같았다. 오피아가 에어리얼을 불렀으니 1분이면 올 수 있었다.

"가자."

사라 일행이 있는 이상, 실체화한 아이시아의 기척을 눈치챘을 것이다. 리오는 정령술을 발동해 상공으로 떠올랐다.

"나는 사라질게."

아이시아는 영체화하여 계약자인 리오의 안으로 이동했다. 리오는 다가오는 세리아와 미하루 일행으로부터 몸을 숨기기 위해 급가속하여 비행을 시작했다.

그때의 일이었다.

불과 몇 미터 위치에서 방대한 마력이 부풀어 올랐다. 보호색인 탓에 리오도 알아보지 못했지만, 마력의 발생원은 땅의 돌멩이에 뒤섞인 채 뒹굴고 있는 흙빛의 수정 같은 돌이었다. 그 돌에서 눈부신 빛이 터져 나오고 있었다.

"윽……?!"

리오와 아이시아는 순간적으로 마력의 발원지로부터 거리를 벌렸다. 그러는 동안에도 빛은 계속해서 부풀어갔다.

돌에서 흘러넘친 빛은 이윽고 한 줄기 기둥이 되어 하늘을 관통했다.

리오와 아이시아가 있는 곳으로 향하려던 세리아와 미하루 일행은 출발 후 얼마 지나지 않아 거대한 빛기둥이 솟아오르는 광경에 걸음을 멈췄다.

정확하게는 미하루와 세리아, 샤를로트, 리제롯테는 오피아가 불러낸 에어리얼의 등에 타고 저공비행하던 상태였다.

"뭐, 뭐야! 무슨 일이 일어나는 거야?!"

갑작스런 사태에 경악한 사츠키가 한 손으로 얼굴을 감싸며 신장인 창을 겨눴다. 다른 자들도 경계하며 자세를 취하기 시작했다.

다만 현상의 규모와는 달리 주위에 미치는 물리적 영향은 전무했다. 강풍이 불거나 열이 방출되며 지형을 파괴하지도 않았다. 그저 굵고 거대한 빛의 기둥이 느긋하게 솟아오르고 있었다.

"이건……, 전이마술?"

순간적인 판단으로 일행을 다 덮을 정도의 마력 장벽을 친 오피아가 공간 마술 특유의 오드와 마나의 움직임을 감지했다.

"괜찮아요! 파괴 계열 현상은 아니에요!"

사라가 즉각 주위 사람들에게 알렸다.

"아무리 그래도 기세가 엄청난데……."

손으로 시야를 가리는 아르마. 가늘게 눈을 뜨는 것이 고작이었다. 빛의 발생원에서 무슨 일이 일어나는지 확인할 수조차 없었다.

"……사라졌어?"

잠시 후 빛의 기둥이 가라앉은 것을 본 사츠키가 불쑥

중얼거렸다.

"흐음……."

당장의 위험은 없다고 판단한 것인지 고우키와 카요코가 손에 든 무기를 검집에 넣었다. 하지만 무슨 일이 일어날지 모르는 이상 경계를 늦출 수는 없었다. 무슨 일이 터져도 대처할 수 있도록 두 사람은 계속 주위를 살폈다.

"지금 그 빛의 기둥은……."

낯설지 않다는 반응을 보인 이들도 있었다. 세리아, 리제롯테, 샤를로트, 그리고 아리아가 그랬다.

"뭔가 짚이는 게 있나요?"

에어리얼의 등에 탄 미하루가 물었다.

"용사가 소환될 때랑 비슷해. 아니, 아마 똑같을 거야. 기둥의 색이 왕도에서 본 것과는 달랐지만……."

일찍이 세리아가 목격한 것은 시게쿠라 루이가 벨트람 왕성에 소환되었을 때 솟았던 빛의 기둥이었다.

"네, 사츠키 님이 소환되었을 때와 같은 현상으로 보였어요."

리제롯테도 나서서 지적했다.

"그렇다면…… 새 용사가 소환되었다는 거야?"

"글쎄……?"

사츠키와 라티파가 얼굴을 마주보며 갸웃했다.

"사라, 아르마. 조금 전까지 느껴지던 정령의 기색이 사라졌대."

오피아가 등 뒤에 있던 에어리얼을 보며 말했다.

기적을 느낀 것은 그녀의 계약정령인 에어리얼이었다. 그가 감지한 것은 아이시아의 기적이었다.

"……확인했습니다. 저 빛이 피어오르기 직전 사라진 것 같네요."

사라가 가슴에 손을 얹고 눈을 감은 채 말했다. 지금은 영체화된 계약정령 헬에게 물었을 것이다.

사라 일행의 계약정령인 헬, 에어리얼, 이프리타는 모두 중위정령이기에 사람의 언어를 통해 대화할 수는 없지만 어느 정도의 의사소통은 가능했다. 패스를 통해 계약자와 영혼으로 이어져 있기 때문이다. 아르마 역시 비슷한 동작으로 그녀의 계약정령인 이프리타와 의사소통을 시도했다.

저마다가 다양한 반응을 보이는 와중이었다.

"가서 확인해보죠. 어차피 저곳으로 가야 하니까요."

샤를로트가 길을 재촉했다.

그렇게 하여 일동은 다시 목적지로 향했다. 고속으로 나아가면서도 고우키와 카요코, 그리고 아리아를 선두로 경계를 게을리하지 않았다.

"아, 저기 누군가 있어! 두 명!"

라티파가 앞쪽을 가리켰다. 동시에 모두의 시야에 소년과 소녀가 나란히 서 있는 모습이 들어왔다.

"저 두 사람은……."

흙먼지가 잦아들고 거리가 가까워질수록 두 사람의 모

습이 더욱 선명해졌다.

"어, 저 애들은……?!"

두 사람의 얼굴을 육안으로 확인한 사츠키가 자신의 눈을 의심했다.

"……어째서?"

에어리얼에 등에 탄 미하루도 놀라움을 금치 못했다. 모두가 나아가는 그 앞에 있는 것은 그녀들도 아는 인물이었던 것이다.

특히 소년 쪽은 미하루, 사츠키와 오랜 인연이었다.

"마사토?!"

라티파가 그의 이름을 외쳤다. 빛의 기둥이 걷힌 지상 끝에 서 있던 것은, 센도 마사토였다.

연회가 끝남과 동시에 가르아크 왕국 남쪽에 위치한 대국 센트스텔라로 떠나며 미하루와 헤어졌던 열두 살 소년이 그곳에 있었다.

바로 옆에는 제1왕녀인 리리아나 센트스텔라의 모습도 있었다. 마사토와 리리아나 역시 상황을 제대로 파악하지 못했는지 동요한 기색으로 두리번거리며 주위를 둘러보고 있다.

다가오는 미하루의 모습을 포착한 것일까. 일동의 존재를 알아차린 마사토가 검을 뽑아 들고 리리아나를 지키듯이 앞에 섰다.

"미하루 누나?! 다들……."

하지만 마사토도 상대가 미하루 일행이라는 것을 금세 알아차렸다. 경계를 푼 그가 검을 내린 채 반쯤 멍한 얼굴로 가장 먼저 알아본 이의 이름을 입에 담았다.

그러는 사이 서로의 거리는 좁혀졌다. 선두를 달리던 고우키가 불과 10여 미터 정도의 거리를 두고 멈춰섰다.

"아는 분이십니까?"

그가 앞에 서 있는 마사토와 바로 뒤에 있는 사츠키를 번갈아 보며 물었다.

"네. 제가 원래 있던 세상에서 후배였던 아이의 동생이에요. 옆쪽은 이웃 나라 왕녀님이고."

사츠키가 두 사람의 신원을 고우키에게 전했다.

"저, 저기, 마사토! 여기 다른 사람은 없었어?"

주위를 둘러보던 라티파가 초조함을 참지 못하고 물었다.

"어……? 아니, 눈에 띈 사람은 없었는데."

심상치 않은 기운을 감지했는지 마사토가 당황한 얼굴로 답했다.

"그래……."

낙담까지는 아니었지만, 라티파는 힘이 빠졌는지 어깨를 축 늘어뜨렸다. 다른 사람들도 한결같이 주위를 신경 쓰는 기색이었다.

"……다들 무슨 일이야?"

마사토도 분위기를 알아차리고 일동의 안색을 살폈다.

"조금 전까지 여기서 싸움이 있었어. 정말 굉장한 싸

움……. 마사토는 혹시 못 봤어?"

이번에는 사츠키가 마사토에게 물었다.

"아니, 우리도 깨닫고 보니 이 자리에 있었어. 그 후에
모두가 와서, 대체 뭐가 어떻게 된 건지……."

"그렇구나……."

마사토의 대답에 모두가 얼굴을 마주했다.

"저기, 마사토. 그, 아키랑…… 다른 사람들은?"

에어리얼에서 내려온 미하루가 마사토에게 물었다. 다
른 사람이라고 에둘러 말한 것은 아마도 타카히사를 말하
는 것이리라.

"아……, 두 사람은 센트스텔라 왕성에 있을 거야."

타카히사와 미하루 사이에 있었던 일을 떠올린 것인지
마사토의 음색에 약간의 어색함이 배어 있었다.

"이 자리에 온 뒤에도 여러분 말고는 아무도 보지 못했
습니다만……. 저도 질문을 드려도 될까요?"

마사토의 말을 거든 리리아나가 상황을 확인하기 위해
반대로 일동에게 질문을 던졌다.

"네, 얼마든지요."

같은 왕족으로서 샤를로트가 그녀에게 답했다.

"도대체 이곳이 어디죠?"

리리아나의 질문은 현재 위치를 파악하지 못했다는 뜻
이었다.

"가르아크 왕국, 그레고리 공작령의 영도 근교입니다.

아까 마사토 님이 '깨닫고 보니 이곳에 있었다'고 말씀하셨는데, 두 분이 이 자리에 계신 것은 본인의 의사에 의한 것이 아니라고 받아들이면 될까요?"

"네. 저와 마사토 님은 조금 전까지 센트스텔라 왕성에서 이야기를 나누고 있었습니다. 그런데 어느샌가 이 자리에 서 있었어요."

"그렇군요."

"일단 여쭤보고 싶습니다만, 저희를 이곳에 불러들인 것은 여러분이 아니시죠?"

"네. 사츠키 님의 말씀대로 조금 전 이 자리에서 정체불명의 전투가 일어났습니다. 그 조사를 위해 왔더니 두 분이 이곳에 소환되어 있었고요."

"그렇습니까. 그럼 누가 저희를 이곳으로 전이시켰는지 불분명하다는 거군요."

서로 빠르게 머리를 회전시키며 확인해야 할 사항을 차례차례 질문해나가는 두 왕녀.

현 상황이 어느 한쪽의 잘못이라고 한다면 복잡한 상황이 될 수도 있었다. 서로에게도 예상치 못한 사태인 만큼 자세한 상황을 공유하는 작업은 필요했다.

"그렇지만 두 분이 이곳에 소환된 이유에 대해서는 어느 정도 짐작이 갑니다. 확증은 아닙니다만."

그때 샤를로트가 소환의 이유에 짐작이 간다는 뜻을 내비쳤다.

"……알려주시겠어요?"

잠시의 공백을 두고 리리아나가 물었다.

"마사토 님, 혹은 리리아나 님, 두 분 중에 한 분이 용사 님이 되신 것일 수도 있습니다."

"……네?!"

샤를로트가 자신의 예상을 단적으로 내뱉자 마사토가 놀라서 소리쳤다.

"……그렇군요."

그에 반해 리리아나의 반응은 놀라움보다는 수긍 쪽에 가까웠다. 자신의 경험이나 지식을 바탕으로 가능성이 있을 법한 사태를 이미 가정해 둔 것 같았다.

"저, 저기……. 가 아니라, 샤를로트 왕녀님, 맞죠? 용사라는 건 사츠키 누나 같은 용사를 말하는 건가요?"

"네."

"저나 리리아나 왕녀 어느 한 쪽이?"

마사토는 리리아나에게도 시선을 주며 반신반의한 얼굴로 물었다.

"앞서 말씀드린 것처럼 확증이 있는 것은 아닙니다. 두 분이 이곳에 전이되기 직전 발생한 현상이 사츠키 님의 소환 때와 똑같아서 그런 생각을 한 것뿐이니까요."

샤를로트는 단언하지 않았지만 거의 확신하는 표정이었다.

"그렇, 군요. 그렇다면……."

리리아나가 납득한 얼굴로 대꾸하더니 마사토의 얼굴을

바라보았다.

"용사일 가능성이 높은 것은 마사토 님일 거라 생각합니다."

그렇게 말한 샤를로트 역시 마사토에게 시선을 던졌다.

"……어, 나?!"

마사토가 입을 떡 벌리며 자신을 가리켰다.

"마사토 님은 사츠키 님이나 다른 용사님들과 같은 세계에서 오셨으니까요."

샤를로트가 나서서 그가 용사일 것이라 예상한 이유를 말해주었다.

당연하다면 당연한 짐작이었다. 다른 용사들과 같은 세계에서 온 마사토가 용사로 뽑혔다고 생각하는 편이 자연스러웠다.

"……그리고, 그 검입니다."

리리아나가 그렇게 말하고는 마사토가 손에 든 검을 바라보았다.

"아, 아아……."

마사토는 손에 든 검으로 의식을 돌렸다.

"성에 있을 땐 갖고 있지 않던 검을 손에 들고 있습니다. 믿어지지는 않지만, 여러분이 목격한 빛의 기둥이나 저희에게 일어난 현상에 비추어 보면 그럴 가능성이 높은 것 같습니다. 얼핏 봐도 상당한 무기로 보이는데……. 혹시 신장이 아닐까요?"

"이게 신장이라고? 아니, 이 세계에 처음 흘러들어왔을 때랑 상황이 비슷하긴 하지만……."

리리아나의 지적에 흠칫 놀란 마사토가 자신이 손에 든 검을 내려다보았다.

"이미 용사이신 사츠키 님의 의견은 어떻습니까?"

"어, 나? 글쎄요……. 신장이라면 속으로 사라지길 바라면 사라지지 않을까요……?"

불시에 던져진 질문의 화살에 사츠키가 당황하면서도 대답했다.

"으음……. 아, 사라졌어……."

마사토가 시험 삼아 속으로 기도했다.

그러자 곧바로 검이 사라졌다.

"거의 확실하다고 볼 수 있겠네요."

샤를로트는 다소 피로한 얼굴로 한숨을 내쉬었다.

"좀 더 자세한 정보를 나누고 싶은데, 일단 이곳은 전투가 벌어졌던 곳입니다. 괜찮으시면 본영까지 동행해주시겠어요? 아버님도 계십니다."

그녀는 당황한 마사토를 놔두고 호수가 있는 본영 쪽을 바라보며 말을 이었다.

"국왕 폐하께서?"

놀라움에 눈을 크게 뜨는 리리아나.

국왕이 직접 전장까지 왔다는 것은 상당히 중대한 전투였다는 뜻이었다. 가르아크 왕국 내에서 그런 전투가 발생했다는 말은 듣지 못했다. 그러니 영문을 알 수 없어 놀라는 것도 당연했다.

"네. 잠시…… 아니, 두 분이 이 자리에 소환된 것을 포함해 아주 특수한 상황이 일어나고 있는 것 같습니다."

곤혹스럽기는 이쪽도 마찬가지라는 듯 샤를로트가 씁쓸한 얼굴로 탄식했다. 그러고는 리리아나를 응시하며 대답을 기다렸다.

"그런가요……."

"……왜 그러세요, 리리아나 공주님?"

무언가 고심하는 리리아나의 옆모습을 바라보며 마사토가 물었다.

"아뇨, 갑작스러운 상황이라 좀 당황한 것뿐입니다. 알겠습니다. 부디 본영까지 안내해주십시오."

아무 일도 아니라며 고개를 흔든 리리아나가 미소를 지었다.

"협조해 주셔서 감사합니다. 마사토 님과 사츠키 님 일행분이 친구이시듯, 센트스텔라 왕국과 우리나라도 우방국 관계입니다. 제2 왕녀 샤를로트 가르아크의 이름으로 두 분을 국빈으로 모실 것을 약조 드립니다."

곧바로 샤를로트가 왕족으로서 그들에게 선언했다.

"샤를도 이럴 땐 확실하게 왕녀님이 되는구나……."

평소의 악동 같은 태도가 완전히 사라진 모습에 사츠키가 다소 감탄한 얼굴로 샤를로트를 바라보았다.

"당연합니다. 그렇게 됐으니, 본영까지 두 분을 모셔가고 싶은데 협조를 부탁드릴 수 있을까요, 오피아 님?"

사츠키에게 장난스럽게 미소 지은 샤를로트가 오피아에게 부탁했다. 여기까지 옮겨왔을 때처럼 본영까지 에어리얼을 통해 옮겨달라는 뜻이었다.

"네, 문제없어요."

오피아가 선뜻 고개를 끄덕였다.

"다만, 몇 분은 이 자리에 남아 좀 더 탐색해주셨으면 합니다. 마사토 님이 계시니 사츠키 님과 미하루 님은 저와 동행해주실 수 있을까요?"

샤를로트가 마사토와 같은 고향인 미하루와 사츠키에게 부탁했다.

"응, 그러게…… 갈까, 미하루?"

"……네."

막연한 미련이라도 남은 것일까, 미하루는 쉽사리 걸음을 떼지 못하고 황량한 일대를 둘러보았다. 하지만 마사토를 그냥 둘 수도 없었다. 주저하면서도 그녀는 조용히 고개를 끄덕였다.

"그럼 본인과 카요코가 이곳에 남아 주변을 좀 더 살펴보겠습니다."

고우키와 카요코가 눈빛을 주고받더니 먼저 나섰다.

"저도 남을래요!"

라티파도 주저 없이 조사 역을 자청했다. 미하루와 같았다. 이유는 모르지만 이곳에 신경 쓰이는 무언가가 있다는 듯한 얼굴이었다.

"그럼 저도 남겠습니다. 아르마, 당신은 오피아와 함께 다른 분들의 호위를 해주세요."

"알겠습니다."

사라가 아르마에게 지시를 내렸다. 여우 수인과 늑대 수인인 두 사람은 인간보다 후각이 뛰어났다. 주변 탐색에는 안성맞춤이었다.

"나도 남을게. 마력탐지 마법을 쓸 수 있어."

세리아마저 조사 역으로 나섰다. 무슨 일이 일어난 것인지 궁금한 것은 다른 이들과 똑같을 것이다. 표정이 그렇게 말해주고 있었다.

그렇게 해서 이 자리에 남아 조사할 멤버가 점차 정해졌다. 그밖에 남은 사람이라고 하면 주종인 리제롯테와 아리아 둘뿐이었다.

"당신은 어떻게 하시겠어요, 리제롯테?"

샤를로트가 주인인 리제롯테에게 물었다.

"네, 저는……."

불시에 날아온 질문에 리제롯테가 입을 열었다. 알 수 없는 초조감에 동행한 것은 그녀도 마찬가지였다. 이 자리에 오면 답을 얻을 수 있을 거라 생각했지만 아니었다. 그럼에도 계속 주변을 신경 쓰는 기색이었지만, 이 자리에 남아도 도움이 되지 않을 것이라 판단한 것 같았다.

"……저도, 본영까지 동행하겠습니다."

그저 막연한 이유만으로 이 자리에 계속 남아 있을 수도 없는 노릇이었다. 리제롯테도 본영에 돌아가는 것을 택했다.

"……저기, 미하루 누나, 사츠키 누나."

마사토가 미하루와 사츠키에게 다가가 작은 목소리로 말했다. 리리아나는 엿듣지 않겠다는 듯이 눈치껏 뒤로 물러섰다.

"응? 왜 그래, 마사토?"

아직도 아쉬운 얼굴로 주변을 살피던 미하루는 동생인 마사토가 말을 걸어오자 웃으며 답했다. 사츠키는 그런 미하루의 모습을 눈치챈 것인지 조금 표정이 어두워졌다.

"아니, 사라 누나네도 성 사람들이랑 같이 행동하는구나 싶어서. 에어리얼도 아무렇지 않게 나오고."

마사토가 두 사람에게 말을 건 이유를 설명했다.

"아, 응. 마사토와 떨어진 후에 이런저런 일이 있었거든. 그 부분도 나중에 설명할게."

사츠키는 조금 전 내비쳤던 어두운 얼굴을 지우고는 마사토에게 말했다.

"음, 그렇구나. ……어? 그러고 보니…….."

마사토는 대강의 사정을 짐작한 것인지 더는 깊이 묻지 않았다. 다만 동시에 무언가 생각난 듯했다.

"그러고 보니, 뭐?"

"아니…… 어라? 내가 무슨 말을 하려고 했지?"

미하루가 그의 말을 재촉했지만 마사토는 고개를 갸웃할 뿐이었다.

"우리한테 물어봐도……."

미하루와 얼굴을 마주 보며 쓰게 웃는 사츠키.

"그렇지. 이상하네. 뭔가 생각날 것 같았는데 완전히 잊어버렸어……."

으음, 하고 마사토가 더욱 고개를 갸우뚱했다. 하지만 무엇을 말하고자 했는지는 결국 떠올리지 못했다.

"이제 출발하려고 하는데 괜찮으실까요, 사츠키 님?"

그때 샤를로트가 출발을 재촉했다.

"아, 응. 미안해. 지금 갈게!"

"마사토 님과 리리아나 님, 그리고 미하루 님도 에어리얼에 타주세요."

"알았어. 가자."

사츠키가 앞장서 걸어갔고 마사토와 미하루, 리리아나가 뒤를 이었다.

"야아, 에어리얼에 타는 것도 간만이네. 잘 부탁해."

마사토는 들뜬 모습으로 에어리얼에게 다가가 머리를 쓰다듬었다. 에어리얼이 기쁜 듯이 마사토에게 얼굴을 비볐다.

"이 새가 에어리얼, 인가요? 꽤 크네요."

주춤거리며 에어리얼에게 다가간 리리아나가 그 거구를 올려다보았다.

"공격하지 않으니 안심하세요. 영차. 자, 올라오세요."

에어리얼에 등에 먼저 올라탄 마사토가 리리아나에게 손을 내밀었다. 에어리얼은 몸을 굽히고 있었고, 실체화한 시점에서 안장을 달고 있어 수월히 탈 수 있었음에도 실로 신사적인 배려였다.

"감사합니다, 마사토 님."

리리아나가 마사토의 도움을 받아 단차가 있는 발판을 밟고 위로 올라섰다.

"호오……."

사츠키가 마사토를 보며 감탄의 신음성을 흘렸다.

"왜, 왜 그래, 사츠키 누나?"

"마사토가 참 신사답구나 싶어서."

"어엉? 뭐, 뭐가?"

"리리아나 왕녀님을 자연스럽게 에스코트했잖아. 잠깐 못 본 사이에 다 컸네. 그치, 미하루?"

"후후, 그러게요."

미하루가 흐뭇한 얼굴로 수긍했다.

"마사토 님은 정말 상냥하세요."

리리아나도 미소 지으며 동조한다.

"하여간……."

눈치 빠른 연상 소녀들에게 포위되어 불리하다고 생각한 것인지, 마사토는 멋쩍은 얼굴로 그들을 외면했다.

"본보기가 될 만한 사람이라도 있었어? 대체 어디의 누구를 닮았을까? 그렇지, 미하…… 루?"

중간까지 흐뭇한 얼굴로 히죽대며 미하루에게 말을 돌리려던 사츠키가, 돌연 어딘가 석연치 않은 표정을 지었다.

"……왜 그러세요, 사츠키 씨?"

미하루가 의문을 담아 사츠키의 얼굴을 들여다보았다.

"아니, 마사토도 아닌데, 나도 하려던 말이 갑자기 안 나와서. 뭔가……, 뭐지?"

목구멍까지 나오려던 말이 갑자기 나오지 않아 답답하다는 듯한 표정을 짓는 사츠키. 하지만 그 후에도 꺼내려고 했던 말이 무엇인지는 생각나지 않았고, 그들은 몇몇 인원만 남겨둔 채 호수로 돌아가게 되었다.

◇ ◇ ◇

한편 일동과 멀리 떨어진 아득한 상공에서는 리오와 아이시아가 지상을 살피고 있었다.

마사토가 새로운 용사가 되었다는 것은 지상 사람들과 마찬가지로 리오도 짐작하고 있었다. 용사가 소환되는 광경을 리오 역시 실제로 두 눈으로 목격했기 때문이다.

용사 에리카를 살해한 후 용사 소환과 똑같은 현상이 일어나며 마사토가 나타났으니, 그가 용사가 되었을 가능성이 자연스럽게 도출될 수밖에 없었다. 에리카를 기억하고 있는 만큼 그 확신은 지상에 있는 사람들보다 리오 쪽이 더 강했다.

「아이시아.」

리오가 염화로 영체화한 아이시아를 불렀다.

「왜?」

대답은 금세 돌아왔다.

「그 괴물은 마사토 안에 깃든 걸까?」

「……응.」

두 번째 대답까지는 다소 시간이 걸렸다.

이로써 마사토가 새로운 용사임이 거의 확정됐다.

「그렇구나…….」

아이시아의 안타까움이 전해져서 리오도 착잡한 기분에 휩싸였다.

「…….」

리오는 지상으로 내려가고픈 충동을 느꼈으나, 강철 같은 이성으로 충동을 억제했다. 어떻게 할지 결정하는 것은 아이시아의 이야기를 들은 뒤라도 늦지 않을 것이라 생각했기 때문이다.

다만…….

「좀 더 모두의 모습을 지켜보고 싶어. 난 본영으로 돌아가는 사람들을 보고 올 테니까 이쪽은 맡겨도 될까?」

「알았어.」

「그럼 다녀올게.」

마침 지상에서는 에어리얼이 호수를 향해 날아오르고

있었다. 아이시아의 대답을 들은 리오는 아득한 상공에서
에어리얼을 쫓았다.

　미하루 일행이 호수 너머 본영으로 돌아간 후.
　고우키와 카요코는 마력의 발판을 이용해 상공에서, 세
리아와 라티파, 사라는 범위탐색마법과 수인 특유의 후각
을 이용해 지상에서 탐색을 시작했다.
　묘한 인영이나 흔적은 없는지, 이상한 마력 반응은 없는
지, 특이한 잔향은 없는지 각각의 특기 분야를 활용하여
다각도로 조사했다.
　우선 사라와 라티파가 일대의 냄새를 맡아보았다. 정령
술로 신체능력을 강화하면 그 감도는 더욱 높아진다.
　"어때?"
　킁킁거리는 두 사람에게 세리아가 물었다.
　"피 냄새가 나요. 나머지는 사람, 아마도 남자와 여자의
향기가……."
　사라가 맡은 냄새를 설명하다가 문득 무언가 걸린다는
얼굴을 지었다.
　"왜 그래?"
　"아뇨, 이 향기는……."
　"아는 향기야?"

"······저희가 쓰는 것과 똑같은 비누 향이 나요."

"비누 향이 나는 건 우리가 이 자리에 있어서 그런 거 아냐?"

"아니요. 체취에 섞인 비누 향이 납니다."

"그, 그런 것까지 아는구나······."

눈을 크게 뜨며 놀라는 세리아. 두 사람의 후각이 뛰어나다는 것은 알았지만, 일상생활에서 그것을 체감할 기회는 좀처럼 없었기 때문이다.

"향기가 새로워요. 조금 전까지 이곳에 있었던 것 같아요."

"그래······. 하지만 우리가 쓰는 비누는······."

"네. 저희가 만든 비누입니다. 일부 사람들에게 만드는 방법은 알려줬지만 아직까지 쓰는 사람이 많지는 않을 텐데······."

그때였다.

"세리아 언니, 사라 언니, 여기야!"

가만히 냄새를 맡던 라티파가 한 지점에 멈춰 서서 그들을 불렀다. 그곳은 정확히 리오가 에리카의 심장을 꿰뚫었던 곳이었다.

"핏자국이 있네."

"역시 아직 그렇게 오래되진 않았어요."

세리아와 사라가 라티파에게 다가가 피로 축축해진 땅을 내려다보았다.

"싸우고 있던 사람의 피······ 겠죠?"

라티파가 머뭇거리며 물었다.

"아마도요. 여기서 다른 사람의 향도 납니다."

사라가 킁킁 코를 움직였다. 라티파도 마찬가지로 현장에 남아 있는 누군가의 잔향을 맡고 있었다. 세리아도 신기하다는 듯 따라서 코를 킁킁 움직여보았지만, 아무 냄새도 나지 않아 고개만 갸우뚱할 뿐이었다.

'이 향기…….'

어째서일까?

라티파는 울 것 같은 기분이 들었다. 처음 맡아본 냄새일 텐데, 무척 그리운 냄새가 난 것이다. 왠지 모르게 눈물이 넘쳐흐를 것만 같았다.

"……주, 주변도 찾아볼게!"

결국 라티파는 가만히 있지 못하고 향기 추적에 나섰다.

수인으로서 뛰어난 후각을 지녔지만, 라티파와 사라가 맡을 수 있는 것은 어디까지나 근거리의 잔향뿐이다. 바람을 타고 냄새가 흘러오지 않는 한 먼 곳의 냄새를 맡을 수는 없었다.

다만 잔향이 계속되는 한 계속 추적할 수는 있었다. 라티파는 더 이상 기억하지 못하지만, 과거 벨트람 왕국 왕도에서 이웃 나라 아망드까지 리오를 암살하기 위해 추적한 적도 있었다. 그래서 피가 묻은 지점을 중심으로 걸어다니며 냄새를 맡아보았다.

"《에리어 서치》."

어쩌면 단서가 될 만한 흔적이 남아있을 수도 있었다. 세리아도 주문을 외며 근방의 마력을 살폈다. 그녀를 중심으로 기하학 문양의 마법진이 떠오르더니 반경 100미터가 넘는 빛의 원이 방출되었다.

'······마력 반응은 없어.'

세리아는 탄식하며 눈을 크게 뜨고 일대의 마력을 가시화했다. 마력 가시화가 가능했다면 굳이 마법으로 마력을 탐지할 필요가 있었을까 싶지만, 방금 전 일어난 빛의 기둥으로 일대의 오드와 마나가 흐트러져 있었다.

'이 정도로 마력이 휘몰아치면 육안도 믿을 수가 없으니.'

세리아는 한 번 더 크게 숨을 내쉬었다.

현 상황을 비유하자면 육안으로 보이지 않는 짙은 안개가 낀 것과 같았다. 육안으로는 멀리까지 바라볼 수 있지만, 마력을 가시화하면서 안개가 일시에 끼듯 시야가 마력의 입자로 가득 찬다. 이런 상황에서는 일정 이상의 마력을 가진 존재만 탐지에 걸리도록 조절할 수 있는 범위탐색 마법이 도움이 된다.

"어때요, 세리아 씨?"

주변을 돌아다니며 냄새를 맡던 사라가 세리아에게 다가왔다.

"아무것도 없어. 나도 우선 돌아다니면서 범위를 넓혀볼게. 그쪽은?"

"이쪽도 향이 도중에 끊어졌어요."

"단서는 없는 건가."

"여기 오기 전에 갑자기 정령의 기운이 느껴졌는데, 아무래도 영체화한 것 같아요."

"흐음. 슈트랄 지방에 정령이 있다니 드문 일…… 이네?"

세리아가 의외라는 듯 눈을 크게 떴다.

"적지만 존재하고는 있을 거예요. 실체화하는 일이 없을 뿐이지."

"그렇구나."

정령은 기본적으로는 거의 영체화 상태로 존재한다. 계약자가 없으면 실체화할 마력을 동원할 수 없기 때문이다. 게다가 정령은 경계심이 강한 존재다. 이유가 없으면 남 앞에도 나서지 않고, 신뢰하는 상대가 아니면 계약을 맺지도 않는다.

"근데, 그래도……."

"……그래도?"

"꽤 강력한 정령이었던 것 같아요. 그런 의미로는 아주 드문 일이 맞아요."

"강력한 정령이라……. 드뤼어스 님처럼?"

세리아가 아는 가장 격이 높은 정령은 드뤼어스였다.

"그렇죠. 인간형 정령일 수도 있을 거예요."

"그렇구나……."

순간 먼 곳을 응시하며 모호하게 대꾸하는 세리아. 기분 탓일까. 뇌리에 분홍색 머리를 한 소녀의 뒷모습이 떠올랐다. 하지만 정말 찰나의 일이라 잔상조차 남지 않았다.

"왜 그러세요?"

사라가 의아하다는 듯 고개를 갸우뚱했다.

"……아니. 뭔가……."

세리아가 무언가 기억해내려고 했다.

"언니!"

그때 라티파가 달려왔다.

"단서는 있었어?"

마음을 가다듬은 세리아가 그녀에게 물었다.

"냄새가 역시 도중에 끊긴 것 같아."

어느 방향으로 가도 잔향이 이어지지 않는다고 보고하는 라티파의 귀는 축 늘어져 있었다.

"그래……."

"어쩌면 하늘을 날아 이동한 건지도 모르겠어요. 그렇게 되면 추적이 훨씬 어려워져요."

지상으로 이동했다면 냄새를 찾아 추적할 수 있지만 하늘을 날아 이동했다면 그럴 수 없었다.

"소환에 휘말려 반대로 어딘가로 가 버렸을 가능성은 없을까?"

라티파가 떠올릴 수 있는 가능성을 말했다.

"그렇다면 사라진 사람들은 센트스텔라 왕국으로 갔다는 뜻인데."

어때? 세리아는 전이마술 실용화에 성공한 정령의 주민

사라를 바라보았다.

"제가 아는 전이계통 마술은 기본적으로 일방통행이에요. 교대하듯 이동한다는 말은 들어본 적이 없는데……."

마사토와 리리아나를 불러들인 전이마술이 어떤 것인지 불분명한 이상 말이 안 된다고 단언할 수도 없었다.

"……탐색 범위를 좀 더 넓혀볼까요."

"그러게요. 세리아 씨는 저와 함께 와주세요. 라티파는 너무 멀지 않은 곳에서 탐색을 부탁해."

"응!"

라티파는 망설임 없이 달려나갔고 사라와 세리아도 탐색을 이어갔다. 그렇게 세 사람은 범위를 넓혀 조사를 계속하게 되었다.

◇ ◇ ◇

고우키와 카요코는 세 사람의 머리 위, 수십 미터 상공에서 일대를 날아다니고 있었다. 이상한 자는 없는지 위에서 내려다보며 조사하는 것이었다.

탐색하길 몇 분. 얻은 성과는 지상의 조와 다름없었다. 세리아, 사라, 라티파 이외의 사람은 일절 보이지 않았다. 일단 당장 주변에 수상한 사람이 없는 것을 확인한 고우키가 카요코에게 다가갔다.

"이상하다고 생각하지 않나, 카요코?"

그러고는 그녀와 보조를 맞춰 달리며 말했다.

"이상한 일투성이인데, 그중 무엇을 말씀하시는 거죠?"

"……우리는 왜 카라스키 왕국을 떠났을까? 돌아가신 아야메 님이 젠과 이 땅에 와서 돌아가신 것을 어떻게 아는 거지?"

그것은 지금 그들이 이 자리에 있는 근본적인 의문이었다.

고우키와 카요코는 일찍이 아야메에게 충성을 다하지 못한 것을 후회했다. 그래서 아야메를 위해 카라스키 왕국에서의 지위를 버리고 먼 이국 슈트랄 지방으로 왔다. 거기까지는 좋았다.

하지만 아무리 아야메를 위해서라지만, 막연한 정보만으로 고국을 등졌을 거라고는 생각하기 어려웠다. 고우키는 국왕 호무라의 명을 받아 중요한 직책을 맡고 있던 나라의 상급 무사였다. 어중간한 동기로 보직을 내놓았을 리가 없는 것이다.

그런데 카라스키 왕국을 떠나기로 결정했던 이유가 떠오르지 않았다.

"왜 이제 와서 그런 말씀을 하는지 묻고 싶지만, 동감입니다. 확실히 기억이 하나도 안 나요. 왜 나라를 떠나려 한 것인지."

고우키와 카요코는 형언할 수 없는 위화감을 느끼고 있었다.

"비밀리에 움직이긴 했으나, 우리가 나라를 떠나는 것에 관해선 호무라 폐하의 허락도 받았다. 확고한 근거와 생각이 있었기에 나라를 떠났다⋯⋯."

그랬을 터였다. 실제로 고우키는 지금 이 땅에 있는 것을 전혀 후회하고 있지 않다. 원해서 이곳에 있는 것이라 자신 있게 말할 수 있었다.

"⋯⋯음, 그래. 그렇지."

고우키는 자문자답하며 본인 안의 생각을 다시금 확인했다.

"혼자 멋대로 납득한 것치고는 아직 어딘가 내키지 않아 보이시는군요."

하지만 역시 아내였다. 카요코는 표정에서 고우키의 심정을 알아차렸다.

"본인은 지금 원해서 이 땅에 있어. 그것은 알았다. 그대도 그럴 테지?"

지금이라도 카라스키 왕국으로 돌아가고 싶냐는 뜻을 담아 고우키가 물었다.

"물론입니다."

카요코는 망설임 없이 즉답했다.

"우리는 이 땅에서 해야 할 무언가가 있다. 돌아가신 아야메 님을 위해."

"그렇습니다."

"그래서 어쩐지 개운치가 않아. 이뤄야만 할 무언가가 대체 무엇인지, 이 땅을 방문한 계기가 무엇인지, 생각나지 않는다는 것이.”

내키지 않은 얼굴을 하고 있는 것은 그 때문이리라.

“근거는 없습니다만…….”

“뭐지?”

“그 무언가가 이 자리에 있지 않았을까 생각합니다.”

카요코가 담담히 자신의 생각을 말했다.

“……음. 본인도 그렇게 생각해.”

그렇기에 이곳의 조사 역을 자청한 것이다. 이곳에서 무슨 일이 일어났는지, 이곳에서 싸우고 있던 것은 누구였는지, 너무나도 궁금했다.

다만 그런 생각과는 달리 지상에 있는 라티파 일행 말고는 사람의 그림자는 눈에 띄지 않았다. 단서가 될 만한 흔적도 없다.

“……안 보이는군. 한번 아래로 내려가서 **라티파 님** 일행과 합류하자.”

카요코와 이야기하면서도 지상 일대를 둘러보던 고우키가 탐색을 잠시 중단할 것을 제안했다.

“음……?”

그러더니 의아한 얼굴을 한다.

“……왜 그러시지요?”

순간 카요코도 어딘가 석연치 않은 기색을 내비쳤다.

“아니, 본인이 지금 라티파 님이라고 불렀지?”

“네.”

"라티파 님, 세리아 공, 사라 공……. 오피아 공, 아르마 공, 미하루 공, 사츠키 공, 샤를로트 왕녀……. 라티파 님……. 음, 라티파 님, 스즈네 님."

고우키는 경칭을 붙인 채 각각의 이름을 반복해 입에 담았다. 라티파의 가명인 스즈네라는 이름도 함께 불러보았다.

"……라티파 님은 라티파 님이라고 부르는 게 더 자연스럽네요."

머릿속으로 모두의 이름을 떠올린 것인지, 카요코는 남편 고우키의 생각을 이해했다는 듯 고개를 끄덕였다.

"역시 그렇군……."

왜 라티파에게만 당연하다는 듯 경칭을 붙였을까? 고우키는 지상을 초조하게 뛰어다니는 라티파에게 시선을 던졌다.

"일단 다른 분들과 대화해볼 필요가 있을 것 같네요."

분명 다른 이들 역시 어딘가 답답한 위화감을 갖고 있을 것이다.

"그렇겠지."

고우키는 맞장구를 치고는 카요코와 함께 지상으로 향했다.

미하루는 호수에 있는 가르아크 왕국군의 주둔지로 돌

아와 있었다.

"아버님."

샤를로트가 선두로 나와 마침 진두지휘를 맡고 있던 프랑수아에게 말을 걸었다.

"음, 빠르구나."

"네. 조사는 고우키 씨와 나머지 분들께 맡기고 한발 앞서 돌아왔습니다. 뜻하지 않은 손님을 맞이했거든요."

그렇게 말한 샤를로트가 뒤에 있던 마사토와 리리아나를 쳐다보았다.

"오랜만에 뵙습니다, 프랑수아 국왕 폐하."

드레스 자락을 잡고 프랑수아를 향해 고개를 숙이는 리리아나.

"리리아나 왕녀와 마사토 공…… 이로군."

과연 예상치 못했는지 프랑수아의 눈동자가 놀라움으로 흔들렸다. 안면은 거의 없었지만 마사토 역시 제대로 기억하고 있는 것 같았다.

"아까 그 빛의 기둥은 아버님께서도 보셨지요? 그 자리에 두 분이 전이되어 있었습니다."

"……그렇군."

지금의 설명만으로도 대강의 사정을 헤아린 것일까. 프랑수아는 잠시 공백을 두고 마사토를 힐끗 바라보았다.

"리리아나 님도 함께 앉아 이야기를 나눴으면 합니다. 귀국을 목표로 해야 할 이야기도 있을 테니까요."

"알겠다. 당장이라도 시간을 빼도록 하마."

프랑수아가 빠르게 결단을 내렸다. 미루지 않았다는 것은 그만큼 우선도가 높은 사안이라 판단했기 때문이리라.

"……괜찮으십니까? 나중으로 미루셔도 개의치 않겠습니다."

리리아나가 주둔지를 둘러보며 확인했다. 지금의 주둔지는 꽤 분주했다. 여기저기서 병사들이 뛰어다니고 있었다.

"당장 필요한 지시는 다 내렸다. 추가적으로 지시를 내린다 해도 빛의 기둥이 있던 곳에서 무슨 일이 일어났는지 이야기해두고 싶군. 그렇게 길게 시간을 낼 수는 없다만."

"그런 것이라면 감사히 응하겠습니다."

"그럼 리리아나 왕녀와 샤를로트는 짐과 함께 가지. 사츠키 공에게는 잠시 마사토 공의 상대를 부탁할 수 있을까?"

"네, 당연하죠."

사츠키가 두말없이 고개를 끄덕였다.

몇 분 후.

프랑수아, 샤를로트, 리리아나 세 사람은 호수 주둔지에 쳐진 국왕의 천막으로 이동했다. 프랑수아와 리리아나가 마주 앉았고 샤를로트는 프랑수아의 등 뒤로 이동해 반듯하게 섰다.

"본론으로 들어가서, 우선은 전제부터 먼저 이야기할까. 센트스텔라 왕국 쪽에는 신속하게 연락해두겠다."

프랑수아가 먼저 말을 꺼냈다.

"감사합니다."

"동맹국으로서 당연한 대응이다."

게다가 본론은 이제부터다. 그런 뜻을 담아 프랑수아가 등 뒤에 선 샤를로트를 보며 보고를 재촉했다.

"다시 한번 보고 드립니다. 저희가 전투가 벌어진 곳으로 향하는 와중 빛의 기둥이 솟았습니다. 그곳에서 리리아나 님과 마사토 님을 만났고요. 직전까지 두 분은 센트스텔라 왕성에 있었다고 하니 어떠한 원인에 의해 전이된 것이라 사료됩니다. 정황으로 미루어 짐작해 본 결과……."

샤를로트가 담담하게 말을 이어갔다.

"마사토 님이 용사로 소환된 것 같습니다. 실제로도 신장으로 보이는 검을 손에 쥐고 있고요."

잠시 입을 다물었던 그녀가 보고를 마무리했다.

"그렇다고 하는데, 리리아나 왕녀의 견해도 들어보고 싶군."

"……샤를로트 왕녀님 말씀처럼 저와 마사토 님은 직전까지 센트스텔라 왕성에 있었습니다. 빛의 기둥을 직접 목격하진 못했지만, 마사토 님이 신장으로 보이는 검을 손에 쥐고 있었던 것은 사실입니다. 상황으로 보았을 때 새 용사가 탄생했을 가능성을 부인할 수 없습니다."

"그런가."

양측이 아는 내용을 공유하자, 리리아나도 프랑수아도 깊은 한숨을 내뱉었다.

"……새로운 용사가 소환되었다 가정했을 때, 그런 용사를 소환하는 것은 성석이다. 용사를 소환한 성석이 가르아크 왕국 내에 존재하는 것이라면 국가로서는 성석의 소유권을 주장하고 싶군."

프랑수아는 국가를 대표하는 자로서의 의견을 솔직하게 전했다. 가르아크 왕국 영토 내에서 마사토가 용사로 소환됐을지도 모른다는 상황은 꽤 민감한 사항이었다.

"다만 그렇다고 해서 성석의 선택을 받은 마사토 공을 무리하게 속박할 생각은 없다. 쌍방이 납득할 만한 교섭점을 찾고 싶군."

프랑수아가 말을 덧붙였다. 나라의 이익을 최우선으로 생각한다면 용사가 된 마사토를 포섭하는 것이 제일이지만, 무리하게 잡아두려 했다가는 사츠키와의 관계가 악화될 것이 뻔했다.

"동감입니다. 하지만 이 안건에 대해서는 현재로서 공식적으로 답변할 수 없습니다."

리리아나는 센트스텔라 왕국의 제1 왕녀였으나 어디까지나 왕녀였다. 왕이 아닌 것이다. 왕이 권한을 주지 않는 한 국가를 대표해 교섭할 수는 없었다. 현 상황이 본인의 영역을 넘어선 일임을 리리아나는 솔직하게 전했다.

"물론 이해한다. 그러니 센트스텔라 쪽의 연락을 서둘러야겠지. 아버님께 의견을 물어보도록."

"각별한 배려에 감사드립니다."

지금의 리리아나는 아무것도 없이 이국으로 소환된 상태였다. 일행 없이 마사토와 단둘이 센트스텔라 왕국으로 돌아가는 것은 불가했다. 현실적으로 봐도 가르아크 왕국의 협력을 받는 것 외에 다른 선택지는 없었다.

"이쪽으로서도 마사토 공의 의견을 무시하고 곧바로 결론을 내릴 생각은 없다."

상황은 복잡하다. 그렇다면 이야기를 진행하는 것은 용사들이 꾼다는 꿈을 마사토가 꾼 이후에 해도 늦지 않을 것이다.

그렇게까지 자세한 실정을 설명하지는 않았지만…….

"다만 현 상황에서 이쪽의 요청을 덧붙일 수 있다면 하나 말해두고 싶군. 우리와 대등한 협상을 하기에 앞서 필요한 연락에 협조하는 대신, 당분간 마사토 공과 함께 우리나라에 머무는 쪽으로 일정을 조정해주었으면 한다."

프랑수아가 대가를 요구했다. 센트스텔라 왕국에 연락하기에 앞서 리리아나가 이대로 마사토와 함께 귀국하는 것을 막을 목적이었다. 그렇게 된다면 최악의 경우, 가르아크 왕국은 아무런 주장도 못 한 채 마사토의 신병을 넘겨줘야 할 수도 있었다. 그리고 양국의 관계는 악화될 것이다.

"물론 마사토 공이 어떻게든 센트스텔라 왕국으로 돌아

가고 싶다고 하면 무리해서 말릴 수는 없다. 그러니 이 자리에서의 이야기를 마사토 공에게 전하고 귀국 여부를 의논해도 상관없다. 이쪽도 사츠키 공에게 소상히 의향을 전해두겠다."

하지만 마사토의 의사를 최대한 존중한다는 전제는 변하지 않았다. 그러니까 이는 신사협정 제안이었다. 이쪽이 성의를 보여 사태 해결에 협조할 테니, 그쪽도 성의를 외면하지는 말아 달라는 부탁에 가까웠다. 리리아나의 지위라면 마사토에게 넌지시 바람을 넣어 빠르게 귀국하도록 종용하고, 귀국한 뒤에는 모른 척할 수도 있었기에 보험을 든 것이다.

사츠키나 마사토에게 이 장소에서 나눈 대화를 공개한다면, 이후 가르아크 왕국은 물론 센트스텔라 왕국으로서도 교활한 수단을 취하긴 어려울 것이다. 자칫하면 사츠키의 심기를 건드려 척을 질 위험이 있기 때문이었다. 이들의 인품을 바탕으로 순식간에 방도를 제안한 프랑수아의 수완은 그야말로 훌륭했다.

"……알았습니다. 그럼 마사토 님과 상의한 뒤 당분간은 귀국(貴國)에 머무는 방향으로 일정을 조정할 수 있도록 조국에도 요청해 보겠습니다."

리리아나로서도 마사토의 심기를 거스르고 싶진 않을 것이다. 그녀는 프랑수아의 뜻을 순순히 받아들였다.

"받아준다니 다행이군. 그렇다면 샤를로트."

"네, 아버님."

"사츠키 공이나 마사토 공에 대한 설명은 그대와 리리아나 왕녀에게 일임하겠다. 센트스텔라 왕국과의 연락도 왕도에 돌아가는 즉시 네가 주선하도록 해라."

"알겠습니다."

샤를로트가 공손히 고개를 숙이며 답했다.

'……일단 마사토의 일은 맡겨도 되겠다.'

그런 일련의 대화를 천막 뒤에서 몰래 듣고 있는 자가 있었다. 미하루를 쫓아 주둔지로 잠입한 리오였다. 프랑수아와 샤를로트를 믿지만, 새로 용사가 됐을지도 모르는 마사토가 어떤 대접을 받게 될지 두고 본 것이다.

'다른 사람들 모습도 지켜보고 싶은데…….'

리오는 천막 밖으로 의식을 돌렸다. 뛰어난 정령술사인 오피아나 아르마가 있는 이상, 아무리 리오라도 조심성 없이 다가갈 수는 없었다. 투명화로 모습을 감추는 결계를 쳐도 그녀들에게 간파당할 것이기 때문이었다.

솔직한 심정으로는 그들의 이야기도 들어보고 싶었다.

'……모두와는 만나지 않는 편이 좋겠지.'

하지만 조금 전 아이시아의 말을 떠올리며 충동을 억눌렀다.

'……마사토 일행을 잘 부탁합니다.'

리오는 프랑수아 쪽을 향해 조용히 고개를 숙여 보이고는, 천막을 뒤로하고 주둔지 밖으로 날아올랐다.

〖 제 2 장 〗 ✤ 초월자의 수수께끼

리오는 영체화한 아이시아와 합류하자마자 호수의 주둔지와 영도 그레이유를 내려다볼 수 있는 무인 언덕에 바위집을 설치했다.

"이제 괜찮아."

리오가 말했다.

「응.」

염화 직후 아이시아 역시 실체화했다. 바위집에는 여러 겹의 결계가 둘러쳐져 있었기에 안에 있는 한 정령인 아이시아의 기척도 가릴 수 있었다. 이 상태라면 사라 쪽 계약 정령이 눈치챌 일도 없을 것이다.

"앉을까."

널찍한 거실에 지금은 리오와 아이시아밖에 없다. 옷걸이에 코트를 걸치고 한적해진 공간을 슥 둘러본 리오가 소파에 앉았다.

"……응."

아이시아도 리오의 맞은편에 앉았다. 어딘가 깊은 생각에 잠긴 듯한 얼굴이었다.

"말하기 어렵다면 정리한 다음에 해도 돼."

그래서 그랬는지, 리오도 억지로 물으려 하지 않았다. 아이시아가 말하고 싶을 때 말하라고 부드러운 목소리로 타일렀다.

"……하루토의 일이니까. 지금 무슨 일이 일어난 건지 말해줄게."

아이시아는 천천히 고개를 저었다. 그리고 리오의 눈동자를 빤히 쳐다보더니 입을 열었다.

"눈."

"응?"

"하루토의 눈 색이 변하고 있어."

"눈 색이?"

리오는 의아한 얼굴로 오른쪽 이마 위에 손을 올려 시야를 가렸다. 거울이 없으니 눈 색을 확인할 수는 없었지만, 눈에 별다른 위화감은 없었다.

"붉어졌어. 미안해."

아이시아는 죄인 같은 얼굴로 사죄의 말을 했다. 그녀의 말대로 갈색빛이었던 리오의 눈동자는 붉은빛을 띠고 있었다.

"특별한 이상은 없어. 평소대로 보여. 눈 색이 변한 건 아무렇지도 않고, 아이시아 때문도 아닌 것 같은데……."

리오는 마음에 담아두지 말라는 듯이 웃으며 가볍게 넘기려 했다. 아이시아는 여전히 표정을 굳힌 채 이어서 말했다.

"……눈 색이 변한 건 나와 동화(同化)된 탓일 거야."

"동, 화?"

"조금 전 싸움에서 하루토는 초월자의 권능이라 불리는 힘을 행사했어. 그 힘은 본래 사람이 다룰 수 있는 힘이 아니야. 인간의 몸으로 무리하게 다뤘다간 죽고 말아. 그래서 하루토가 권능을 행사하는 동안 나는 하루토와 하나의 존재가 되어 있었어. 융합되어 있다고 해도 무방해. 그게 동화."

"……지금은 이렇게 따로 있지만, 나랑 아이시아가 하나의 육체로 한 사람이 되어 있었다…… 는 말이지?"

어떤 상태를 말하는 것인지 잘 감이 오지 않는 것인지 리오가 재차 확인했다.

"응. 인간의 몸으로 무리하게 힘을 행사하면 죽게 돼. 그걸 피하기 위해 하루토의 육체를 새로 만들었어. 나와 동화되면서 하루토의 육체는 정령인 나와 일체화돼서 정령에 가까운 존재가 되었다고 보면 돼."

"……과연. 그런 게 가능하구나."

"정령영약(靈約). 정령계약보다 더 강하게 계약자와 연결되는 비술이야. 나와 하루토는 정령영약으로 일반적인 정령계약보다 더 관계를 강화한 덕분에 동화할 수 있었던 거야."

"그런 비술이……. 정령의 마을에도 그런 방법을 쓰는 자는 없는 거지?"

"존재조차 알려지지 않았을 거야. 정령영약을 만들어낸 것은 칠현신. 천여 년 전에도 극히 제한된 일부 사람들만 쓸 수 있었던 특별한 방법이야."

"정령계약과 정령영약의 구체적인 차이가 뭐야?"

"형식만 보면 정령계약은 당사자가 정령술로 계약을 맺는 것이고, 정령영약은 특수한 마술을 통해 계약을 더 견고히 맺는다는 차이가 있어. 실질적인 차이는 영혼 결합의 강도나 깊이. 둘 다 사람과 정령의 영혼을 결합하는 약속이라는 점에서는 같지만, 정령이 사람의 육체에 동화되어 동일한 존재가 되려면 정령영약을 통해 서로의 영혼이 일체화될 정도로 강하게 결합되어 있어야 해."

"……즉 동화가 가능한지 아닌지가 정령계약과 정령영약의 주된 차이라고 생각해두면 될까?"

"응. 동화를 통해 영약자들은 몇 가지 이점을 받게 돼. 그중 하나가 영장(靈裝) 획득이야. 영약자는 자신의 영혼을 무구로서 물질화할 수 있어."

"……그때의 검."

아이시아의 말을 듣고 리오의 뇌리에 가장 먼저 떠오른 것은 바로 전 싸움에서 구체화시켰던 검이었다. 그때 리오는 용사가 신장을 내보내듯이 검을 만들어냈다.

"맞아. 그 검은 초월자의 권능이 아닌 동화로 구현화 된 하루토의 영장이야. 정령이 자신의 영체를 실체화시켜 육신을 입는 것과 같다고 보면 돼. 그 검을 구현하는 것은 내가 동화되어 있을 때만 가능해."

"……확실히, 하고 싶어도 지금은 그 검을 만들어내지 못하는 것 같아. 초월자의 권능이라는 힘은 지금 상태에서도 쓸 수 있을 것 같지만⋯⋯."

그러면서 리오는 자신의 오른손을 물끄러미 바라보았다.

지난 싸움에서는 실체화시킨 검에 권능을 실어 발동시켰지만, 반드시 검이 필요한 것은 아니었다. 논리가 아닌 감각으로 그것을 알 수 있었다.

"초월자의 권능을 쉽게 사용해서는 안 돼. 사용할 때는 반드시 나와 깊이 동화되어 있을 때만 해."

아이시아는 보기 드물게 강한 어조로 쐐기를 박았다.

만약 아이시아가 없을 때 힘을 쓴다면? 그 대답은 아까 아이시아가 설명한 대로였다.

"⋯⋯동화하지 않은 인간의 몸으로 권능을 쓰면 죽는다는 거지. 응, 알았어."

인간의 영역을 초월한 힘을 몸에 지니고 행사하는 대가는 무겁다. 인간이 감당할 수 있는 한계를 넘어 권능을 발동하는 순간 죽음을 맞이하는 것이다. 리오는 그 의미를 감내하듯 무겁게 고개를 끄덕였다.

"동화에는 영장을 얻는 것 말고도 이점이 있어. 방금 말한 대로 동화되는 동안 영약자의 육체는 정령에 가까운 존재가 돼. 동화의 강도를 높일수록 영약자의 힘은 크게 향상되고, 육체가 손상돼도 정령처럼 쉽게 죽지 않게 되지. 권능을 행사해도 죽지 않는 것처럼."

"동화가 더 강해질수록 인간에서 멀어진다는 건가?"

"맞아."

"동화에도 단계가 있구나."

"응. 숫자로 표현한다면 1%에서 100%까지. 혹은 그 이상도."

"그럼 아까 싸움에서는 얼마나 됐어?"

"거의 100에 가까웠다고 생각해. 그럴 생각으로 동화했어. 그래서 동화를 해제하고도 그 영향이 남아서 눈 색이 변한 걸지도 몰라."

아이시아가 죄책감 서린 얼굴을 지었다.

"아까도 말했지만, 눈 색이 변하는 건 아무렇지도 않아. 오히려 동화의 이점은 좋은 것밖에 없다고 생각했을 정도고."

그랬다. 대폭적인 기초 체력 향상은 물론 생명력까지 강화된다면 영약자에겐 좋은 일이 아닐 수 없다.

"……단점도 있어."

전부 좋은 일만 있는 건 아닌가 보다.

"동화한 동안에는 인간을 벗어난 생명체가 되는 거나 마찬가지야. 사람도 아니고 정령도 아닌, 안정되긴 했지만 지극히 부자연스러운 상태. 하루토의 말대로 동화가 강해지면 인간과 멀어지고 불안정한 존재가 되어 가. 그러니까 동화가 강해지면 어떤 영향이 생길지 몰라……. 이게 단점. 눈 색이 변했고, 동화를 해제한 뒤에도 하루토의 육체에 강한 부담이 갔어. 육체에 가해진 부담은 초월자의 권능을 행사한 반동이 주된 이유겠지만……."

동화를 강화한 것도 이유일지 몰라. 아이시아는 그렇게

말하며 리오를 빤히 바라보았다.

"그 밖에도 눈에 보이지 않는 변화가 일어나고 있을 수
도 있어. 그 변화가 좋은 것인지 나쁜 것인지, 일시적인 것
인지 영속적인 것인지도 모르겠어."

그녀가 다시 한번 강조했다.

비유하자면 효과는 극적이지만 어떤 부작용이 있는지
알 수 없는 약을 복용하는 것과 같았다. 악영향이 전혀 없
을지도 모르지만, 최악의 경우 생명과 관련된 일이 일어날
수도 있다. 그런 불안을 함께 떠안는 것이다.

"……강한 동화를 몇 번이나 반복하면 최악의 경우 동화
를 풀어도 하루토는 인간으로 돌아갈 수 없을지도 몰라."

아이시아는 고민 끝에 그렇게 덧붙였다. 리오는 눈을 동
그랗게 뜬 채 그 말을 받아들였다. 하지만 아이시아가 책
임감을 느끼게 하고 싶지 않았을 것이다.

"……뭐, 어떻게든 되겠지."

리오는 비관하지 않고 밝게 답했다.

"그것보다, 아이시아에게 악영향은 없어? 있다면 동화
는 더더욱 쓰지 않는 편이 좋을 테니까."

그러고는 자신이 아닌 아이시아를 걱정했다.

"……아무리 강하게 동화해도 내 쪽은 위험이 적어."

"정말?"

의심한 것은 아니지만, 리오는 다짐을 받듯 재차 확인했다.

"정령인 난 영체가 본체이고 실체화해서 육체를 유지할

수도 있는 존재야. 하지만 하루토는 육체가 본체. 영체화할 수 없는 인간이야. 그럼에도 동화하는 도중에는 영체에 가까워지지. 하루토 쪽이 더 불안정해질 위험이 높아."

그렇기 때문에 안아야 할 위험도 리오 쪽이 크다는 뜻이리라. 육체를 입고 존재하는 인간이 동화에 의해 영체에 가까워졌다가 동화를 풀면 다시 육체를 가진 물질적 존재인 인간으로 돌아간다. 선천적으로 양자 사이를 오갈 수 있는 정령보다 부담이 큰 것은 어쩌면 필연이었다.

"그렇구나……. 알았어."

"문제가 있다고 하면 사츠키 쪽. 정령영약은 용사에게도 적용되는 방법이니까."

여기서 아이시아는 용사를 언급했다. 하지만 전혀 의외의 말은 아니었다. 지금 아이시아의 발언과 지금까지의 설명을 종합하자면 쉽게 짐작이 가능했기 때문이다.

"……용사는 고위정령과 동화되어 있어?"

용사가 고위정령과 동화된 상태다. 그렇게 생각하면 용사가 이 세계에 와서 돌연 초인적인 능력을 얻은 것도, 신장을 자유롭게 구현화할 수 있는 것도 설명이 된다.

"맞아. 소환된 용사의 안에는 고위정령이 봉인되어 있어. 성녀 에리카에게 빙의된 것은 흙의 고위정령."

"역시나……."

그동안 수수께끼에 싸여 있던 용사의 힘이 풀리는 순간이었다.

"다만 하루토와 내가 맺은 영약과는 세부적으로 많이 다를 거야. 용사와 고위정령이 맺은 것은 영약이자 예약(隸約)이니까."

"……영약이자 예약?"

말만으로는 단어가 와닿지 않는 것인지 리오가 머리 위에 물음표를 띄웠다.

"우리가 맺은 정령영약에 적용된 마술의 술식이 원형이고, 용사가 고위정령과 맺은 것은 육현신이 개조를 가한 형태야. 술식이 보다 다듬어졌고 계약에 다양한 조건들이 달렸어. 그래서 고위정령은 아주 불리한 약정을 용사와 맺고 있는 거나 다름없어. 그런 제약을 현신들이 용사 소환 구조에 집어넣은 거야."

아이시아는 용사와 고귀정령, 그리고 현신들의 관계에 대해 언급했다.

"그래서 난 원망을 받고 있어. 미하루도……."

그러면서 안타까운 표정으로 고백했다.

"미하루 씨와 아이시아가 원망을 받고 있다……. 그건 즉……."

"아야세 미하루의 전생은 칠현신이야. 추방된 일곱 번째 현신. 이름은 리나."

"……."

입이 다물어지지 않는 내용에 리오는 할 말을 잃었다. 아이시아의 말을 의심한 것은 아니었다. 하지만 너무나도

믿기 힘든 사실인 것도 분명했다.

"그리고 따지고 보면 나도 칠현신 리나였을지도 몰라."

아이시아는 거기서 그치지 않고 더 큰 충격을 안겨주었다. 그 말은 마치 미하루와 아이시아가 동일인물이라는 것처럼 들리는 말이었다.

"어……?"

리오는 더더욱 당황했다.

"지금으로부터 대략 천 년 전. 난 신마전쟁이 끝난 직후 탄생했어. 칠현신 리나인 그녀는 자신의 신성을 분리해서 나를 낳았어. 그리고 환생한 용의 왕과 나에게 영약을 맺게 해서 용의 왕의 영혼에 나를 머물게 했지."

이제부터가 본론일 것 같은데, 또 상당히 복잡한 경위가 있을 것 같았다.

"……놀라운 일들뿐이네."

리오가 숨을 깊게 내쉬며 소파 등받이에 등을 기댔다.

그리고 천천히 천장을 올려다보았다.

"미안해."

"사과할 일이 아니야. 다만 정리할 시간이 좀 필요해. 저녁 먹고 난 뒤에 이어서 해도 될까?"

이미 들은 이야기만으로도 상당한 정보였다. 계속 듣기 전에 한 번 정보를 정리해두고 싶었다.

"알았어."

"그럼 일단 좀 씻어야겠다."

바로 직전의 전투로 꽤나 상태가 엉망이었다. 피도 묻어 있는 상태라 빨리 씻고 싶었다.

"응."

"아이시아는 어떻게 할래?"

"같이 들어가?"

고개를 갸우뚱한 아이시아가 리오에게 물었다.

"아, 아니, 그런 뜻이 아니라……. 먼저 들어갈 거면 들어가도 돼."

무심코 얼굴을 붉히며 당황한 리오였지만, 평소와 다름없는 아이시아의 모습에 안심한 것인지 가벼운 미소와 함께 해명했다.

"난 영체화하면 오염이 사라져. 하루토 먼저 들어가도 돼."

"그래. 그럼 먼저 들어갈게."

리오는 소파에서 일어나 옷걸이에 걸린 코트를 집어 들고 욕실로 향했다.

◇ ◇ ◇

그렇게 욕실로 이동한 리오는 목욕을 하기에 앞서 오랜 시간 애용해 온 블랙 와이번 코트를 물끄러미 보고 있었다.

'많이 상했네.'

이 코트는 리오가 알기로는 최대의 방어력을 자랑하는 무구다. 하지만 앞선 전투에서 고위정령에 빙의한 에리카

의 공격을 연거푸 맞는 바람에 완전히 너덜너덜해진 상태
였다. 마력공격을 받은 부분은 가죽이 녹아 있어서 앞으로
도 롱코트로 사용하기에는 무리가 있어 보였다.

'……아깝긴 하지만 무사한 부분만 떼서 재사용할 수밖
에 없나?'

보호 면적은 줄어들겠지만 어쩔 수 없다.

블랙 와이번의 가죽은 다루기가 어려워 도미니크 정도
의 초일류 실력은 있어야겠지만, 간단한 바느질 정도라면
리오도 할 수 있었다. 머플러를 만들거나 숏 코트로 쓰는
것도 괜찮을 것 같았다.

'도미니크 씨와 마을 분들께 죄송한 짓을 했네.'

블랙 와이번제 코트는 물론이고 고위정령과의 전투에서
견디지 못하고 부러진 검도 도미니크를 비롯한 드워프가
만든 제품이었다. 파괴된 검은 호수 주둔지에 남겨두고 왔
으니 회수하긴 어려우리라. 리오는 한숨을 내쉬며 손에 쥔
코트를 탈의실 선반에 내려놓았다.

그러다 문득 생각난 듯이 거울을 보았다. 거울 속의 눈
동자는 확실히 붉게 변해 있었다. 눈을 몇 번 깜빡인 리오
가 한쪽 눈을 가리고 좌우 시력에 이상이 없는지 재차 확
인했다. 다시 확인해도 시력이 나빠진 느낌은 없었다. 아
니, 오히려 더 잘 보이는 것 같았다.

이어서 리오는 머리색을 바꿔주는 마도구를 벗었다.

"……."

그러고는 놀라서 그대로 굳었다.

머리색이 리오의 본래 머리색인 검은색으로 돌아오지 않았던 것이다. 정확히는 회백색이었던 머리색이 더욱 짙은 흰 빛을 띠고 있었다.

'……이것도 동화의 영향인가?'

단정하기는 어렵지만 그럴 가능성은 높아 보였다. 시험 삼아 머리를 한 움큼 쥐어보니 딱히 상한 느낌은 없었다. 가볍게 머리를 잡아당겨 보았지만 쉽게 빠지지도 않았다. 이번엔 한 가닥만 집어서 휙 뽑아보았다.

'색이……'

뽑은 머리카락을 가까이에서 한동안 관찰하자 점차 본래의 머리색인 검은색으로 돌아가는 것이 보였다.

'돌아왔다.'

대체 내 몸에 무슨 일이 일어나고 있는 걸까? 궁금하지 않은 것은 아니지만, 생각한다고 답이 나올 문제도 아니었다. 리오는 몇 초간 거울을 계속 쳐다보다가 셔츠를 벗고 상반신을 드러냈다.

'몸의 흉터들도 사라졌어.'

그 사실을 알고 또 한 번 몸이 굳었다.

본래 리오의 몸에는 슬럼가에서 지냈을 때 생긴 미세한 흉터가 여럿 있었는데, 그것들이 모두 깨끗하게 사라져 있었다. 아마도, 아니 거의 확실히, 이 역시 리오의 육체가 아이시아와 동화되며 정령에 가까워진 영향일 것이다.

'……일일이 놀라도 소용없나.'

리오는 짧게 생각을 마치고는 욕실로 향했다.

◇　◇　◇

같은 시각.

가르아크 왕국군이 머무는 호수 주둔지의 천막.

"이쪽의 설명은 이상입니다."

샤를로트가 미하루와 사츠키를 불러 마사토의 처우를 중심으로 한 향후 방침을 막 다 설명한 참이었다.

"꽤나 가감 없는 이야기네요."

실내에는 당사자인 마사토는 물론이고 리리아나도 있었다. 사츠키는 지금의 이야기를 듣고 어떻게 반응하면 좋을지 모르겠다는 얼굴을 하고 있었다.

"그편이 더 충실한 대화가 오갈 것 같아서 리리아나 님과 협의하여 결정했습니다."

"……그건 그러네요."

"덧붙이자면 특정 반응을 기대하고 털어놓은 것은 아닙니다. 이미 말씀드린 바와 같이 우리나라는 무리하게 마사토 님을 만류할 생각이 없습니다. 하지만 용사 소환에 사용된 성석의 소유권에 대해서는 주장하고자 한다는, 이런 국가의 사정을 전해두고 싶었을 뿐입니다."

"저, 그럼 제가 원하는 곳에 있어도 된다는 건가요?"

마사토가 조심스레 손을 들며 물었다.

"네. 가르아크 왕국에 소속되어 주신다면 사츠키 님과 같은 대우로 두 팔 벌려 환영할 생각입니다. 센트스텔라 왕국에 소속되고 싶으시다면 조정을 거쳐야겠지만, 그 부분은 리리아나 님과도 상의해 주시길 바랍니다."

그렇게 말하며 샤를로트가 리리아나에게 시선을 던졌다.

"네, 뭐……. 알겠습니다."

상황을 자세히 설명해 준 데다 리리아나와의 상담도 허락했다. 정말 다른 의도가 없다는 것이 느껴졌기 때문일까. 마사토는 약간 맥 빠진 얼굴로 고개를 끄덕였다. 혹은 아직 본인이 용사가 되었다는 실감이 들지 않는 것일 수도 있었다.

"애초에 나라라는 것은 집단 사회. 집단의 이익이 되는 재산을 무상으로 남의 집단에 내민다면 납득하지 못할 귀족도 많을 것입니다. 어렵게 말하자면 정치 문제지요. 그런 일에 말려들게 된 것을 부디 용서하세요."

샤를로트가 마사토를 향해 고개를 숙여 보였다.

"아, 아뇨, 괜찮습니다."

상대가 아직 거의 안면이 없는 왕녀라 그런지, 아니면 샤를로트가 동년배의 가련한 소녀라 그런지 마사토는 잔뜩 위축된 모습으로 고개를 좌우로 흔들었다.

"그렇게 말씀해주셔서 감사합니다."

샤를로트가 사랑스럽게 미소 지었다. 둘의 시선이 겹치

자 마사토는 부끄러운지 얼굴을 붉히며 시선을 피했다.

"마사토, 귀여운 애한테는 여전히 약하네."

"아하하……."

사츠키의 귓속말에 미하루는 쓴웃음을 지었다.

"장소가 전장이라 대단히 송구하나, 우선은 사츠키 님이나 미하루 님과의 재회를 즐겨주세요. 왕도로 가능한 한 빨리 돌아가실 수 있도록 조처해 두겠습니다."

여기서 샤를로트가 이야기를 일단락 지었다.

"……아직 밖에서는 전투가 일어나고 있는 거야?"

그때 사츠키가 바깥의 상황을 물었다.

"확실한 것은 아직 말씀드릴 수 없지만, 공전기사가 조사한 바에 따르면 도시 밖에 무장한 집단은 보이지 않는다고 합니다. 조금 전 부대가 영도 그레이유를 조사하기 위해 출발했습니다. 전투가 종료되었는지는 그 보고를 받은 뒤에야 알 수 있겠지요. 빠르면 저희만이라도 하루 이틀 내 왕도로 돌아갈 것입니다."

"그래……."

"저기, 미하루 누나."

"왜, 마사토?"

"대체 무슨 일이 있었던 거야?"

마사토가 바로 옆에 앉은 미하루에게 물었다.

"……그게 말이지. 기억이 잘 안 나."

"기억이 안 난다니……, 어째서?"

마사토가 이상하다는 얼굴로 고개를 갸우뚱했다.

"어째서일까……? 이곳의 도시가 남의 나라에 점령됐고, 그것을 되찾기 위해 우리까지 오게 된 건 기억이 나. 그리고 마사토가 소환되었고. 근데 그 전에, 뭔가 잊어선 안 되는 걸 잊은 것 같은 기분이 들어……."

답답한 것인지 미하루의 표정이 흐려졌다.

"미하루 님의 말씀대로 현재 불가사의한 사태가 발생했습니다. 이곳에서 도대체 무슨 일이 일어난 것인지, 그 일부의 사건을 아무도 기억하지 못합니다."

수수께끼의 상실감에 휩싸여 어두워지는 미하루의 말에 샤를로트가 보충했다.

"역시 마사토가 그 자리에 나타나기 전의 기억이 묘하게 빠져 있단 말이지. 정신을 차리고 보니 말도 안 되는 광경이 펼쳐져 있었고……."

사츠키도 답답한지 머리를 감싸쥐었다.

"무엇을 기억하고, 무엇을 기억하지 못하는지 세리아 님과 다른 분들이 돌아오시면 여러분들의 기억을 대조해보고 싶습니다."

그렇게 말하고는 탄식하는 샤를로트.

"네……."

미하루는 속상한 얼굴로 고개를 끄덕였다.

그때였다.

──불가능해. 지금의 너로서는 아무것도 생각해낼 수

없어.

갑자기 어딘가에서 그런 목소리가 들려왔다.

그런 기분이 들었다.

"······어?"

미하루가 화들짝 놀라 두리번거렸다.

"······왜 그래, 미하루?"

갑작스러운 행동에 사츠키가 어리둥절한 얼굴로 물었다.

"아, 아뇨. 지금 누가 말씀하시지 않았나요?"

"아니······? 샤를이 한 말? 세리아 씨 일행이 돌아오면 기억을 맞춰 보자고 한 거?"

미하루도 고개 끄덕였잖아? 사츠키는 당황한 미하루의 얼굴을 들여다보며 물었다.

"그렇, 죠."

잘못 들은 건가 싶어 갸우뚱하는 미하루의 뇌리에 의문이 피어올랐다.

"······괜찮아?"

"네, 죄송해요. 잘못 들었나 봐요."

사츠키의 다정한 걱정에 미하루는 얼버무리듯 미소 지으며 대답했다.

'잘못 들은, 걸까······?'

조금 전의 목소리가 묘한 여운을 남기며 한동안 미하루의 머릿속에 울려 퍼졌다.

◇ ◇ ◇

그날 저녁.

바위 집 거실.

"잘 먹었습니다."

"잘 먹었어. 맛있었어."

리오와 아이시아는 단둘이 저녁을 먹고 거실 소파에 마주 앉았다.

"그럼 대화를 계속해볼까."

갓 우려낸 차를 한 모금 마시며 마음을 가라앉힌 리오가 먼저 제안했다.

"응."

"그 후로 이것저것 생각했어. 우선 보고하고 싶은 거랑 의문스럽다고 생각한 게 있어. 다음 이야기를 듣기 전에 먼저 말해도 괜찮을까?"

"뭔데?"

"우선은 보고부터. 탈의실에서 알게 됐는데 머리색도 바뀌었던 것 같아. 몸의 흉터들도 다 아물었어."

리오는 머리색을 바꿔주는 마도구를 벗었다. 괜한 걱정을 끼치는 것 같아 숨겨둘까도 생각했지만, 함께 지낸다면 조만간 눈치를 챌 것이다. 그래서 털어놓기로 했다.

"……"

눈동자나 머리색이 변화하고 오래된 흉터들이 사라진

것은 그만큼 리오의 육체가 사람이 아닌 영적 존재에 가까워졌기 때문이다. 어떤 후유증이 생길지 모르는 상황이었기에 아이시아는 괴로운 표정으로 입매를 일그러뜨렸다.

"흉터가 사라진 건 좋은 일이고, 다른 변화도 눈에 띄는 악영향은 없어. 그런 표정 짓지 마. 그보다도, 의문스럽다고 느낀 건 용사에 대한 거야. 신장을 자유롭게 출납할 수 있는 이상 용사는 고위정령과 계속 동화된 상태라고 생각하면 될까?"

리오는 바로 보고를 중단하고 화제를 바꿨다.

"……응."

"그렇다면 동화의 위험을 안고 있는 건 용사도 마찬가지 아냐? 오히려 늘 동화하고 있다면 어떤 영향을 미칠지 더 모르잖아."

그랬다, 용사 또한 자신과 똑같은 부담을 짊어지게 되는 것은 아닐까? 항상 동화된 상태라면 더욱 위험하지 않을까?

하지만 리오가 아는 한 사츠키의 외모가 변했다는 이야기는 듣지 못했다. 그 이유는 무엇일까? 리오가 의문을 가진 것은 거기였다.

"아마 용사의 동화는 일상생활을 하는 정도라면 무시해도 좋을 만큼 위험이 낮아."

"그건……, 왜?"

"평소의 용사는 아마 몇 % 정도밖에 동화되지 않으니까. 숫자가 올라갈 때는 신장을 출납해서 전투할 때. 권능을 행사할 때라도 기껏해야 70%에서 80% 정도…… 일 거야. 그 밖에도 용사와 고위정령 간 맺어진 영약에 용사에 관한 특수한 보호 장치가 있을지도 모르지만, 이유는 그거야."

"동화의 정도가 약하면 위험도 낮아진다는 거야? 말 그대로 계속 동화돼도 문제가 없을 만큼?"

"응. 전투를 제외하고 몇 퍼센트 정도의 상태를 유지한다면 계속 동화해도 위험은 없을 거라 생각해. 존재가 인간에 가까워질지 정령에 가까워질지의 기준은, 전투에서 일시적으로 오르는 정도라면 50%만 안 넘겨도 안전성은 유지될 거야."

"존재가 불안정해지기 시작하는 건 동화가 50%를 넘었을 때. 반대로 생각하면 잦은 사용을 삼가야 하는 것도 50%가 넘는 동화라는 거네. 맞아?"

"맞아. 숫자가 올라갈수록 단시간에 끝내는 게 좋아. 이건 하루토와 내가 동화하는 경우도 마찬가지야."

"비율을 낮춘 동화라면 그렇게까지 신경을 쓰지 않아도 된다는 말이지?"

만약 그렇다면, 사용법만 잘 지킨다면 동화는 전투에 있어서 든든한 비장의 카드가 되어줄 것이다. 기초적인 신체 능력 향상과 함께 생명력 상승, 거기다 영장까지 사용할 수 있으니 말이다.

"하지만 권능을 쓸 땐 최고로 강하게 동화되어야 해. 그렇지 않으면 권능 행사의 반동을 견딜 수 없어."

"……고위정령과 동화하면 용사도 권능을 행사해도 안 죽는 게 아닐까 했는데. 성녀 에리카가 죽은 건 권능 행사의 반동을 견디지 못해서 그런 거지?"

"에리카가 죽은 건 용사와 고위정령이 완전히 동화하지 못하도록 육현신이 제한을 둬서 그런 거라 생각해. 권능을 행사할 때도 기껏해야 70%에서 80% 정도밖에 동화가 안 됐을 거야."

즉 70%에서 80% 정도의 동화로는 권능 행사를 감당할 수 없다는 뜻이었다.

"육현신은 왜 그런 제한을 뒀을까? 강하게 동화시킨다면 용사는 죽지 않을 수 있을 텐데……."

"고위정령의 힘은 이용하고 싶지만, 그 존재가 부활하는 것은 막고 싶어서 만들어낸 게 용사 소환 구조니까. 동화가 강해지면 고위정령이 용사의 육체에 빙의해 빼앗을 우려가 있어. 그래서 고위정령이 전면에 나서지 못하도록 영약에 조건을 달아 봉인한 거야."

"……뭔가 복잡한 사정이 있는 것 같지만, 반대로 말하면 권능을 행사하지 않는 한 용사의 몸은 안전하다고 생각하면 되는 걸까? 성녀 에리카가 그랬던 것처럼 고위정령이 용사의 육체를 빼앗을 우려도 거의 없는 거고?"

"응. 기본적으로 용사와 고위정령의 영약은 용사에게 유리하게 되어 있어. 동화의 정도를 올리는 주도권도 용사에게 있으니까 고위정령에게 육체를 빼앗길 우려도 상당히 낮아. 다만 성녀처럼 강하게 동화된 상태에서 회복력을 믿고 지나치게 무리하면 고위정령에게 육체의 주도권을 뺏길 위험성은 올라갈 거라 생각해."

"그렇다면 위험한 싸움이 없는 이상 미하루 씨와 사츠키 씨가 함께 있어도 문제는 없다고 봐도 되겠네."

"응."

"하지만 용사를 싸움에서 떨어뜨려 놓는 건 문제의 보류에 지나지 않겠지. 문제를 근본적으로 해결하려면 고위정령의 노여움을 진정시키는 게 먼저일까?"

"……응, 그게 가능하다면 이상적이기는 해."

"하지만 에리카 안에 있던 고위정령은 미하루 씨와 아이시아를 리나와 동일시해서 분노를 표출했다. 맞지?"

"응. 리나는 미하루의 전생이니까. 그리고……."

"아이시아의 전생이기도 해?"

"그렇기도 할 거야."

아닌 것은 아니다. 하지만 완벽한 정답도 아니다. 그런 뉘앙스를 담아 아이시아는 고개를 끄덕였다.

"고위정령들은 리나도 육현신과 함께 자신들을 배신했다고 생각할 거야."

그리고 그렇게 덧붙였다.

"배신이라……."

도대체 리나를 포함한 칠현신과 고위정령들 사이에 무슨 일이 있었기에?

"달리 묻고 싶은 게 없다면 어째서 고위정령이 칠현신을 원망하는지, 또 먼 옛날에 무슨 일이 있었는지 자세히 말할게."

"그럼 들려줄래?"

"응. 약 천 년 전. 아니, 그보다 훨씬 더 오래전 일이야. 세계에는 유일신인 주신(主神)과 그 신을 따르는 14명의 초월자가 있었어. 용의 왕, 즉 용왕과 6대 정령, 그리고 칠현신."

아이시아가 초월자에 대해 설명하기 시작했다.

내역을 보자면 칠현신이 칠주, 6대 정령이라 불리는 고위정령이 육주, 그리고 용왕이 일주, 이렇게 해서 14주(主)가 되는 셈이었다.

"용의…… 왕."

귀에 익은 단어에 리오가 반응했다. 에리카와의 전투 중 에리카 안에 있던 누군가가 리오에게 한 말이었다.

"용의 왕은 하루토를 말해."

"나를……."

아이시아가 내뱉은 말에 리오는 잠시 말문이 막혔다.

"리오의 전생이 아마카와 하루토인 것처럼, 아마카와 하루토의 전생은 용의 왕이야."

"……그렇구나."

전생의 전생이 더 있었다니, 쉬이 믿기지 않는 이야기였다. 하지만 아이시아를 의심한다는 선택지는 리오에게 없었다. 게다가 미하루의 전생이 칠현신 리나라는 것을 이미 들었고, 리오에게 아마카와 하루토라는 전생이 있는 이상, 그 아마카와 하루토에게 전생이 있어도 이상한 일은 아닐 것이다. 그래서 놀라움은 적었다.

"신은 세계를 창조했고 초월자들과 함께 세계를 관리했어. 하지만 어느 날을 경계로 신은 세계에서 사라졌어. 남은 건 14명의 초월자들뿐. 신은 세계를 떠나기 전 초월자들에게 지시를 내렸고, 그것을 실행하기 위한 법칙을 몇 가지 남겨뒀어."

"계속해줘."

"세계에서 유일신이 사라지자 초월자들은 신이 정한 법칙 아래 신 대신 협력하여 세계를 관리하게 됐어. 다만 신이 있을 때와는 관리의 정도가 크게 달라졌지."

"그렇다는 건?"

"신이 있던 시절, 신은 예언을 하고 때로는 천벌을 가하면서 적극적으로 인류에게 간섭했어. 신이 인류가 걸어갈 역사를 정했고, 인간사회의 규정을 정했고, 사람들은 신을 따라 살아갔지. 사람들이 예언을 따르지 않고 잘못이나 악이 생겨날 것 같으면 신은 천벌을 가해 그 싹을 잘라냈어. 그야말로 신이 제시한 방향으로 나아가는 세계. 모든 것이 조화로운, 신이기에 만들 수 있는 이상향. 이것이 신이 떠나기 전 세계의 모습이야."

하지만 신은 그런 이상향을 포기하고 세계를 떠나며 초월자들에게 세계의 관리를 맡겼다고 한다.

'……신은 왜 세계를 떠난 걸까?'

리오의 뇌리에 떠오른 것은 그런 의문이었다. 다만 말을 끊지는 않고 이야기를 더 들어보기로 했다.

"지금부턴 신이 세계를 떠난 후의 이야기. 신은 세계를 떠나기 전 초월자들에게 역할을 부여했어. 그리고 세계의 관리를 최소화할 것을 지시했지. 그렇게 해서 인류는 신의 인도를 잃고 신이 정하지 않은 역사를 걷게 됐어. 그 결과 사람들의 의견이 대립했고, 가치관에도 충돌이 일어났어. 하나로 뭉쳐 있던 무리는 여러 집단으로 분열됐고, 신분 차이가 생겨났고, 빈부격차가 벌어지면서 인류 간의 전쟁도 일어났지."

그것들은 필연이라고 하면 필연일, 자연스러운 흐름처럼 느껴졌다. 그렇다기보단, 지금 세계의 모습과 무엇 하나 다르지 않았다. 사람은 자유의사를 가진 생물이기 때문이다.

인류의 가치관을 하나로 묶어 전쟁을 없애는 법은 적어도 리오의 머릿속에는 떠오르지 않았다. 그게 가능했다면 인류는 전쟁을 하지 않을 것이다. 신이 어떻게 그것을 실현한 것인지도 알 수 없었다.

"신이 있었을 무렵과 비교해 세상은 어지러워졌어. 하지만 초월자들은 신이 내린 지시에 따라 계속 정관하며 도저히 간과할 수 없는 국면에서 제 역할을 해야 할 때만 세계에 개입했어."

"……지금 세계와 그렇게 다르지 않았다는 건가?"

"초월자가 존재했다는 것 말고는 거의 비슷해. 하지만 지금은 강대국들의 대립에 의해 균형이 잡힌 만큼 전쟁의 횟수나 사망자 수는 옛날이 더 많았어. 그래서 초월자 중에는 황폐해지는 세계를 한탄하는 사람도 있었고, 개중에는 실망하는 자도 있었어."

왜? 왜 신은 세계를 떠났는가? 전지전능한 신이라면 알았을 것이다. 세계가 이렇게 되리란 것을. 부조리로 가득차게 되리란 것을.

그렇게 생각했다고 한다. 앞서 신이 실현한 이상향적인 관리를 가까이에서 보필했던 만큼 초월자들의 실의는 더 컸을 것이다.

"그래서 이 세상에서 모든 부조리를 없애고 싶어 했어. 초월자의 역할을 부여받은 자신들이 어떻게든 해야겠다고 생각한 거야."

아이시아는 거기까지 말하고는 잠시 입을 다물었다.

"……그것이 모든 것의 시작."

그녀가 덧붙였다.

"어떻게든 해보자고 생각한 건 칠현신들. 다른 차원으로 사라졌다는 신을 데려오기 위해 차원에 구멍을 내는 연구를 독단적으로 시작했어."

아이시아가 설명을 이어갔다.

"그것은 초월자의 능력으로도 어려운 일이었어. 일반적

인 공간마술로는 이룰 수 없는 신이 행하는 일이었으니까. 하지만 성과는 나오기 시작했어. 신이 어디에 있는 지까진 알아내지 못했지만, 다른 차원이 존재한다는 것을 알게 된 거야."

모든 것은 신을 이 세계로 되돌리기 위해서, 였다.

"그 후 칠현신은 관측된 차원에 구멍을 내기 위한 실험을 반복했어. 연구는 난항을 겪으면서도 문제를 하나하나 해결하며 조금씩 나아갔지."

하지만――, 하고 아이시아가 대화의 방향을 틀었다.

"칠현신은 같은 뜻이 아니었어. 신을 세계에 되돌린다는 목적을 표면적으로 공유하고 있긴 했지만, 본심인 의도까지는 공유하지 않았지. 리나 이외의 현신들은 세계에 부조리를 미치는 인류에게 완전히 실망한 건지도 몰라. 그래서 차원에 구멍을 내는 것의 위험성을 알면서도 뚫으려 한 거야. 리나는 다른 현신들을 막으려고 했지만 그러지 못했어. 그렇게 리나는 유폐됐고 칠현신은 육현신이 됐어."

"……계속해줘."

여러모로 신경이 쓰이는 것은 많았으나, 리오는 괜히 파고들어 이야기가 옆길로 새는 것을 피하고자 했다.

"리나를 유폐한 상태로 다른 육현신들은 실험을 계속했어. 그리고 마침내 임의의 차원에 구멍을 내는 데 성공한 거야. 그게 지금으로부터 약 천 년보다 조금 전의 일."

"그때라면 분명……."

천 년보다 조금 더 전이라고 하면…….

리오의 뇌리에 한 가지 역사적 사실이 떠올랐다.

"응, 신마전쟁의 발발. 육현신들이 성공시킨 실험의 결과가 그거야."

"……엄청난 이야기를 들어버린 것 같네."

리오는 깊게 숨을 내쉬며 등받이에 체중을 실었다. 다시 생각을 정리할 시간이 필요하다는 충동이 일었지만, 여기까지 온 이상 끝까지 들어야겠다고 생각했는지 다시 몸을 앞으로 기울였다.

"차원에 구멍이 뚫린 결과 이계에서 마의 군세가 대거 밀려왔어. 장소는 슈트랄 지방 서쪽 끝. 이계에도 초월자와 대등한 존재가 있었고, 무엇보다도 마물의 양이 압도적이었어."

그 결과 인류에게 피해가 미칠 것은 불 보듯 뻔한 결과였다고 한다.

"육현신은 이계 세력에 대항하기 위해 인류에게 마술과 마법을 주고 현대에는 발명도 할 수 없는 강력한 마도구를 양산하게 했어. 전쟁은 한동안 교착상태에 빠졌지. 하지만 결정적인 수단은 없었어. 그래서 고위정령이나 용왕에게도 협력을 구해야겠다고 생각한 거야. 유폐됐던 리나의 협조도 얻어내려 했어."

신마전쟁의 발발은 고위정령이나 용왕이 움직일 만한 이유가 되었다.

"문제는 그 시점에서 육현신은 리나에게 신뢰를 잃은 상태였다는 것. 일의 전말을 솔직하게 밝히면 고위정령이나 용왕에게도 반발을 살 우려가 있다는 것이었어. 그래서 육현신은 우선 리나의 유폐를 풀어주기로 했어."

협력을 부탁받은 리나는 일의 전말을 모두 털어놓고 고위정령과 용왕에게 도움을 청해야 한다고 육현신에게 호소했다. 그리하여 육현신은 리나를 고위정령과 용왕에게 사신으로 보내기로 결정했다.

"세계에서 부조리를 없애려다 결과적으로 더 큰 부조리를 불러들였지. 리나는 신마전쟁의 발발을 막지 못한 것을 크게 후회했어. 그래서 고위정령과 용왕에게 사죄와 함께 협조를 청하러 가는 사자 역을 자청했어. 그리고 먼저 고위정령들이 있는 곳에 찾아갔어."

당시 고위정령들은 미개척지에 모여 있었다. 정령의 주민들도 이미 마을을 이루고 살던 때라 지금과 마찬가지로 인간에게서 동떨어져 조용히 살고 있었다고 한다.

"고위정령들은 화를 내면서도 외적의 축출을 우선시해 권속 정령들과 함께 슈트랄 지방으로 향했어. 정령들이 전투에 나갔다는 사실을 알고 마을 주민들도 신마전쟁에 참전했지. 리나는 남은 용왕을 설득하러 갔어."

충당된 전력으로 이 세계의 군세가 우세해질 것이라고 생각했다.

"하지만 거기서 새로운 문제가 생겼어. 고위정령이 미개척지를 출발한 지 얼마 되지 않아, 리나가 용왕을 설득하고 있는 와중에 이계의 군세가 야구모 지방 일부에 나타난 거야."

아마도 슈트랄 지방에서 전이되어 보내진 것이리라.

"……꽤나 위험한 상황이네."

"그뿐만이 아니야. 리나가 용왕을 설득했을 무렵엔 슈트랄 지방으로 향하던 고위정령 육주가 모두 사라졌어. 정확하게는 육현신이 용사 소환 시스템을 구축해 고위정령을 그 핵에 포함한 거야. 리나는 고위정령을 해방하려 했지만 할 수 없었어. 그래서 고위정령들은 리나도 육현신들과 함께 자신들을 배신했다고 생각하고 있어. 아니, 칠현신 자체를 원망하고 있어."

"……그렇구나."

대략 천 년 전에 무슨 일이 있었는지, 리오도 대략적인 틀을 겨우겨우 이해할 수 있었다.

"그 후 리나는 설득을 마친 용왕과 행동을 함께했어. 야구모 지방으로 밀려온 군세를 없애고 슈트랄 지방으로 향해 신마전쟁을 종결시켰지."

"……용왕과 행동을 함께 했다는 부분에서 이야기가 한꺼번에 날아간 것 같은데. 어떻게 신마전쟁을 종결시켰는지, 육현신은 어떻게 된 건지."

"……그 부분은 전혀 몰라. 전쟁 종반의 일도 잘 모르겠어. 떠올리지 못하는 건지 기억에 없는 건지도 애매해서……."

그것조차 모르겠다는 듯 답답한 표정을 지은 아이시아가 오른손으로 이마를 짚었다.

"기억나는 건 용왕이 목숨이 위태로워질 정도로 힘을 다 써버렸다는 거야. 리나도 힘을 많이 소모했고, 그런 상태에서 불온한 무언가를 예견했다는 것. 그래서 환생을 시도했고, 내가 태어났어. 용왕의 힘을 환생한 용왕에게 돌려주기 위해……."

자신의 안에 잠들어 있던 기억을 되살리려는 건지, 아이시아는 초점이 맞지 않는 눈으로 그렇게 말했다.

"……아직은 잘 모르겠지만, 미하루 씨의 전생이 리나였고 아이시아도 어떻게 보면 리나였을지도 모른다는 건 뭐야? 아까 리나가 아이시아를 낳았다고 했는데……."

방금 언급된 내용과도 관련이 있다고 생각했는지, 리오는 아이시아의 기억을 환기하기 위해 새로운 질문을 던졌다.

"응. 나는 리나가 만들어낸 인간형 정령이야. 환생하기 직전 용왕의 힘과 함께, 필요한……, 필요한……."

아이시아는 두통을 참기 위해 이마를 손으로 꾹 눌렀다.

"기억이 안 나면 무리해서 떠올리지 않아도 돼."

리오가 황급히 아이시아를 만류했다.

"내 안에 있는 천 년 전의 기억은, 리나의 기억을 복제한 것, 같아. 나를 창조할 때 리나도 죽음이 가까웠어. 그래서 리나는 나한테……."

그때 아이시아는 눈앞에 앉은 리오를 보는 듯하면서도

보고 있지 않았다. 그녀의 눈동자에 비친 것은 자기 자신이었다.

어째서일까?

"미안해. 시간이 없어. 모든 걸 다 옮기기 전에 그는 죽을 거야. 천 년 후의 그와 당신에게 모든 걸 맡겨야 할 것 같아."

피투성이가 된 손으로 바닥에 그려진 복잡한 술식을 기동시킨다. 눈앞에는 멍한 눈빛을 한 아이시아가 서 있었다.

"그를 부탁해……. 아주 자상한 사람이야. 환생한 나는 너무나 무력할 테니까."

흐릿한 시선이 바닥에 그려진 술식 중앙으로 향했다. 그곳에는 금방이라도 숨이 넘어갈 것 같은 사내가 있었다. 이 사람이 용의 왕이라는 것을 왠지 모르게 알 수 있었다.

"……."

아이시아는 멍한 얼굴로 고개를 끄덕이고 있었다.

그 순간 깨달았다.

지금 보고 있는 이 광경은 아이시아의 기억이 아니다.

이것은 리나의 기억이었다.

"그가 죽기 전에 환생시켜야 해. 나는 영약을 발동시킬 거야. 자, 당신은 그의 안에……."

리나는 자신의 생명력마저 마력으로 변환해 신만이 가능한 대마술을 발동시키려 하고 있었다. 그리고 아이시아는…….

"아이시아? 아이시아?"

리오가 아이시아의 이름을 불렀다.

"아이시아, 아이시아?"

"……왜?"

리오에게 이름을 불린 아이시아가 정신을 차린 것인지 크게 뜬 눈을 깜빡였다.

"멍하니 있던데 괜찮아?"

리오가 걱정스럽게 아이시아의 안색을 살폈다.

"……."

아이시아는 대꾸하지 않고 갑자기 영체화했다.

"응?"

그리고 테이블 너머에 앉은 리오 바로 옆에서 실체화하더니, 애달픈 얼굴로 리오를 끌어안았다.

"……저기, 아이시아?"

갑자기 안겨서 당황하는 리오. 갑작스러운 행동에 그가 걱정스레 아이시아의 이름을 불렀다.

"기억이 단편적인 이유가 떠올랐어. 난 리나의 기억을

불완전하게 복제 당했을 뿐이야. 그래서 모르는 게 많아.”

아이시아가 리오에게 안긴 채 말했다.

“그렇구나.”

“난 리나에 관한 기억을 갖고 있지만 리나는 아니야. 미하루도 리나의 환생이지만 리나는 아니야.”

“……응, 맞아. 나도 그렇게 생각해.”

미하루가 리나의 환생이라는 말을 들었지만, 솔직히 리나라는 인물에 대해 뭔가 특별한 마음이 들지는 않았다. 미하루는 미하루다. 아이시아는 아이시아다. 그게 리오의 거짓 없는 진심이었다.

“내가 가진 천 년 전의 기억은 완벽하지 않아. 하지만 이것만은 알겠어. 리나와 용왕은 환생해서라도 이루고 싶은 무언가가 있었어.”

아이시아가 또렷한 목소리로 말했다.

“하지만 하루토는 하루토. 그리고 리오이기도 해. 미하루도 미하루. 용의 왕도, 현신 리나도 아니야. 그러니 지금 두 사람이 기억하지도 못하는 전생에 묶일 필요는 없어.”

그리고 그렇게 덧붙였다.

“……그래, 그럴지도 모르겠네.”

리오로서도 아마카와 하루토 일이라면 몰라도, 전혀 기억에도 없는 용의 왕이라는 전생의 전생이 자신이라고 해봐야 전혀 실감이 나질 않았다.

“그래도 난 용의 왕이 환생한 존재지? 영혼뿐만 아니라 그 권능도 계승했어."

하지만 리오는 적어도 자신의 전생이 용의 왕이었을 거라는 사실을 부인하지는 않았다.

"……하루토가 짊어질 필요 없어. 미하루가 짊어질 필요도 없어."

지금, 아이시아가 모든 것을 혼자 껴안으려 하고 있었으니까. 그런 표정을 짓고 있었으니까. 만약 이번에는 리오가 죽음으로 내몰리는 일이 생기면 어쩌지? 무심코 조금 전 엿보았던 리나의 기억이 뇌리를 스치며 최악의 장면을 상상했을지도 모른다. 아이시아는 너무나도 불안한 얼굴로 리오도 미하루도 용왕과 현신 리나와는 다른 사람이라고 은연중에 호소했다.

"그래. 용의 왕으로 살겠다는 생각은 할 수도 없고 하지도 않을 거야. 그렇게 말하자면 아이시아도 그렇잖아? 아이시아는 아이시아야. 기억 따윈 상관없어."

"나는…… 리나가 부탁했으니까."

이는 자신이 해야 할 일이라며, 아이시아가 혼자 떠안으려 했다.

"그럼 나도 같이 짊어질게. 아이시아가 앞으로 감당하려고 하는 걸 말야."

리오는 주저하지 않고 그렇게 말했다.

"하지만…… 아주 위험한 일이 생길지도 몰라. 천 년 전 막강한 권능을 가진 용왕마저도 죽음의 문턱으로 내몰렸어."

"그러니까 나 혼자서 어떻게든 할게. 혹시 이렇게 말하려고 했어?"

리오가 아이시아의 속마음을 꿰뚫어보듯 그렇게 물었다.

"……나는 하루토가 죽는 건 바라지 않아."

아이시아가 불안한 심정을 털어놓았다.

그러자 리오가 부드럽게 미소 지었다.

"나도 마찬가지야. 아이시아가 죽지 않았으면 좋겠어. 그러니까 더더욱 아이시아에게만 맡길 수는 없어. 권능은 내가 아니면 쓸 수 없는 거지?"

그가 아이시아를 껴안았다. 아이시아 혼자는 절대 보내지 않겠다는 결의를 나타낸 것과도 같았다.

"……"

아이시아가 자신도 리오를 더 힘껏 껴안아도 되는 것인지 주저하는 것이 느껴졌다.

"지금은 아직 뭘 해야 하는지도 모르잖아? 그럼 깊이 생각하지 말고 그저 함께 있으면 돼."

도닥도닥, 리오는 아이를 달래듯 아이시아의 등을 두드려주며 말했다.

"……응."

울먹이는 목소리로 대답한 아이시아가 리오의 가슴팍에 얼굴을 묻었다.

그리고 얼마나 지났을까. 몇 분이 지난 것도 아니다. 1분도 못 미칠 것 같은 시간이 흐른 뒤.

"……."

아이시아가 느릿하게 고개를 들어 리오의 얼굴을 바라보았다.

"……이제 괜찮아졌어?"

"응."

"그래. 그럼……."

다시 시작할까 말하려다가 지금 자신들이 밀착한 상태라는 것을 뒤늦게 깨달았다. 의자에 앉은 리오에게 아이시아가 몸을 숙여 안겨 있는 자세였다.

"일단 앉아서 얘기할까?"

리오는 조금 멋쩍은 얼굴로 그렇게 제안하더니 아이시아의 작은 몸을 끌어안고 일어났다. 그리고 옆자리에 앉혀주고는 자신도 원래 있던 의자에 앉았다.

"내가 기억하는 대략적인 이야기는 다 했어. 그 밖에 더 물어보고 싶은 게 있어?"

"신이 정한 규칙에 대해 묻고 싶어. 지금의 난 모두에게 잊혀졌고, 모두와도 만나지 않는 편이 좋다. 이것도 그 규칙과 상관이 있어?"

"응."

"어떤 규칙인지 기억나?"

"기억해. 초월자는 신이 사라진 세계에서 신을 대신해 관리하는 자들. 초월자는 마음만 먹으면 세계마저 멸망시킬 수 있는 힘을 갖고 있어. 그래서 신은 그런 힘을 가진 초월자들이 특정 개인이나 집단의 편을 들지 못하도록, 그리고 특정 개인이나 집단이 초월자를 잡아두지 못하도록 규칙을 정했어."

그것은 바로.

"초월자는 자신의 권능을 행사할 때마다 세계에서 존재가 잊혀져."

"……초월자에 관한 것 전부가?"

"응. 초월자를 특정할 수 있는 정보는 모두 사람들의 기억에서 사라져 버려."

"하지만 육현신이나 고위정령의 전승은 곳곳에 남아 있잖아?"

"누가 초월자인지 특정할 수 없을 뿐 이 세계에 초월자가 존재한다는 것은 인식할 수 있어. 무슨 일을 했는지 기록할 수도 있고. 다만 누가 그 초월자인지 개인을 특정할 수 있는 정보는 하나도 기억하지 못하게 돼."

그 결과 초월자는 반쯤 전설적인 존재로 여겨진다고 한다.

"그럼 한번 기억을 잃으면 절대 다시 떠올릴 수 없는 거야? 기억을 잃은 상대에게 왜 기억을 잃었는지 밝히는 건 가능해?"

규칙을 빠져나갈 구멍은 없는지 리오가 물었다.

"알려주는 순간 기억이 사라질 거라 생각해. 몇 번이나 기억을 잃으면 어떤 영향이 나타날지 모르니까 무리하게 상기시키는 건 권할 수 없어. 게다가 초월자가 된 자는 기억하기 힘든 존재가 돼. 초월자임을 숨기고 접촉해도 정신을 차려보면 존재를 잊고 말아."

"마술, 인가? 정령술? 아니, 하지만 그런 세계적인 규모로 위치와 상관없이 발동된다니……."

"신은 그게 가능해."

"……무시무시하네."

너무나도 규격을 벗어난 능력에 리오는 간신히 말을 짜냈다.

"규칙의 주의점은 이것뿐이야?"

"……아직, 그 밖에도 규칙은 있어."

규칙의 내용이 꽤 버거운 것일까. 아이시아는 말을 꺼내기 어려워 보였다.

"신경 쓰지 않아도 돼. 말해봐."

각오를 다진 것인지, 리오가 표정을 다잡고 그녀의 말을 재촉했다.

"권능을 행사하지 않는 경우에도 초월자는 특정 개인이나 집단의 이익을 위해 편을 들어서는 안 돼. 초월자의 힘은 인류나 세계 전체의 이익을 위해 써야 하니까. 다만 특정 개인이나 집단의 이익이 전체의 이익과 겹치는 경우는 예외. 그리고 정당방위에 해당하는 경우나 초월자의 역할을 다하는 경우도 예외야. 초월자는 초월자의 기억을 잊지 않아.”

“만약 어떤 예외도 해당하지 않는 경우, 초월자가 누군가의 편을 든다면?”

“……그땐 초월자도 그 누군가의 존재를 잊게 돼.”

아이시아가 전한 두 번째 규칙은 미리 각오를 했음에도 쉽게 받아들이기 어려운 이야기였다.

편을 들어주려던 상대의 기억을 잊으면 왜 편을 들려고 했는지조차 알 수 없게 된다.

이해하지 못할 것은 아니다. 초월자의 힘이 너무 거대하다 보니 세계의 힘의 균형을 무너뜨리지 않기 위함일 것이다. 그래서 신이 이런 규칙을 정한 것이겠지만, 상당히 가혹한 처사였다.

“그러니까 모두와는 거리를 두는 게 좋다는 건가.”

“응…….”

아이시아는 슬픔이 깃든 목소리로 고개를 떨구며 수긍했다.

“누구를 편들었다고 당장 규칙이 발동하는 건 아니야. 필요성을 판단하기 위함인지 다소의 경우는 묵인해주는…… 것 같아. 하지만 누군가와 지속적으로 함께 행동하면 편을 든다는 판단을 할 수도 있어.”

아이시아가 리오를 염려하듯 말을 덧붙였다.

“어디까지 편들어야 기억을 잃는지 명확한 선을 그을 수 없다는 건가. 그렇다면 섣불리 사람들과 접촉하지 않는 게 낫겠네."

"……응."

"확인하는 게 큰 의미는 없겠지만, 지금의 나는 초월자……인 거지? 그러니까 규칙을 적용받는 입장에 있는 거고."

"응. 권능을 행사함으로써 초월자라고 판단됐어. 하루토도, 동화되어 있던 나도, 성녀 에리카도 조금 전 싸움으로 인해 세계에서 초월자로 인식했을 거야."

즉, 앞으로 리오가 어떤 사태에 개입하게 된다면 모두의 기억을 잃을 각오로 개입해야 한다는 뜻이었다.

"…………그래. 알았어."

소중한 모두의 기억을 잃는 것은 무서운 일이다. 간신히 쥐어 짜낸 리오의 목소리는 작게 떨리고 있었다.

──모두에게 잊혀지는 것은 나 하나면 족해.

아이시아는 그렇게 말하며 폭주한 고위정령을 혼자 막으려 했다.

하지만 모두에게서 잊히는 것뿐만이 아니다. 자신 역시 모두를 잊어버릴지도 모른다.

역시 나 혼자 짊어졌어야 하지 않았을까? 지금 다시 그때의 말이 뇌리를 스치며 아이시아가 괴로운 얼굴로 고개를 숙였다.

"괜찮아. 후회하지 않으니까."

아이시아의 마음을 헤아린 것인지 리오가 미소를 지어

보였다.

"아이시아 혼자만 잊혀지지 않아서 정말 다행이야."

그것은 리오의 거짓 없는 진심이었다.

"······."

"앞으로 어떻게 할지는 차차 생각하자. 누구와도 접촉할 수 없는 건 좀 불편하겠지만, 적어도 우리는 서로를 잊지 않을 테니까. 아이시아가 있어줘서 정말 다행이다."

리오는 둘이 함께라면 외롭지 않다고 말하며 손을 뻗어 아이시아의 머리를 부드럽게 쓰다듬었다.

"규칙 때문에 과거의 초월자들도 사람들 앞에 거의 나타나지 않았어. 하지만 그렇기 때문에 초월자는 권속을 가지는 것이 허락돼."

아이시아가 생각났다는 듯이 새로운 단어를 입에 올렸다.

"······권속?"

"권속도 초월자를 잊지 않아. 초월자와 마찬가지로 규칙에 묶이지만, 초월자가 특정되지 않도록 그의 수족이 되어 움직이는 자야."

"그럼 내게도 권속이 있다는 거야?"

"천 년 전에 있었, 을 거야."

"용왕의 권속에 대해서는 아이시아도 몰라?"

"리나가 준 기억 속에는 없······는 것 같아. 기억이 안 나."

"······그렇구나. 뭐, 하지만 천 년도 전의 일인걸."

설마 지금 시대에도 있으리라고는 생각되지 않았다. 설

령 있다 하더라도 리오가 용왕의 기억을 잃어버린 이상 어디에 있는지조차 알 수 없다. 상대방도 리오가 용의 왕이라는 것을 모르지 않을까?

"초월자와 권속은 연결되어 있어. 그래서 초월자는 자신의 권속을 부를 수 있는, 것 같아."

"부른다니, 어떻게?"

"……몰라."

애초에 용왕은 이미 한 번 죽었다.

연결이 남아있는지조차 알 수 없는 상황이었다.

"나와라, 권속……. 뭐 이런 건가? 나도 참."

시험해봐서 나쁠 것은 없었다. 리오는 손을 뻗어 그럴싸한 문구를 입에 올렸다. 다만 말하고 나서 스스로도 민망했는지 멋쩍은 얼굴로 쓴웃음을 지었다.

그 직후의 일이었다.

"어……?"

공간마술이라도 발동한 것처럼, 리오가 뻗은 손 앞의 공간이 일그러지더니 한 소녀가 나타났다. 나이는 열 살도 채 안 될 만큼 어렸다. 일본을 기준으로 본다면 초등학교 2, 3학년 정도. 의복은 슈트랄 지방 쪽이 아닌 야구모 지방에서 만들어진 디자인 같았다.

"제가 바로 위대한 용왕님의 권속입니다! 오랜만입니다! 만나 뵙고 싶었습니다!"

소녀는 과장된 손짓을 곁들이며 공손히 고개를 숙이더

니 씩씩하게 자신의 등장을 알렸다. 다만 상태가 좀 이상했다.

"으음, 너무 호들갑스러웠나요? 하지만 천 년 만에 다시 뵙는 것이니 실수가 없도록 처음에는 정중한 인사가 제일이죠."

뭔가 이상하다고 생각한 것인지 소녀가 고민하기 시작했다. 바로 앞에 리오와 아이시아가 있는 것조차 눈치채지 못한 것 같았다. 아니, 애초에 리오와 아이시아가 있는 쪽을 보고 있지 않았다.

"……."

리오는 얼떨떨한 얼굴로 소녀를 바라보았다.

"어……?"

그제서야 소녀가 리오와 아이시아를 알아보았다.

"으음……, 처음 뵙겠어요?"

리오가 고개를 숙이며 인사했다.

"……시, 실례했습니다! 예요! 용왕님!"

소녀가 화르륵 얼굴을 붉히며 땅에 머리를 박을 기세로 그 자리에 넙죽 엎드렸다.

정령환상기

【 제 3 장 】 ❈ 권속

"용왕님!"

그렇게 말한 소녀가 리오 앞에 엎드렸다.

"……저기, 우선 고개를 들어줄래?"

어떻게 반응하면 좋을지 모르겠다는 얼굴로 리오가 조심스레 소녀에게 부탁했다.

"다, 당치도 않습니다! 그런 터무니없는 무례를……!"

소녀는 납득할 수 없다는 듯 계속 고개를 숙인 채였다.

"너는…… 내가 용왕이라는 걸 알아?"

리오는 상황이 잘 이해가 안 간다는 얼굴로 그렇게 물었다.

"네! 권속인 저를 부를 수 있는 것은 이 세상에서 딱 한 분, 용왕님만이 가능하십니다! 용왕님과의 연결도 느껴집니다! 모습이 변한 것은 뭔가 이유가 있으신 것 같지만……."

소녀는 고개를 숙인 채 망설임 없이 단언했다.

"그렇…… 구나. 그래도 역시 고개 좀 들어줄래? 아니, 그보다 앉지 않을래?"

"괘, 괜찮으십니까?"

"당연하지. 차라리 부탁하고 싶을 정도야. 어서 일어나."

열 살도 안 되는 여자아이가 자신 앞에서 엎드려 있는 모습을 보는 것은 정신 건강에 좋지 않았다. 리오가 빠르게 손을 내밀었다.

"가, 감사합니다!"

조심스레 고개를 든 소녀가 기쁜 얼굴로 리오의 손을 잡고 일어났다. 일어나 손을 뗀 뒤에도 눈동자를 반짝이며 자신의 손을 응시한다. 마치 동경하는 유명인과 악수해서 기뻐하는 것 같은 반응이었다.

'……이 아이가 용왕의 권속, 인 거지?'

리오는 형용하기 어려운 기분으로 소녀를 바라보았다.

"그, 그럼 거기 의자에 앉아……, 왜 그래?"

그러면서 소녀에게 앉을 것을 재촉했으나, 소녀가 의심스러운 시선으로 아이시아를 바라보는 것을 눈치채고 무슨 일인지 물었다.

"……저, 저쪽 여자에게서 그 여자의 기운이 납니다."

소녀가 언짢아 보이는 표정으로 아이시아를 가리켰다.

"……그 여자?"

"칠현신 리나입니다!"

소녀가 못마땅한 얼굴로 그 이름을 입에 올렸다.

"……그런 것까지 알 수 있는 거야?"

"대, 대체 어째서죠?!"

"어, 으음, 뭐가?"

어찌 된 영문인지 소녀는 뚱하니 토라진 얼굴을 하고 있었다. 뭔가 이상하게 돌아간다고 생각하는 와중 소녀가 리오에게 되물었다.

"천 년 동안 저 여자와 쭉 함께 계셨던 겁니까?"

"아니……, 일단 이 아이는 리나가 아니라고 봐야 할 것 같은데."

"네?"

"게다가 나도 용의 왕이 아니고."

"네엑?!"

"정확히는 용의 왕일 때의 기억이 없는 거지만……."

"기, 기억이…… 없어?"

소녀는 멍하니 눈을 깜빡였다.

"그, 그럼 저도 기억 못 하시는 건가요?!"

그러더니 경악한 얼굴로 리오에게 물었다.

"……응."

거짓말을 할 수도 없었기에 리오는 고개를 끄덕였다.

"그럴 수가……."

소녀의 큰 눈망울에 눈물이 글썽였다. 그녀가 정말 용의 권속이라면, 겉모습과 같은 나이는 분명 아닐 것이다. 실제 연령은 아마도 천 살 이상.

하지만 열 살도 안 되는 소녀로 보이는 것 또한 사실이었다. 금방이라도 울 것 같은 그 얼굴은 어린 소녀 그 자체였다.

"저기…… 미안."

리오는 죄책감이 묻어난 얼굴로 고개를 숙였다.

"아……. 아, 아뇨! 아닙니다, 고개를 들어주세요! 시, 실례했습니다! 칠칠치 못한 모습을 보였습니다!"

소녀는 번뜩 정신을 차리더니 몇 번이나 머리를 조아렸다.

"아니, 당황한 건 나도 마찬가지니까 괜찮아."

리오가 신경 쓰지 말라며 소녀를 타일렀다.

"그럼 저쪽 의자에 앉아줘."

"시, 실례하겠습니다!"

리오의 권유에 소녀가 맞은편 자리에 앉았다.

"뭐 마실 거라도……, 차가운 차도 괜찮아?"

"네, 네! 뭐든 감사히 받겠습니다!"

소녀가 잔뜩 쪼그린 채 답했다.

"《디스차지》."

리오는 시공의 장에서 금속제 컵과 과자 같은 것들을 꺼냈다.

"자."

거기에 차가운 차를 따라서 소녀에게 내밀었다.

"가, 감사합니다! ……예쁜 잔이네요."

한껏 긴장한 얼굴로 인사한 소녀가, 금속제 용기가 신기했는지 눈을 크게 뜨고는 홀린 듯이 바라보았다. 컵은 드워프 제작품이다. 음료가 잘 식지 않아 리오도 애용하는 것이었다.

"먹어. 과자도 있어."

"네……. 흐아, 맛있다."

양손으로 컵을 들고 음료수를 마신 소녀가 눈을 휘둥그레 떴다.

"그거 다행이네."

"과, 과자도 맛있어요!"

"사양하지 말고 먹어."

리오는 맛있게 과자를 먹는 소녀를 보며 흐뭇한 얼굴로 말했다.

'……용의 왕이 존재할 무렵부터 살아온 줄 알았는데, 그렇게 오래 산 건 아닌가?'

동시에 그런 의문도 들었다.

"자, 물수건."

아이시아가 젖은 수건을 내밀었다.

"감사합니다. ……헉?!"

소녀가 생글생글 웃으며 입을 닦았다. 하지만 아이처럼 보였다고 생각했는지 곧바로 수줍게 뺨을 붉히며 고개를 숙였다.

"그럼 우선 자기소개부터 할까?"

리오가 소녀를 배려하여 화제를 바꿨다.

"네, 네!"

"나는 리오야. 슈트랄 지방에서 태어나 자랐지만, 부모님은 야구모 지방의 카라스키라는 왕국 출신으로 나이는…… 이제 곧 열일곱 살이 돼."

"리오…… 님."

소녀가 눈을 동그랗게 뜨더니 곱씹듯 이름을 중얼거렸다.

"그리고 이 아이는 아이시아. 칠현신 리나가 만든 인간형 정령으로 지금은 나와 계약한 상태야."

리오가 이어서 아이시아를 소개했다.

"아이시아, 으우……."

칠현신 리나에 대해 복잡한 감정이 있는 것인지 소녀는 아이시아에게 경계심 어린 시선을 보냈다.

"리나에게서 기억을 이어받았지만, 아이시아는 리나와는 다른 사람이야."

그것을 본 리오가 타이르듯 덧붙였다.

"네……."

"아이시아가 리나의 기억을 되찾은 건 오늘이야. 그래서 나도 용의 왕의 환생이라는 걸 알려줬는데……."

갑자기 다시 태어났다는 이야기를 믿어줄까? 리오는 설명하면서도 소녀의 반응을 살폈다.

"용왕님은 환생하신 거군요."

복잡한 심정인지 소녀의 표정이 어두워졌다.

"……믿어주는구나."

리오가 의외라는 표정으로 눈을 동그랗게 떴다.

"제가 용왕님을 의심하는 일은 있을 수 없습니다!"

"그, 그래."

"게다가 칠현신이 그런 연구를 하고 있다고 리나가 말했습니다."

"……넌 리나와 만난 적이 있어?"

"네. 용왕님을 신마전쟁으로 불러들인 게 그 여자니까

요. 그래서 용왕님께서 싸움을 끝내셨는데, 갑자기 용왕님과의 연결이 끊기고 지금까지……."

당시를 회상한 것일까. 혹은 용왕이 떠난 천 년 간의 설움이 북받친 것일까. 소녀의 커다란 눈동자가 촉촉이 젖어 들었다.

"그렇. 구나."

리오는 목이 막히는 기분이었다.

"역시 용왕님께서는 돌아가신 거군요."

"……."

그렇다고 말하는 것은 간단했다. 하지만 금방이라도 울음을 터뜨릴 것 같은 소녀의 앞에서 쉬이 말이 나오지 않았다. 리오가 괴로운 얼굴로 입을 다물었다.

"괘, 괜찮아요! 우는 거 아닙니다! 훌쩍."

소녀는 알고 싶어 했다. 아무리 봐도 울고 있는데도 큰소리를 내며 눈물을 훔치고 있다. 그래서 리오도 전해주기로 결심했다.

"전쟁 직후 용왕은 죽은 것 같아. 그리고 천 년 뒤인 지금, 그 영혼은 내 육체에 깃든 것 같고. 하지만……."

"예전의 기억이 없으신 거군요."

"응. 용왕은 전생의 전생인 것 같은데, 전생의 기억은 있어도 용왕의 기억은 전혀 없어."

"용왕님께서는 한 번도 아니고 두 번이나 환생을 하셨나요?"

"응. 한 번의 환생은 여기와는 다른 세계에서 이뤄졌는데, 그쪽 세계에 있을 때도 용왕을 기억하진 못했어."

"하지만 이번 환생에서는 전생의 기억을 기억하시는 거죠? 이상하지 않습니까? 어째서 용왕님일 때의 기억만……."

소녀가 답답한지 입술을 삐죽였다.

"확실히 전생의 내 기억은 있는데 용왕의 기억만 없다는 게 신기하긴 하네."

리오도 소녀와 공통된 의문에 도달했다. 그리고 어쩌면 답을 알고 있을지도 모르는 아이시아에게 시선을 던졌다.

"이 세계의 주민으로 간주되던 사람이 외부 세계로 이동하면 환생이든 전이든 기억을 잃는 것 같아. 자세한 이유는 리나도 몰랐던 것 같은데, 아마 신이 정한 규칙 중 하나일 거야."

아이시아는 리나의 지식에 기대어 답했다.

"……그렇구나."

"외부 세계 주민이 이곳으로 들어올 땐 기억을 유지할 수 있어. 하지만 이 세계의 주민이 외부 세계로 잠시 이동했다 돌아오는 경우엔 해당이 안 돼. 그걸로 외부 세계의 주민이 됐다고 볼 수는 없으니까. 그래서 기억이 사라지는 것 같아."

"그래서 내가 용왕의 기억을 잃은 거구나……. 하지만 아이시아는 리나의 기억을 되찾았어. 그건 어째서야?"

"그, 그래요! 왜 너만 기억하는 거죠?! 규칙에는 뭔가 예외가 있는 게 아닌가요?!"

어쩌면 리오가 용왕의 기억을 되찾을 수도 있다는 생각이 들었을까. 소녀가 리오의 의문에 편승해 아이시아를 다그쳤다.

"……그건 몰라. 용왕의 영혼과 함께 외부 세계로 나간 시점에서 규칙이 적용됐을 거야. 그래서 나도 기억을 잊고 있었고."

"기억해 보세요! 뭔가 빠져나갈 구멍이 있을 거예요!"

소녀는 필사적이었다.

"……내가 가진 리나의 기억은 엄밀하게 말하면 내 경험은 아니야. 경험을 수반하는 기억이 아니라 복제되어 알게 된 지식에 가까워. 그래서일지도 몰라."

아이시아는 자신 없다는 듯 고개를 갸우뚱하며 추측했다.

"그런 건 이유가 안 돼요! 분명 그 여자는 발견했을 거예요! 신이 정한 규칙을 어길 방법을!"

"……어겨?"

리오가 당황하며 물었다.

"칠현신들은 규칙을 피해갈 연구를 하고 있었어요. 적어도 규칙의 강제력을 누그러뜨릴 수 있는 방법은 찾은 상태였습니다."

소녀는 그렇게 말하고 "《디스차지》"라고 주문을 영창했다. 아무래도 소녀 역시 시공의 장과 동등하거나 유사한 공간마술 마도구를 소지하고 있는 것 같았다. 그 팔에는 리오가 착용하는 시공의 장과는 다른 팔찌가 채워져 있었다. 소녀는 그곳에서 하나의 가면을 꺼냈다.

"……이 가면은?"

"천 년 전 용왕님과 리나가 썼던 가면의 예비입니다. 이것을 장착하는 동안은 초월자에게 적용되는 규칙의 효과를 줄여줍니다."

"그런 물건이……."

리오는 저도 모르게 숨을 삼켰다.

"내가 아는 지식에도 없어."

아무래도 아이시아도 모르는 물건인 것 같다. 그보다는 아이시아가 리나에게 계승한 기억이 불완전한 탓이리라.

"그럼 이걸 쓰고 있으면 기억의 상실을 막을 수 있는 거야?"

한 줄기 희망이 비쳤다. 그렇게 생각한 리오가 기대를 담아 물었다.

"초월자 본인이 기억을 잃는 것은 막을 수 있습니다. 하지만 권능 행사로 인한 망각의 발생을 피할 수는 없습니다."

"……그렇구나."

역시나 그렇게 손쉬운 이야기는 아니었다.

"권능을 행사하지 않는 경우에도 초월자의 힘은 특정 개인이나 집단의 이익을 위해 써야한다. 다른 규칙에도 효과가 있는 것 같지만 이 가면은 주로 이 규칙의 속박을 누그러뜨리기 위함입니다."

"그럼 이걸 끼고 있으면 누군가를 위해 힘을 써서 싸우는 것도 가능해?"

"시간제한이 있습니다. 이건 불완전한 소모품입니다. 효과가 발동되는 동안에는 항상 가면에 부하가 걸리고 곧바로 깨져버립니다."

"가면은 전부 몇 개나 있어?"

"다섯 개입니다."

"양산은……."

"못 합니다. 적어도 저에게는. 이건 당시 리나가 만든 물건이라 리나가 있으면 재생산할 수 있을지도 모르지만……."

그렇게 말하고 소녀는 아이시아를 본다.

"……난 만드는 방법을 몰라."

아이시아가 미안하다는 얼굴로 고개를 저었다.

"그렇게 되면 용왕님이 누군가를 위해 싸울 수 있는 것은 이 가면이 다섯 번 부서질 때까지입니다. 가면은 모두 용왕님께 드리겠습니다."

소녀는 "《디스차지》"라는 주문을 시전하고 나머지 네 개의 가면을 탁자 위에 올려놓았다.

"……괜찮아?"

"당연합니다. 용왕님의 소유물이니까요."

"……고마워."

리오는 감사 인사를 하고 가면 하나를 집어보았다.

"가면을 얼굴에 붙이면 자동으로 고정됩니다. 가면이 깨지거나 장착자가 벗기 위해 떼어내지 않는 한 떨어지지 않을 겁니다."

"그렇구나……."

리오는 시험 삼아 가면을 얼굴에 대보았다. 그러자 소녀가 말한 대로 가면이 고정돼 움직이지 않게 되었다. 아마도 마술과 관련된 설계 덕분이겠지만, 가면을 착용하고 있다는 위화감은 거의 없었다. 시야도 양호했다.

"하나는 아이시아가 갖고 있는 편이 좋겠다."

"알았어."

"……어째서죠?"

리오가 아이시아에게 가면을 건네주자 소녀가 어리둥절한 얼굴로 고개를 갸웃했다.

"나는 정령인 아이시아와 동화해야만 제대로 된 용왕의 권능을 행사할 수 있거든. 그래서 아이시아도 초월자로 받아들여졌을 거야."

"네엣?! 용왕님과 동화?! 이 여자가 말입니까?!"

소녀가 파드득 놀라며 몸을 쭉 내밀었다.

"아, 아이시아와는 정령영약이라는 특수한 계약을 맺고 있다는 것 같아. 지금의 난 인간이니까 이대로 권능을 행사하면 부담을 견딜 수 없다고 해서. 아이시아와 동화해 영체에 가까워지면 권능을 행사할 수 있다고……, 이해했을까?"

리오는 쩔쩔매며 소녀에게 동화에 대해 설명했다.

"마, 말도 안 돼……."

소녀가 뚱하니 볼을 부풀리며 아이시아를 노려보았다.

"마, 맞다. 이 가면은 초월자 외에는 아무런 효과가 없는 거야?"

리오는 곧바로 다른 질문을 던져 화제를 돌리려 했다.

"……영체를 가진 종족 특유의 기운을 감추는 효과도 있습니다. 영체를 가진 권속을 위한 효과이니 당연히 정령에게도 효과가 있고요. 그 무식하게 온몸에서 흘러넘치는 정령의 기운도 감출 수 있을 겁니다."

"그런 효과도 있구나……. 그렇다면 더더욱 아이시아도 써두는 편이 좋겠네."

"써볼게."

아이시아도 가면을 집어 자신의 얼굴에 가져갔다. 그러자 리오와 마찬가지로 가면이 얼굴에 고정되었다.

"어때?"

기운이 잘 숨겨졌는지 아이시아가 물었다.

"정령의 기운이 숨겨진 건지 어떤지 난 잘 모르지만."

"괜찮아요. 잘 가려졌습니다."

정령의 기운을 감지하지 못하는 리오 대신 소녀가 대답했다.

"다행이다. 잘 어울려?"

아이시아는 이어서 고개를 갸웃하며 물었다.

"응, 아주 잘 어울려."

"고마워. 커플 가면이네."

"으우우……."

리오와 아이시아의 무심한 대화를 보며 소녀는 부러운지 입술을 삐죽였다.

"저기, 그러고 보니 아직 네 이름을 못 들었네. 늦었지만 알려줄 수 있을까?"

그런 소녀의 시선을 감지한 리오가 소녀의 이름을 물었다.

"……저는 소라입니다."

순간 쓸쓸한 표정을 지어 보인 소녀가 자신의 이름을 밝혔다.

"소라구나. 좋은 이름이네."

"……감사합니다. 이 이름은 용왕님께서 주신 자랑스러운 이름입니다."

그래서 더 특별한 감정이 깃든 것일까. 다른 사람도 아닌 용왕의 환생인 리오가 이름을 잊어버린 것이 서운했는지도 모른다. 하지만 그가 이름을 칭찬하자 곧 부드러운 미소를 지어 보였다.

"그렇, 구나……. 그럼 소라라고 불러도 될까?"

"네, 네! 물론입니다!"

"잘 부탁해, 소라."

"잘 부탁드립니다, 용왕님!"

분명 이것이 이 소녀, 소라의 본래 표정일 것이다. 그녀는 붙임성 좋게 웃으며 솔직하게 기뻐했다.

"용왕이라는 칭호는 익숙지 않으니까 리오라는 이름으

로 불러주면 좋겠는데."

리오가 조금 겸연쩍은 표정으로 부탁했다.

"그, 그런 황송한……!"

소라가 과분하다는 듯 테이블 위에서 몸을 숙였다.

"하지만……. 아, 그리고 보니 용왕의 이름은 뭐였어?"

리오는 소라에게 무언가 말하려다 그 대신 용왕의 이름을 물었다.

"……류오 님입니다."

"어, 그건……."

당황하는 리오. 이름이 귀에 익었기 때문이었다. 리오가 카라스키 왕국 마을에서 살고 있을 무렵, 고우키의 아들인 하야테가 검세관으로 마을을 방문했을 때 들은 이야기에 나온 영웅의 이름이었다.

"뭔가 떠오르셨나요?"

"아니, 야구모 지방 카라스키 왕국에 있을 때 들은 적이 있거든. 야구모 지방에 들이닥친 마의 군세를 물리친 전설의 영웅이라고……."

"아, 그 전승은 제가 퍼뜨린 겁니다."

소라가 태연히 고백했다.

"뭐?!"

리오는 너무 놀라 눈을 휘둥그레 떴다. 예기치 못한 형태로 먼 옛날 전승의 창작자를 만난 셈이니 놀라는 것도 무리는 아니었다.

"용왕님의 도움을 받은 주제에 용왕님을 비판하고, 그것도 모자라 용왕님의 존재조차 잊은 무리들이 태평하게 사는 것을 용서할 수 없었습니다. 그래서 나라의 왕들을 교육하여 전승으로 퍼지게 했습니다."

소라는 에헴, 하고 가슴을 펴더니 전승을 퍼뜨린 동기를 전했다.

"아하하……. 하지만, 그렇구나. 류오의 곁에는 동행자가 있다고 들었어. 함께 싸우러 갔다고. 그건 칠현신 리나를 말한 거였나."

대체 소라가 왕들에게 어떤 교육을 한 것인지는 모르겠지만, 리오는 과거 들었던 전승의 내용을 떠올리면서 오늘 알게 된 초월자의 지식과 흥미롭게 맞춰보았다.

"아, 그건……."

리오의 추측에 오류가 있었는지 소라가 무언가 지적하려고 했다.

"응? 아니야?"

"아, 아뇨, 틀리지 않았습니다!"

소라의 목소리가 뒤집어졌다.

'도, 동행자가 저라고는 황송해서 말할 수 없습니다! 하지만 이대로라면 저 여자가 용왕님의 특별한 동지가 되는데……!'

으으음, 신음하며 소라는 극심하게 갈등했다.

"그리고 소라도."

그때 리오가 덧붙였다.

"네?"

"소라도 당시 용왕을 돕고 있었지? 그렇다면 용왕 대신에 내가 감사를 전할게. 고마워."

"아, 아뇨! 당시 용왕님께서도 칭찬은 해주셨습니다!"

소라는 새빨개진 얼굴로 고개를 푹 숙였다.

"하지만, 그렇게 되면 역시 소라가 나보다 훨씬 연상이 되는 거 아냐? 이름만 부르는 건 좀 그런가……?"

여자에게 나이 이야기를 꺼내는 것도 어떨까 싶지만, 아마 소라는 리오보다 천 살 이상의 연상일 것이다. 이대로 아이 취급을 해도 괜찮을까 고민한 리오가 물었다.

"시, 싫지 않습니다! 소라에게 있어 용왕님은 영원한 주인님이자 양부모시니까요!"

"그, 그래?"

리오는 소라의 기백에 완전히 눌려버렸다.

"네! 게, 게다가 소라는 용왕님의 권속이 된 시점에서 육체적으로나 정신적으로 성장이 멈췄다고 배웠습니다. 그러니 산 연수와는 관계가 없습니다! 소라는 부하로 다뤄주세요! 그, 그리고 보, 본인의 자식처럼……, 아, 아니, 아이처럼 다뤄주셔도 괜찮습니다!"

본인의 마음속에 깃든 생각을 기세 좋게 털어놓는 소라였지만, 이내 부끄러워진 것인지 뒤로 갈수록 소리가 작아지고 뺨이 점차 붉어졌다.

"……응, 알았어. 그럼 소라라고 부를게."

소라의 입에서 몇 가지 신경 쓰이는 정보가 나오긴 했지만, 리오는 일단 잠자코 그녀의 호칭에 대해 정식으로 결정했다.

"네!"

소라는 진심으로 기쁘다는 얼굴로 천진하게 웃었다. 이렇게 보면 정말 천 년 넘게 살아온 인물 같지가 않았다. 그냥 아이였다. 정신적인 성장이 멈췄다는 것도 마냥 엉뚱한 이야기는 아닌 것 같았다.

"일단 한 가지 물어보고 싶은데, 소라의 종족은 뭐야? 그냥 보면 사람으로밖에 안 보이는데……."

소라는 인간은 감지하지 못하는 정령의 기운을 감지할 수 있고, 적어도 신마전쟁 무렵부터 살아있었을 것이다. 용왕의 권속이 된 시점에서 육체적으로나 정신적으로나 성장이 멈췄다고 말한 것이 마음에 걸려 리오는 소라의 종족을 물어보기로 했다.

"소라는 원래 인간이었습니다. 용왕님께서 절 거둬주셔서 권속이 될 수 있었던 겁니다."

이런저런 이야기도 나누고 서로의 소개도 마치면서 긴장이 풀린 것일까. 그것이 자연스러운 호칭인지 소라는 자신을 지칭할 때 3인칭 화법을 쓰고 있었다.

"인간……이, 초월자의 권속이 될 수 있어?"

소라가 인간이라는 말에 리오가 놀라며 물었다.

"실제로 소라는 됐으니까요."

"……권속만은 초월자의 권능 행사로 인한 망각의 영향을 받지 않는 거지? 그렇다면 기억을 되찾아줬으면 하는 상대를 권속으로 삼으면 기억을 살려낼 수 있을까?"

혹시 모두의 기억을 되찾을 수도 있지 않을까 하는 의문이 들었기 때문이었다.

"실제로 본 적이 없기 때문에 소라는 잘 모릅니다. 하지만 가능성은 있을지도 모르겠습니다."

"권속들이 어떻게 선정되는지는 알아?"

"누구를 권속으로 삼을지는 용왕님이 선택하시는 겁니다. 원하는 사람을 권속으로 만들 수 있다고 하셨습니다."

"그렇다면 그 밖에도 용왕의 권속이 있었어?"

"용왕님의 권속은 소라뿐입니다. 애초에 권속의 수가 많으면 바람직하지 않다고 용왕님이 직접 말씀하셨습니다."

"그건 어째서야?"

"신의 규칙이 있기 때문이라고 하셨습니다. 한 명의 초월자가 사역할 수 있는 권속의 수는 최대 3명까지로 정해져 있다고 합니다."

"또 그건가……."

리오가 탄식했다. 아무래도 신은 초월자가 세계에 관련되는 것을 몹시 염려한 듯했다.

"그리고 권속이 된 자는 초월자와 마찬가지로 이 세상의 이치를 벗어난 존재가 되어 앞서 설명한 대로 육체와 정신의 성장이 멈추게 됩니다. 그 밖에도 권속이 되면 주인의 뜻에 반하는 일은 일절 할 수 없게 됩니다. 가족이 있을 경우 그 사람들과의 관계도 모두 끊어야만 합니다. 그러니 누군가를 무의미하게 권속으로 삼아선 안 된다고 용왕님께서는 말씀하셨습니다."

"그런가……. 확실히 그러네. 응, 동감이야. 하지만 그렇다면 용왕은 어째서 소라를 권속으로 둔 거야?"

리오는 권속이라는 존재가 무엇인지 아직 잘 이해하지 못하고 있었다. 지나칠 뻔했던 부분을 소라가 알려준 덕분에 더욱 확실하게 의미가 와닿았다. 그러면서 동시에 소라가 용왕의 권속이 된 경위가 궁금해졌다.

"소라는 1,500년 정도 전에 태어났습니다. 인간들 사이의 전쟁으로 죽어가던 와중 용왕님께서 거둬주셔서 권속이 되었습니다."

"그렇구나……. 괴로운 걸 물어봤구나. 미안해."

"아닙니다! 지금의 소라가 있는 것은 용왕님 덕분입니다! 뭐든 물어봐 주세요!"

"……그렇다면 누군가를 권속으로 삼을 수 있는 방법과 권속이 되면 생기는 변화들을 알려줄 수 있을까?"

소라의 설명을 고려하자면 리오는 앞으로 두 명을 권속으로 삼을 수 있었다. 누군가를 쉽게 권속으로 삼을 생각은 없지만, 자신과 관련된 일이었으니 알아둘 필요는 있을 거라 생각한 리오가 그렇게 물었다.

"권속은 초월자에게 혈육을 나눠 받으면 탄생한다고 말씀하셨습니다. 소라도 피를 마셨으니 확실할 겁니다."

"음, 그렇구나. 혈육을……."

"권속이 되면서 생기는 변화에 대해서는, 주인이 되는 초월자의 영향을 아주 강하게 받습니다. 그래서 소라는 용왕님의 영향을 많이 받았어요. 예를 들면……."

거기까지 말하고 소라는 벌떡 일어섰다. 그 직후, 아무것도 없던 소라의 머리와 엉덩이에서 뿔과 꼬리가 자라났다.

"어……?"

리오는 저도 모르게 눈을 깜빡이며 그 모습을 응시했다.

"지금의 소라는 인간이 아닌, 말하자면 용인입니다. 육체 외에 영체를 갖게 되었습니다. 이건 그 몸을 부분적으로 육체 위에 실체화시킨 상태입니다. 마음만 먹으면 온몸이 영체가 되어 용이 될 수도 있습니다."

용왕님의 권속은 용으로 변할 수 있게 된다. 그렇기 때문에 용의 왕인 것입니다, 라고 소라가 자랑스럽게 덧붙였다.

"소라가 정령과는 다른 강한 기운을 내기 시작했어."

눈을 동그랗게 뜨고 있던 아이시아가 지적했다.

"몸에 깃든 영체 특유의 기운입니다."

"그럼 용왕도 혹시 평소엔 사람의 모습이다가 용의 모습이 되기도 했어?"

"맞습니다. 육체가 본체인 것이 인간, 영체가 본체인 것이 정령이라면, 육체가 본체이면서 영체도 겸비한 것이 용인종의 용왕님이시자, 권속인 소라입니다."

"……나는 이 세계엔 용족이라는 것만 있을 거라 생각했어. 아룡도 있을 정도니까."

"아주 먼 옛날 용왕님의 가호를 받은 종족이 아룡입니다. 다만 그 아이들은 육체가 본체고 인간의 모습은 될 수 없습니다."

"가호…… 라는 건 뭐야?"

또 다시 모르는 단어가 새로 나와서 리오가 물었다.

"으음, 권속들과는 다르지만 용왕님의 특성을 부여받은 존재들인데……. 아마 마력을 튕겨내는 피부 성질을 말하는 걸 겁니다. 소라도 용의 모습을 실체화하면 실체화한 부분은 마력의 공격이 통하지 않게 됩니다. 그리고 엘프, 드워프, 수인 등도 고위정령의 가호를 받고 있어서 정령술의 적성이 높다고 합니다."

"호오……."

꽤나 흥미로운 이야기였다.

"나 블랙 와이번의 가죽으로 만든 방어구를 갖고 있는데, 전생에 가호를 베풀었던 종족을 죽여 버린 건가? 습격당한 거라고는 하지만……."

문득 리오가 착잡한 표정을 지었다.

"아룡은 자신보다 강자인 용인의 기운을 알 수 있습니다. 그러니 원래대로라면 본능적으로 아룡이 용왕님을 덮치는 일 따위 절대 있을 수 없지만, 소라도 오늘까지 용왕님과의 연결을 확인하지 못했으니 모르고 용왕님을 덮쳤겠지요. 신경 쓰실 필요는 없습니다. 감히 용왕님을 습격하다니 죽어 마땅합니다."

용왕을 향한 존경심 때문인지 소라는 단호하게 대답했다.

"그, 그건 좀 과격하지 않나?"

"하지만 아룡의 사회는 약육강식. 녀석들도 식사를 위해 여러 종족을 죽이고 있는 데다, 습격당했다면 반격하는 게 당연합니다. 용왕님께서 염려하실 일이 아닙니다. 용왕님은 너무 상냥하십니다."

리오가 괴로워하는 모습을 보고 싶지 않은지, 소라가 뺨을 부풀리며 설득에 나섰다.

"뭐, 그렇지. 이제 와서 생각해도 어쩔 수 없어."

죽임당하지 않으려면 죽인다.

그뿐이다.

"그 밖에 권속이 되면 생기는 변화에 대해 설명해 드리겠습니다. 아시다시피 육체와 정신의 성장이 멈추고 늙지 않게 되는 것. 그리고 주인이 생존해있는 경우 무한히 동일한 마력을 공급받을 수 있는 것. 주인의 명령을 거역하지 못하는 것. 주인이 부르면 강제 소환되는 것. 어디에 있든지 주인의 위치를 알 수 있게 되는 것. 주인의 동의만 있으면 권속이 주인을 부를 수도 있는 것. 그리고 주인에게 적용되는 규칙은 권속에게도 적용되기 때문에 주인이 규칙을 적용받아 잊어버린 기억은 권속도 함께 잊는다는 것…… 정도일까요?"

소라는 손가락을 하나둘 접어가며 변화를 거론했다.

"전부 다 신경 쓰이는 것들뿐이네. 주인의 명령에 거역할 수 없다는 건 뭐야?"

"주인이 마력을 담아 내린 명령은 권속들에게 절대적인 강제력을 갖게 됩니다. 권속이 초월자의 뜻을 거스르지 않게 하기 위한 조치라고 들었습니다."

"그건, 뭔가 좀 위험해 보인다. 조심해야지……."

"천 년 전의 용왕님께서도 그 힘을 싫어하셨습니다. 그래서 소라에게 명령하신 적은 없었습니다. 소라에게 하는 말씀은 언제나 부탁이셨죠."

지금 눈앞에 있는 리오와 과거의 용왕이 겹친 것인지 소라가 기쁜 얼굴로 말했다. 이 소녀가 용왕을 정말 좋아했다는 것을 리오도 느낄 수 있었다.

"그렇구나……. 묻고 싶은 게 너무 많아서 얘기가 길어져 버렸네. 피곤하지 않아?"

"괜찮습니다!"

"그럼 좀 더 이야기를 이어가도 될까?"

"네!"

소라는 더 말하고 싶다는 얼굴로 천진난만하게 대답했다.

"그렇지만 화제가 복잡하니까, 무슨 말을 해야 하나……. 그렇지. 갑자기 호출해버렸는데, 원래 있던 장소로 돌아가기 힘들지? 아이시아와 이야기하는 도중 초월자에게는 권속이 있다는 걸 알고 시험 삼아 불러본 건데 이렇게 나타난 거라……. 갑자기 불러버려서 미안해."

리오가 다시 이야기를 시작했다.

"전혀 그렇지 않습니다!"

"음, 여긴 슈트랄 지방의 가르아크라는 왕국인데, 소라는 어디에 있었어?"

"……미개척지와 야구모 지방에 걸친 산맥입니다."

"멀구나……. 전이가 가능하다면 금방이겠지만, 전이결정 같은 건 갖고 있어?"

"가, 갖고 있습니다, 만……. 저기, 소라는 돌아가는 편이 좋은가요?"

소라는 길을 잃은 아이처럼 불안한 눈빛으로 리오의 얼굴을 살폈다.

"물론 소라가 남고 싶다면 남아도 되지만……."

"남고 싶어요! 남고 싶습니다! 남아서 용왕님과 함께 있고 싶습니다! 천 년이나, 천 년 동안이나 용왕님이 돌아오시길 기다렸습니다! 그러니!"

돌아가 달라고 말할 거라 생각한 걸까. 소라는 필사적으로 간청했다.

"……남는다고 해도 필요한 준비나 마음의 준비 같은 게 필요할 테니 잠시 다녀와도 상관은 없어."

"용왕님과의 연결을 감지한 이후엔 언제든지 호출될 수 있도록 준비하고 있었습니다!"

"그, 그렇구나······."

리오는 완전히 소라의 기세에 밀리고 있었다.

"하지만 난 용의 왕이 아닌데? 적어도 소라가 알던 용의 왕은 이미 죽었어. 내 안에 용의 왕일 때의 기억은 없고. 용의 왕이었다면 안 했을 행동을 할지도 몰라. 그것 때문에 소라를 슬프게 할지도 모르고."

그래도 괜찮냐고, 리오는 결심을 굳히고 물었다. 아무래도 소라는 리오를 천 년 전의 용왕과 동일시하는 경향이 있었다. 확실하게 말로 전해야 할지 고민했지만, 알지 못하는 존재의 흉내를 낼 수는 노릇이었다.

그렇다 해도 적당히 용왕답게 행동하면 소라는 따를지도 모른다. 하지만 그렇게 어중간하게 관계를 구축하는 것은 성실하지 못하다고 생각하는 것이 바로 리오라는 남자였다.

"확실히 용왕님····· 리오 님은 류오 님과는 다른 분이 되셨을지도 모릅니다. 하지만 몇백 년이나 계속 함께 있었던 소라는 알 수 있어요. 용왕님은 다시 태어나도, 기억을 잃어도 용왕님이라는 것을. 용왕님과 소라 사이에 부활한 주종의 연결이 그것을 뒷받침하고 있습니다."

소라가 한 치의 의심도 없다는 투로 말했다.

"그런, 가?"

그에 대해 확신할 수 없는 리오는 당황했다. 용왕에 대한 신봉심을 자신에게 향하는 것을 그대로 받아들여도 되는 것인가? 그런 생각이 들고 마는 것이다.

"한 가지 부탁이랄까, 가장 먼저 정해두고 싶은 게 있어."

"……무엇이지요?"

"나는 널 아직 거의 몰라. 너도 지금의 나에 대해서는 아직 아무것도 모를 거야. 그러니 함께 행동하다 보면 역시 어긋남을 느낄 수 있을 거라 생각해."

"소, 소라는 방해가 될까요?"

소라가 불안한 눈빛으로 물었다.

"그런 게 아니야. 하지만 내가 용왕의 환생이라고 해서 나를 맹목적으로 섬기지 않아도 된다는 걸 알려주고 싶었어. 소라의 인생은 소라 것이니까. 용왕의 권속이라는 이유로 다시 태어난 나에게까지 얽매일 필요는 없어. 내 존재가 속박이 되는 건 원치 않아. 그때는 사양 말고 말해줘. 네가 살고 싶은 대로 살아도 되니까."

리오는 지금 자신 안에 있는 소라를 향한 마음을 있는 그대로 전했다.

──네가 살고 싶은 대로 살아도 돼.

그 말은 기이하게도 일찍이 류오가 마지막에 소라에게 남긴 말과 똑같았다. 그래서일까.

"……흑, 으윽."

그 순간, 소라의 얼굴이 일그러졌다. 곧이어 그 눈동자에서 주룩주룩 눈물이 비처럼 쏟아지기 시작했다.

"어, 어? 미안해. 내가 뭔가 이상한 소리를 했나?"

갑자기 울기 시작하는 소라의 모습에 리오는 당황했다.

"아, 아니요! 아니에요! 죄, 죄송합니다! 천 년 전에도 류오 님이 같은 말을 하신 게 떠올라서, 흐엥, 훌쩍, 으아앙!"

천 년 치의 외로움이 봇물 터지듯 쏟아진 것일까. 소라는 엉엉 소리 내어 아이처럼 울기 시작했다.

"하루토. 아니, 리오."

아이시아가 리오의 이름을 불렀다. 그녀가 리오를 '하루토'가 아닌 '리오'로 부르는 것은 드문 일이었다.

"왜?"

리오는 조금 허를 찔린 얼굴이었다.

"소라를 끌어안고, 잘 달래줘. 이 아이는 천 년 동안 그걸 바라왔어."

"……응."

조용히 고개를 끄덕인 리오가 의자에서 일어나 맞은편 자리에서 홀로 울고 있는 소라에게 다가갔다. 그리고 어린 소라의 몸을 부드럽게 껴안았다.

"흐윽! 요와, 니이임!"

마치 길을 잃었던 아이가 부모를 찾은 것처럼 소라가 리오에게 매달렸다. 그것이 방아쇠가 된 것인지 그녀의 울음소리는 한층 격렬해졌다.

"미안해. 내가 너무 복잡하게 생각했나 봐."

토닥토닥, 리오는 위로의 마음을 담아 소라의 등을 상냥하게 쓸어주었다.

"함께 지낼까, 소라?"

소라가 울음을 그칠 때까지, 리오는 자신의 가슴을 소녀에게 한동안 빌려주었다.

【 제 4 장 】 ✦ 앞으로의 방침

다음 날 아침.

"어, 어젯밤에는 실례가 많았습니다, 용왕님!"

소라는 일어나자마자 곧바로 주방에서 아침을 준비하던 리오에게 무릎을 꿇었다.

"지, 진정하고 고개 들어, 소라. 사과할 일 같은 건 없었다니까. 자꾸 그렇게 쉽게 무릎 꿇는 거 아니야."

어젯밤은 소라가 한참을 울다가 그대로 잠들어 버려서 이야기는 그 다음 날로 미루게 됐다. 그것을 사과하는 거겠지만, 리오는 신경 쓸 필요 없다는 듯 소라를 만류했다.

"아, 아뇨. 용왕님의 앞에서, 소라가, 소라가 그런 상스러운 모습을……!"

소라는 귀까지 붉힌 채 목소리를 떨었다.

"사, 상스럽다니, 그런 거 전혀 없었는데?"

상스럽다는 표현에 화들짝 놀라는 리오. 대체 소라는 무슨 이야기를 하는 것일까. 당황하면서도 리오는 그녀를 달래주었다.

"허나, 소라는 펑펑 운 것도 모자라서 그 기세를 몰아 용왕님과 하룻밤을 함께 보내고 싶다는 요구까지 하고! 소라는, 소라는 그 무슨 황공한 짓을!"

구멍이 있으면 들어가고 싶다는 듯 소라는 바닥을 바라

보고 있었다.

"같은 방에서 자고 싶다고 말한 것뿐이지?! 다른 침대에서! 언어를 잘 선택하자?! 오해를 살 수도 있으니까."

만약 이 자리에 라티파나 다른 이들이 있었다면 어땠을까. 상상하긴 어렵지 않았다. 지금은 이미 아이시아 이외에는 모두 사라져 버렸지만.

"……아무튼, 자, 일어서."

리오가 소라에게 손을 내밀었다.

"하지만……."

소라는 고집을 부리며 얼굴을 들려고 하지 않았다.

"이제 곧 아침이 완성돼."

"소, 소라는 굶어도 상관없습니다!"

스스로에 대한 벌입니다! 그런 뜻을 담아 소라가 딱 잘라 말했다.

"……어쩌지. 소라 몫도 만들었는데."

"네? 그, 그렇습니까?"

"소라가 안 먹어주면 난처한데……."

리오는 어린아이를 타이르듯 말했다.

"허, 허나, 소라는 스스로에게 벌을……."

소라의 마음이 흔들렸다. 배는 고프다. 아침을 먹고 싶다. 용왕님과 함께하는 천 년 만의 아침 식사. 게다가 용왕님이 손수 만드신 것. 더할 나위 없는 포상이었다. 그러나 지금의 자신이 용왕님의 상을 받을 자격이 있는 것일까. 아니, 결코 없다. 하지만 용왕님을 난처하게 할 수도 없었다.

"……머, 먹어도 괜찮습니까? 소라가 용왕님과 함께 아침을……."

극심한 갈등 끝에 소라가 조심스레 얼굴을 들고 리오에게 물었다.

"먹지 말라는 말은 한 번도 안 했어. 어제 일은 이제 됐으니까 어서 일어나."

"네, 네!"

리오는 이번에야말로 소라의 손을 잡아 일으켜 세웠다.

"그럼 아이시아도 깨워줄래? 셋이 같이 먹자."

"알겠습니다!"

소라가 바짝 기합을 넣어 대답하고는 토도독 소리를 내며 종종걸음으로 주방을 나섰다.

'아침부터 씩씩하네.'

리오는 소라의 뒷모습을 바라보며 흐뭇하게 미소 지었다.

아침 식사 후.

"마, 맛있었어요……."

소라는 리오가 만든 아침을 충분히 만끽하고는 행복하다는 표정을 지었다. 그 말이 거짓이 아님을 증명하듯 식사 중에도 몇 번이나 "맛있어요"라는 말을 입에 담으며 먹는 것에 푹 빠져 있었다.

아이시아도 그렇지만 리오도 말이 많은 편은 아니었다. 소리에겐 "사양 말고 많이 먹어"라고 권유하면서도 조용히 식사에 집중하고 있었다.

"배불러?"

"네! 용왕님과 천 년만의 식사! 용왕님이 손수 만드신 아침, 정말 맛있었습니다!"

그보다는 소라에겐 누군가와 식사하는 것 자체가 천 년만일 것이다. 어젯밤에 그런 일도 있었기에 리오는 은연중에 그것을 짐작했다.

"그렇구나……. 다행이다."

"용왕님은 요리를 정말 잘하시네요."

"고마워. 소라는 요리 잘해?"

"구, 굽는 건 잘해요!"

소라는 솔직한 아이였다. 당황하여 큰 소리를 내는 것을 보아 그다지 요리는 잘하지 못하는 것 같았다.

"그럼 평소엔 어떤 음식들을 먹었어?"

"……고기, 입니다!"

"고기만 먹으면 영양이 치우치잖아? 채소는?"

"소, 소라는 병에 안 걸려서……."

우물쭈물 대답한 소라가 리오의 시선을 피하며 딴청을 부렸다.

"……권속이 늙지 않는다는 건 병에도 걸리지 않는다는

뜻이야?"

리오가 한숨을 내쉬며 물었다.

"주인이 되는 초월자마다 권속이 얻는 불로의 정도는 다른 것 같습니다. 용왕님은 그중에서도 튼튼한 불로의 육체를 소라에게 주셨습니다."

소라가 자랑스럽게 가슴을 펴고 대답했다.

"그럼 천 년 전 용왕은 소라에게 고기만 먹으라고 했어?"

"……채, 채소도 먹으라고 자주 말씀하셨습니다."

"그렇다면 제대로 채소도 먹어야지. ……아니, 그에 비해선 아침은 깨끗하게 먹었네."

리오는 소라가 다 먹고 남은 빈 접시를 둘러보았다.

"그건 용왕님의 요리가 굉장히 맛있었기 때문입니다! 특히 노란 채소가 과자처럼 달콤했습니다!"

"호박찜 말이구나. 먹어본 적 없어?"

"네, 처음 보는 채소였습니다!"

처음 보는 채소라는 건 소라가 그만큼 편식을 해서 그런 것일까. 혹은 호박이 슈트랄 지방이나 정령의 마을 이외에서는 재배되지 않는 품종이라 그럴 수도 있었다.

"……그렇구나. 그럼 또 만들어줄게."

천진한 모습의 소라를 보고 있으면 강하게 나무랄 수도 없었다. 리오는 앞으로 소라를 위해 조금 더 영양 균형을 생각한 요리를 만들어야겠다고 남몰래 다짐했다.

"감사합니다!"

소라가 생글생글 웃으며 씩씩하게 인사했다.

"그럼 밥도 다 먹었으니 앞으로의 일에 대해 이야기해 볼까. 그 전에 천 년 전 이야기를 좀 더 해두고 싶은데 괜찮아?"

리오는 아이시아와 소라를 차례대로 보며 물었다.

"응." "당연하죠!"

둘의 대답이 겹쳤다.

"칠현신인 리나는 이루고 싶은 무언가가 있었다. 그 때문에 죽어가는 용왕의 영혼을 환생하게 해서 내 육체에 깃들게 했다. 그리고 본인의 영혼도 환생시켜 미하루 씨에게 깃들었다. 내가 맞게 이해한 거야, 아이시아?"

리오는 먼저 전제가 되는 사실부터 확인했다.

"응."

"그렇다면 그 이루고 싶은 일이 무엇이었을까. 그걸 알아내는 게 앞으로의 목적 중 하나가 되려나?"

"자, 잠깐만요!"

여기서 소라가 화들짝 놀라며 발언했다.

"……왜?"

리오는 대답하면서도 소라가 왜 강하게 반응했는지 짐작한 것 같은 표정이었다.

"그 여자…… 리나도 환생한 건가요?"

"응, 아이시아 말에 의하면. 지금은 아야세 미하루 씨라는 여자아이로 환생했어."

"그럼 전부 다 그 녀석에게 물어보면 되는 거 아니에요?"

소라의 의문은 타당했다. 하지만 그렇게 단순한 이야기는 아니었다.

"뭐, 그럴 수 있으면 가장 빠르겠지. 하지만 미하루 씨도 나와 마찬가지로 초월자였을 때의 기억이 전혀 없어."

"그럴 수가……. 큭, 용왕님을 말려들게 해 놓고선 그 무슨 태평한……."

소라가 이를 악물며 신음했다.

"설사 그렇다 해도 신이 정한 규칙의 영향을 받는 이상 기억하지 못하는 건 어쩔 수 없어."

이 세계의 주민으로 간주되던 사람이 외부 세상으로 이동하면 환생이든 전이든 상관없이 기억을 잃게 된다. 한편 외부 세계의 주민이 이쪽 세계에 들어올 땐 기억을 유지할 수 있다. 어젯밤 아이시아의 말에 의하면 그러했다.

"하지만 이번에도 또 용왕님을 쓸모없는 일에 끌어들이려는 걸 거예요! 그 아야세 미하루가 뭔가 열쇠를 쥐고 있을 게 분명해요!"

소라가 초조한 기색으로 호소했다.

"어떻게 생각해, 아이시아?"

"……몰라. 하지만 지금의 미하루도 기억을 잃은 상태야. 그리고 미하루는 더 이상 초월자가 될 수 없어."

"그건 어째서야?"

"초월자의 권능을 부담 없이 쓸 수 있는 건 신에 버금가는 존재, 즉 신성을 가진 자뿐. 그리고 이 세상에서 신성을 가진 자는 초월자뿐이야. 리나가 갖고 있던 신성은 내가 이어받아서 지니고 있어.

"그렇다는 건……?"

"리나는 신성을 잃고 평범한 인간인 미하루로 환생했어. 그래서 미하루는 하루토처럼 초월자의 힘을 되찾을 수 없어. 이제는 마력만 많은 평범한 여자아이야. 그런 미하루가 무슨 일을 해낼 수 있을 거라 생각하긴 어려워."

"신성을 이어받은 아이시아가 리나의 권능을 행사할 수는 없어?"

"권능은 초월자의 영혼에 새겨진 힘이야. 리나의 영혼이 미하루에게 깃든 이상 난 리나의 권능을 행사할 수 없어."

"그렇다면 아이시아가 물려받은 신성을 미하루 씨에게 되돌리면 미하루 씨가 권능을 행사할 수 있게 되진, 않을까?"

"……그거라면 할 수 있을지도 몰라. 하지만 난 그 방법을 몰라."

"하물며 기억을 잃고 있는 미하루 씨가 그걸 알 턱이 없나……."

지금 필요한 것은 사실과 인식의 공유다. 현재 가장 정보량이 적은 것은 리오였지만, 어제 대강의 이야기는 들어서 배운 상태였다. 리오는 어제보다 더 세밀하게 질문하며 정보에 파고들었다.

"하지만 만일 내가 리나에게 물려받은 신성을 미하루에

게 되돌렸다고 해도, 미하루에게는 권능 행사로 인한 위험을 회피할 수단이 없어."

"……동화할 수 있으면 되는 거지? 아이시아와는 정령 영약을 맺을 수 없는 거야?"

"못 해. 정령이 영약을 맺을 수 있는 대상은 한 명으로 한정돼. 나 외의 정령을 찾을 수밖에 없는데, 나한테는 영약을 맺는데 필요한 마술 지식이 없으니 맺을 거라면 미하루가 기억을 되찾아야만 해."

"그렇구나……. 하지만 그렇다면 어째서 리나는 아이시아에게 신성을 양도한 걸까? 난 용왕의 신성을 보유한 채로 환생했고, 그래서 용왕의 권능을 행사할 수 있다. 맞지?"

"그건 아마도 용왕의 권능을 행사하는 하루토의 부담을 덜어주기 위해서일 거야. 신성은 권능 행사에 따른 부담을 줄여주지만, 줄인다 해도 인간에게는 부담이 너무 커. 리나의 신성을 물려받은 내가 하루토와 동화됨으로써 하루토는 동화와 이중의 신성으로 보호받을 수 있게 돼."

"그러니까, 아이시아가 리나에게 신성을 전해 받지 않았다면 권능을 행사해서 죽지는 않았겠지만, 신체에 대한 부담이 더 컸을 거라는 뜻이야?"

"맞아."

"그렇다면 리나는 용왕이 권능을 사용할 거라는 걸 알고 있었다고 보는 게 자연스러울까?"

"그렇게 봐도 돼."

"그래……. 그렇다면 또 한 가지 의문스러운 점이 있는데."

리오는 턱에 손을 얹고 생각에 잠기며 말했다.

"뭔데?"

"리나는 어떻게 신마전쟁이 끝난 천 년 후인 이 시대에 무슨 일이 생길 거라는 걸 예측한 걸까? 분명한 근거가 있어서 이 시대에 용왕을 환생시킨 거지? 그리고 권능을 쓰게 하려는 거고."

천 년 앞의 일이라니, 일반적으로는 알 방법이 없었다. 어떤 근거나 계산에 기초에 미래를 예측한다고 해도 천 년이라는 시간은 너무 길었다.

"리나는 미래를 내다보는 힘이 있었어. 칠현신인 리나의 권능이야. 그걸 이용해 천 년 후 미래에 무슨 일이 일어날 거라는 걸 알았어."

아무래도 칠현신 리나는 리오의 상식을 뒤엎을 만한 능력을 지녔던 것 같았다.

"미래를 내다보는 권능……. 그것도 천 년 앞을. 엄청나네."

이제 와서 어떤 힘을 가진 사람이 나온다 한들 놀라지 않을 거라 생각한 리오가 저도 모르게 헛웃음을 흘렸다.

"리나가 권능으로 알게 된 그 미래의 일은 내게 복제된 기억에는 없는 것 같아. 떠올리려고 해도 아무것도 안 떠올라."

"그렇구나……. 어떤 기억이 복제되고 어떤 기억이 복제되지 않았는지 기준을 잘 모르겠네."

"그렇다니까요! 그 여자는 정말이지!"

리오가 이상하다는 얼굴로 고개를 갸우뚱했다. 그러자 맞은편 자리에서 소라가 부루퉁한 얼굴로 화를 냈다.

"미안해. 기억의 복제가 이뤄진 시점에서 용왕은 리나가 치유할 수 없을 만큼 쇠약해져 있었어. 그래서 복제에 필요한 시간을 확보하지 못한 것 같아."

"일부라도 복제된 덕분에 알 수 있었던 것도 많아. 이렇게 소라도 만났으니 사과할 일은 아니지. 안 그래?"

"뭐, 뭐어 그 부분은 칭찬할 만하네요."

리오가 훅 던져온 질문에 소라가 겸연쩍은 얼굴로 동의했다.

"……리나는 전부 알고 있었을까? 환생한 용왕이 아마카와 하루토로서, 그리고 리오로서 어떤 인생을 걷고, 어떤 미래에 당도할 것인지. 아니면 다 리나가 계획한 대로 되는 건가?"

리오는 소라를 보고 상냥하게 미소 지어준 뒤, 그런 의문을 말했다.

일찍이 용왕과 칠현신이었던 두 사람이 아마카와 하루토와 아야세 미하루라는 소꿉친구로 환생했고, 아마카와 하루토는 다시 태어나 리오로서 이 세계에 되돌아왔다. 아야세 미하루는 용사 소환에 휘말리는 형태로 이 세계에 전이되어 재회했다.

장대한 드라마였다. 하지만 리나가 권능으로 미래를 알

수 있었다면 환생한 뒤 어떤 삶을 살아갈지도 알 수 있지 않았을까? 심지어는 그 운명까지 간섭하여 드라마를 그릴 수도 있지 않았을까? 그런 생각이 든 것이다.

"……그래서 싫은 겁니다. 신마전쟁 때나 지금이나 그 여자는 다 어떻게 될지 뻔히 알면서도 용왕님을 끌어들인 게 분명해요."

소라가 못마땅한 듯 입술을 삐죽이며 투덜거렸다.

"누군가의 행동 하나로 미래는 얼마든지 분기할 수 있어. 그래서 리나는 권능을 이용해 운명에 간섭하고 미래를 바꾸기도 했던 것 같아."

아이시아가 리오의 의문을 뒷받침해주듯 말했다.

"다만 미래를 바꾸는 게 쉬운 일은 아니야. 미래에는 무수한 가능성이 있어. 그 가능성을 모두 알려면 현신의 두 뇌로도 부하를 견디지 못해. 그래서 리나의 권능으로 알 수 있는 건 그 시점에서 가장 도달할 가능성이 높은 미래의 정보에 한정돼. 미래가 변화하는 이상 알아도 바꿀 수 없는 미래도 있었어. 미래를 바꾼 결과 나쁜 방향으로 작용한 적도 있었어."

리오의 의문을 부정하는 내용도 말했다.

"그래서 결국 뭐예요?"

소라가 초조한 얼굴로 결론을 재촉했다.

"환생술은 환생할 곳을 정확하게 지정할 수 있어. 많은 환생처의 후보 중에서 류오를 아마카와 하루토로, 리나 본인을 아야세 미하루로 환생시킨 것은 리나가 바란 거야. 그리고 하루토가 리오로 환생한 것도 리나의 계산. 하지만……."

거기까지 말하고 리오를 물끄러미 바라본다.

"리나가 뭔가를 노리고 용왕의 영혼을 하루토와 리오에 깃들게 했다고 해서 용왕이 빙의해 리오를 조종한 건 아니야. 아마카와 하루토로서, 리오로서, 행동을 결정해온 것은 항상 하루토 본인이었어. 그러니 지금 이 시점에서 리나가 알고 있던 미래와는 다른 미래가 되어 있을 수도 있어."

"……하긴. 전부 다 필연은 아닐지도 몰라. 알 수 없는 미래에 너무 얽매이는 것도 좋지 않겠다."

"용왕님이 리나의 기억이 돌아오면 뭔가 더 알 수도 있을 것 같은데……."

소라가 답답하다는 듯 말했다.

"뭐, 그렇지. 그게 가능하다면 가장 빨리 정보를 얻을 수 있겠지만."

리오도 미하루도 초월자였을 때의 기억을 잊은 상태다. 이 세계에서 다른 차원으로 이동하면 기억의 소실이 발생하는 것이 원인일 것이다.

현재의 단서라고 하면 용왕의 환생과 함께 다른 차원으로 이동했음에도 기억을 되찾은 아이시아인데…….

"아이시아, 어떻게 천 년 전 기억을 되찾았는지 역시 기억 안 나?"

"응……."

"그렇게 되면 기억을 되찾을 수단을 직접 찾아나갈 수밖에 없겠다. 소라는 뭔가 짚이는 거 없어? 리나의 흔적이 남아 있을 만한 곳이라거나."

리오가 소라에게 물었다. 과거 리나가 사용하던 거점 같은 곳이 있으면 뭔가 단서가 남아있을지도 모른다. 그렇게 생각하고 물은 질문이었다.

"칠현신은 연구 거점을 여러 개 갖고 있다고 들었습니다. 리나는 다른 현신들에게 쫓겨난 이후 이 집처럼 공간 마술로 운반 가능한 거점을 가지고 연구를 하고 있었습니다. 용왕님과 행동을 함께한 뒤에도 그곳에서 연구를 했으니까요."

"운반할 수 있는 거점이라. 그렇다면 찾아내기 어렵겠네. 공간마술로 수납했다면 아예 찾을 수조차 없을 거고……."

설령 어딘가에 설치된 채 남아있다고 해도 상당한 고도의 마술로 은폐가 이뤄졌을 가능성이 높았다. 대륙을 돌아다니며 찾아내기란 사막에서 작은 보석을 찾아내는 것과 다를 바가 없는 짓이었다.

"신마전쟁의 최종 결전은 슈트랄 지방 서쪽에서 벌어졌을 겁니다. 그 부근을 찾아본다면……."

"가능성이 높은 지역을 좁힐 수 있는 건 좋네. 고마워. 조만간 서방의 나라들로 떠나볼까?"

"네!"

리오에게 감사 인사를 들은 소라가 기쁜 얼굴로 답했다.

"그럼 앞으로의 방향에 대해 대충 정리하자. 우선은 리나가 용왕을 환생시켜서 무엇을 시키고 싶었는지 알아내는 것. 그러기 위해서 리나의 흔적을 찾거나 잃었던 기억을 되찾을 수단이 없는지 찾아볼 것. 칠현신의 흔적이 있다면 그걸 찾아보는 것도 좋겠다. 그 밖에는 아이시아나 소라도 모르는 천 년 전의 사건이 있다고 하면 그것도 알아보는 걸로. 어떻게 생각해?"

"……리나의 환생인 아야세 미하루는 어떻게 하나요?"

소라가 미하루를 언급했다.

"이야기를 들어보고 싶어도 지금의 미하루 씨에겐 리나의 기억이 없어. 초월자도 사라졌으니 나와 아이시아도 잊었을 거야. 초월자가 된 내가 어설프게 접촉하는 건 위험하니까 일단은 관망해야겠지. 뭔가 변화는 없는지 계속 확인해보고는 싶긴 한데……."

권능을 행사하지 않는 경우에도 초월자는 특정 개인이나 집단의 이익을 위해 편을 들면 안 된다. 초월자의 힘은 전체의 이익을 위해 써야 한다. 그걸 어기면 기억을 잃게 된다.

초월자가 된 리오가 미하루와 행동을 함께하는 것으로 인해 편을 들고 있다고 판단된다면 리오는 미하루의 기억을 잃게 될지도 모른다. 일시적인 접촉이라면 위험이 낮을지도 모르겠지만, 현 상태로서는 판단을 보류하자는 것이 리오의 생각이었다.

"그럼 소라가 알아볼까요? 초월자 대신 세속과 관계되는 것도 권속의 몫이니까요."

"……그것도 포함해서 일단은 지켜보자."

리오가 눈을 굴리더니 고민스러운 얼굴로 판단을 보류했다.

'소라를 믿지 않는 건 아니지만…….'

소라가 정공법으로 미하루 일행과 접촉을 시도한다면 가르아크 왕국에 면회 허가를 신청하는 것부터 시작해야 한다. 그것을 피하기 위해 비밀리에 접촉을 시도한다 해도 소라가 어느 정도로 은밀하게 행동할 수 있는지 리오는 아직 몰랐다.

만일 나라의 경비를 피해 잘 접촉한다 해도 미하루 일행에게 경계를 살 우려도 있었다. 신용을 얻고 원활하게 이야기를 진행시킬 능력도 필요하다. 과연 그러한 능력이 소라에게 갖춰져 있는지, 아직 만난 지 얼마 안 된 지금 시점에서는 다소 불안함이 있었다.

"내가 필요할 때 부탁할 수도 있으니까 그땐 부탁할게."

"알겠습니다!"

소라가 의욕에 넘쳐 고개를 끄덕였다.

"아이시아도 의견 있어?"

"소라 말고도 다른 초월자의 권속이 있다면 뭔가 알고 있을지도 몰라."

"하긴. 초월자의 권속이 늙지 않는다면 지금도 살아있겠지. 소라는 다른 권속으로 짐작 가는 게 있어?"

리오가 곧바로 소라에게 물었다.

"송구하나 어디 있는지까지는……."

"그럼 다른 권속들과 안면은 있는 거야?"

"고위정령의 권속과 리나의 권속이라면 만난 적은 있습니다."

"리나의 권속은 어떤 사람들이었어?"

"호문쿨루스 마도사 한 명과 골렘 두 마리였습니다."

"호, 호문쿨루스랑 골렘?"

칠현신의 권속이 궁금해서 물어본 것인데, 예상을 한참 벗어난 대답이 들려와 리오는 당황했다.

"둘 다 칠현신들의 연구로 태어난 존재인 것 같았습니다. 호문쿨로스 쪽은 각 종족의 좋은 점만 취해온 인간 같지 않은 인간입니다. 권속이 된 덕분에 칠현신인 리나의 특성을 이어받은 뛰어난 천재였습니다. 그래서 리나의 보좌도 했었고요."

"그럼 골렘 쪽은?"

"유사인격을 탑재한 전투에 특화된 공격용 마도구입니다."

"인격이 있다면 의사소통은 할 수 있는 거야?"

"으음. 마력이 공급되지 않으면 움직이지 않고 지시받은 명령을 받들 뿐인 존재라서요. 의사소통을 한다면 호문쿨루스가 낫지 않을까요? 뭐, 리나와 함께 최종 결전을 치렀으니 살아있을 때의 이야기지만요."

"……불로가 된 권속도 죽을 수 있어?"

"네. 불로긴 하지만 불사는 아닙니다. 치명상을 입으면 죽을 수 있고, 초월자에 의해 권속의 책임에서 해방되면 수명이 생겨나 죽는다고 합니다."

"참고로 고위정령들은 어떤 상대를 권속으로 삼았어?"

"소라가 만나지 않은 자들도 포함해 전원이 준고위급 인간형 정령일 겁니다."

"하긴 같은 정령 쪽이 따르게 하기도 쉽겠다. 그럼 그쪽은 인간형 정령을 찾아보면 되겠네."

실체화한 정령이면 같은 정령인 아이시아가 기척을 감지할 수 있고 소라도 정령의 기운은 감지할 수 있다고 했다. 인간형 정령은 극히 드문 존재지만, 리나의 흔적을 찾는 것보다는 더 발견하기 쉬울지도 모른다.

"하지만 고위정령의 권속들도 모두 주인과 함께 신마전쟁에 참여했다고 들었습니다. 고위정령과 함께 소실됐을 가능성도 있습니다."

"확실히 그럴 가능성도 있겠네……."

고위정령들과 함께 신마전쟁에 참전했다면 봉인된 고위정령들을 구출하려 했을 것이다. 그럼에도 지난 천 년간 소식이 없다면 당했을 가능성도 높았다.

"드뤼어스에게 물어보러 갈래?"

그때 아이시아가 제안했다. 아이시아 외에 리오가 아는 유일한 인간형 정령이 드뤼어스였다. 신마전쟁 때는 아직 인간형 정령이 아니었다는 말을 들은 적은 있지만, 어쩌면 다른 정령이 있을 만한 곳을 알지도 모른다.

"그렇지. 고위정령의 권속이 아니라면 드뤼어스 님도 기억을 잃었겠지만, 기회를 봐서 접촉하는 건 가능할 수도 있겠다."

"응."

비록 기억을 잃었지만 드뤼어스도 있는 그 마을은 정령들에겐 성지와도 같은 곳이다. 가면을 써야 할 수는 있어도 아이시아라면 심하게 경계하진 않을 것이다. 경우에 따라서는 권속인 소라에게 부탁하는 방법도 있었다.

"남은 건 용사와 고위정령의 영약과 봉인을 풀 수 있다면 풀 것인지도 정해야지. 아이시아는 어떻게 생각해?"

"……봉인을 푼다고 해도 미하루에게 복수하려고 할 위험은 있어. 그 위험을 막을 수 있다면 봉인은 푸는 게 좋다고 생각해."

"그렇, 지. 나도 그렇게 생각해."

대전제로 보면 고위정령들은 피해자였다. 육현신에게 속아 강제로 용사 소환 시스템에 들어가 버린 것이다. 날뛸 위험만 없다면 풀어주는 게 도리였다.

"다만 영약의 구조는 아주 복잡해. 봉인을 푼다고 해도 칠현신에 필적하는 지식이나 두뇌가 없으면 할 수 없어. 지금의 우리에겐 아마 불가능할 거야."

"그렇다면 일단 봉인을 풀 수단 모색을 리나의 목적을

찾는 것과 병행하는 게 좋겠다. 오해를 푸는 방법도 그사이에 생각하는 걸로 하자."

"좋은 생각 같아."

"……그 말씀대로라면, 용왕님께서는 고위정령들이 어디 있는지 아십니까?"

리오와 아이시아의 이야기를 듣고 있던 소라가 신기하다는 얼굴로 물었다.

"아, 소라에겐 아직 말을 안 했구나. 응, 알고 있어. 용사와 동화된 형태로 봉인되어 있지만……. 용사라는 건 알아?"

"용사, 말입니까?"

아무래도 들은 적이 없는 것 같았다. 소라는 용왕의 부탁으로 야구모 지방의 수호를 맡고 있었다고 했다. 그러니 슈트랄 지방에서 일어난 일에는 생소할 것이었다.

"간단히 설명하면 육현신은 봉인한 고위정령들의 힘을 이용하기 위해 용사 소환 구조라는 걸 만들었어. 그래서 용사로 뽑힌 자는 봉인된 고위정령과 동화되어 그 힘을 끌어낼 수 있게 돼."

"그렇군요."

"다만 고위정령들은 자신들을 봉인한 육현신들을 원망하고 있어. 심지어는 리나까지 육현신의 동료라고 생각하고 원망하지. 용사들은 자신들이 고위정령과 동화되어 있다는 걸 모르고, 봉인되어 있어서 기본적으로는 안전하게 힘을 쓸 수 있어. 하지만 봉인이 약화되면 고위정령이 용사의 몸을 빼앗을 우려도 있다고 해."

"그, 그런 위험한 짓을……."

"실은 어제 소라가 여기 불려오기 전에 봉인이 풀려서 고위정령에게 몸을 뺏긴 용사와 싸웠거든."

"네에?!"

"솔직히 감당하기 힘든 상대였는데, 아이시아가 기억을 되찾아 준 덕분에 나도 용왕의 권능을 사용할 수 있게 됐어. 그래서 간신히 이길 수 있었지."

"무, 무사하셔서 정말 다행입니다!"

"그때 알게 된 건데, 아무래도 고위정령들은 미하루 씨가 리나의 환생이라는 걸 이미 아는 것 같아. 내가 환생한 것까지는 모르는 것 같지만 용왕이라는 것도 이미 알고 있었고."

"고위정령은 특별한 눈을 갖고 있어서 영혼을 보고 많은 정보를 얻을 수 있다고 들었습니다. 정령도 어느 정도의 영적인 기운을 감지할 수 있지만, 그보다 더 강력하다고."

그랬다면 오래전부터 세계를 관리해 온 같은 초월자의 영혼이었으니 더더욱 헷갈릴 일은 없었을 것이다.

"그게 고위정령의 권능이야?"

"아닙니다. 괜히 영적인 존재의 정점에 서 있는 것이 아니니까요. 초월자의 특성으로서 지닌 능력 같은 것입니다. 칠현신이 천재적 두뇌를 가진 것처럼요."

"역시 칠현신은 머리가 좋았구나."

"현신(賢神)이라는 이름이 그냥 붙은 건 아닌가 봅니다. 용왕님도 리나의 연구에 관해서는 도저히 이해할 수 없다고 말씀하셨거든요. 게다가 녀석들은 그것을 받쳐줄 권능까지 갖고 있었으니까요."

용왕을 끌어들인 리나를 포함해 칠현신 자체에 대해 별로 좋게 생각하지 않는 것인지, 소라는 못마땅한 얼굴로 콧방귀를 뀌었다.

"하하……. 그럼 용왕도 뭔가 특성이 있었어?"

"용왕님의 특성은 최강의 육체입니다!"

소라가 반짝 눈을 빛내며 대답했다.

"확실히 용이라고 하면 최강이라는 이미지가 있긴 한데."

"어제 소라도 용인의 모습을 보여 드렸지만, 용왕님이 용의 영체를 실체화하시면 이 세상 최강의 갑옷을 얻게 되시는 겁니다. 그 상태가 되면 모든 정령술과 마법을 다 튕겨내죠."

소라에게 들은 이야기에 따르면 사람의 모습을 한 육체가 본체여도 용의 모습을 한 영체를 갖고 있고, 그것을 실체화하면 용인이 될 수 있다고 한다. 그것이 바로 용왕이자 그 권속인 소라라고 했다.

"그건 굉장…… 한데, 하지만 인간이 된 나는 용의 영체를 갖고 있지 않, 은 거지?"

리오가 자신 없는 투로 물었다.

"듣고 보니, 지금의 용왕님께는 아주 작은 영체의 기운조차 느껴지지 않습니다…….”

“나도 하루토에게서는 영체의 기운을 느낄 수 없어.”

영체화한 상태에서도 가까이 가면 영체의 기운을 감지할 수 있다고 하니, 아이시아도 감지할 수 없다면 현 상태에서 리오는 영체를 가지고 있지 않을 가능성이 높다는 뜻이었다.

“이, 이 세상에 단 둘뿐인 용인이자, 용인 존재. 용왕님과 소라가 가진 연결의 증거였는데…….”

아무래도 리오보다 소라가 더 충격을 받는지 쓸쓸한 얼굴로 고개를 푹 수그렸다.

“아, 앞으로 또 어떻게 될지 모르는 일이고, 소라와의 관계는 앞으로 만들어나가면 되니까……. 그러고 보니 아깐 못 들었는데 고위정령의 권능은 뭐야?”

리오는 소라를 달래며 화제를 돌렸다.

“고위정령의 권능은…….”

“소, 소라가! 소라가 알려드릴 겁니다!”

아이시아에게 역할을 빼앗기고 싶지 않았는지, 멍하니 있던 소라가 퍼뜩 놀라 주장했다.

“응. 그럼 소라가 알려줄래?”

“네! 고위정령들이 관장하는 권능은 자연계의 법칙을 무시한 자연계 창조입니다. 인류와 자연계의 균형을 유지하기 위해 신이 부여한 권능이라고 합니다.”

소라가 고위정령의 권능에 대해 설명했다.

"자연계의…… 만드는 쪽의 창조? 아니면 환상을 보여주는 창조?"

보다 정확한 의미를 확인하는 리오. 어느 쪽이라 해도 아직은 잘 감이 오지 않는 것 같은 얼굴이었다.

"만드는 쪽입니다! 술자가 이미지화한 현상을 일으키는 것이 정령술이니 그보다 더 강력하고 규모가 큰 현상이라고 생각하시면 됩니다. 고위정령은 자신이 그린 자연의 세계를 순식간에 형성하여 세상을 바꿀 수 있습니다. 각각의 속성에 특화된 세계라는 제약은 있지만요."

"어제 전투에서 본 그 광경은 그럼……."

소라가 고위정령의 권능에 대해 보다 자세히 설명하자 리오는 비로소 그 무시무시했던 광경을 이해했다. 이때 리오의 뇌리에 떠오른 것은 천지가 뒤집히듯 몰려왔던 대지의 쓰나미였다.

"고위정령 여섯이 모여 권능을 행사하면 천지창조도 가능하다고 일찍이 용왕님께서 말씀하셨습니다."

"그리고 그 권능을 파괴적으로 활용하면 에리카에게 빙의한 흙의 고위정령처럼 대재앙을 일으킬 수도 있어."

어제 전투를 함께했던 아이시아가 보충했다.

"맞습니다. 인류가 자연을 홀대한다면 재해를 일으켜 천벌을 내리는 것도 고위정령의 역할에 포함된다고 합니다. 이것도 용왕님께서 알려주셨습니다."

"그렇구나……. 고마워, 잘 알았어."

"아니요! 원하신다면 칠현신의 권능에 대해서도 설명해 드리겠습니다!"

"칠현신의 권능은 미래를 내다보는 힘이잖아?"

다른 권능이 있는 건가 싶어 리오가 의아하게 물었다.

"아, 리나의 권능이 미래를 내다보는 능력인 것입니다. 다른 여섯 명은 또 다른 권능을 갖고 있습니다."

"그래······?"

"네. 녀석들은 비밀주의가 강해서 용왕님은 고사하고 같은 칠현신인 리나조차 자세한 능력까지 알지는 못하지만요."

아무래도 칠현신은 각각 다른 권능을 갖고 있는 것 같았다.

"그렇다면 육현신의 각 권능에 대해 간단하게라도 알려 줄래?"

"네! 그러니까······. 복사복제, 분해해석, 운명조작······, 어라? 그리고, 그리고 저기, 으음······, 리나의 미래예지, 그리고, 그리고······."

도중부터 생각이 안 나는지, 혹은 본래의 기억이 의심스 러운지, 자신 있게 술술 내뱉던 소라가 갑자기 당황하기 시작했다.

"······잊어버렸어?"

리오가 안색을 살피며 물었다.

육현신의 권능에 대해 물었는데 제외되어야 할 칠현신 리나의 권능을 열거했으니 잊은 것이 분명해 보였다.

"리, 리나가 나쁜 겁니다! 어려운 소리만 잔뜩 늘어놓고!"

"지, 진정해. 소라도 천 년도 전에 들은 일이니까 기억이 안 나는 건 어쩔 수 없지. 아이시아는 뭔가 기억해?"

"미안해. 나는 리나의 권능에 대해서만 알고 있어."

"후, 후후후, 이겼습니다."

소라는 안심했다는 듯 가슴을 쓸어내렸다.

"내가 아는 건 칠현신이 천재적인 두뇌의 소유자였고, 그 권능을 이용해 무엇이든 해낼 수 있었다는 것. 알고 싶은 것을 아는 재주를 가졌고, 그것을 실현할 만한 지식과 능력을 갖췄다는 것."

"마, 맞습니다. 칠현신의 권능은 인류를 인도하고, 신앙의 대상이 되어 인류가 신뢰할 수 있도록 신이 내린 것이라고 합니다."

아이시아에게 지지 않으려는 듯 소라가 칠현신의 역할에 대해 보충했다.

"고위정령의 역할은 인류와 자연의 균형을 유지하는 것이고, 칠현신의 역할은 인류를 인도하고 신앙의 대상이 되는 것. 신은 각자의 역할에 맞춰 그런 엄청난 권능을 부여한 건가……."

리오가 납득했다는 듯한 표정을 지었다. 아직은 잘 와닿지 않지만, 초월자라는 존재에 대해서도 어느 정도 이해가 깊어진 것 같았다.

"무슨 말씀이십니까! 칠현신은 물론이고 고위정령의 권능 같은 것보다 용왕님의 권능이 훨씬 더 훌륭하십니다!"

"그럼 용왕의 권능에 대해서도 알려줄 수 있어? 지정된 대상을 소거하는 빛을 내는 힘…… 이라고 알고 있는데."

전투 중 갑작스레 용왕의 힘을 손에 넣었고, 자신도 모르게 사용법을 이해했기에 당연하게 사용했지만, 그것이 어떤 힘인지는 자세히 듣지 못했다. 리오는 그것을 깨닫고 물었다.

"용왕님이 관장하시는 권능은 소멸입니다. 그 힘은 세계를 향한 위협을 배제하고 세계를 수호하기 위해 신이 내린 능력이라고 용왕님께서 말씀해주셨습니다."

소라는 용왕의 권능에 대해 자랑스럽게 말했다.

'어제의 전투에서 나는 흙의 고위정령이 일으킨 대재앙을 없애버렸어. 확실히 강력해. 하지만 무엇을 없애고 무엇을 없앨 수 없는지 사용자인 나조차 이해할 수 없어. 없애겠다고 생각하면 모두 없애버릴 것만 같은……'

자신의 손을 가만히 바라보던 리오는 문득 오싹한 한기를 느꼈다. 이 힘은 위험하다. 그렇게 느껴졌다.

"솔직히 말씀드리면 용왕님이 최강! 용왕님이야말로 최강이시죠! 정면승부에서 용왕님을 당해낼 존재 따윈 없으니까요!"

그렇게 말하는 소라의 말투에는 상당한 열의가 담겨 있었다.

"그런, 가? 다른 초월자들의 힘도 전부 다 위험하게 들렸는데."

"그렇다니까요! 정면으로 권능을 부딪쳤을 때 용왕님의 소멸에 맞설 권능은 존재하지 않습니다!"

"……그렇구나."

리오는 잠시 공백을 두었다가 맞장구를 쳐주었다. 순순히 긍정하지 못한 것은 지금의 자신은 아직 힘을 쓰지 못하는 데다 정면승부가 되지 않는 상황도 있을 것이라 생각했기 때문이었다. 허를 찔리는 상황도 있을 것이고, 애초에 소멸시킬 수 없는 힘을 사용해버리면 어찌할 도리가 없지 않을까 하는 염려도 있었다.

리나가 용왕을 환생시킨 지금 시대에서는 앞으로 얼마나 더 강력한 존재가 나타날까. 그럴 때 소중한 이들을 보호할 수 있을까. 도우려 해도 신의 규칙에 의해 저지당할까 두려웠다.

"……괜찮으십니까, 용왕님?"

리오의 표정이 좋지 않다고 생각한 것인지 소라가 걱정스럽게 리오의 안색을 살폈다.

"아니, 아무것도 아니야. 이 힘으로 소라를 잘 지켜줘야겠다고 생각했어."

그렇게 말한 리오는 소라에게 상냥하게 미소 지었다.

"그 점은 걱정하지 마세요! 용왕님의 권속인 소라도 아주 강하니까요!"

소라는 "후후후" 웃으며 자랑스럽게 가슴을 폈다.

"……그, 래? 아니, 물론 그렇겠지만……."

권속인 이상 강할 것이라 생각은 하고 있었다. 다만 겉으로만 보면 그저 작은 아이로만 보이기 때문일까. 게다가 이따금 보여주는 소라의 어설픈 움직임이 더더욱 리오의 의심을 부추기고 있었다.

　"윽, 강합니다! 여기 있는 아이시아보다 훨씬 강합니다!"

　소라가 손가락으로 아이시아를 가리켰다.

　"아이시아보다……. 그럼 뭐, 그 힘은 차차 보여주는 걸로 하자."

　리오는 아이시아가 얼마나 강한지 잘 알고 있었기에 쉽게 지지 않을 것이라 생각했다. 일이 복잡해질 것 같은 느낌에 우선 문제를 뒤로 미루기로 했다.

　"아, 알겠습니다!"

　하지만 그렇게 되지 않았다.

　"그럼 소라의 실력을 보여 드리겠습니다!"

　소라가 볼을 빵빵하게 부풀리며 그렇게 호언장담을 한 것이었다.

　십여 분 후.

　리오 일행은 그레고리 공작령의 영도에서 수십 킬로미터 떨어진 인적 없는 황야로 이동하고 있었다. 목적은 소라와 아이시아의 모의전을 치르기 위함이었다.

아이시아가 실체화해 싸우게 되면 정령의 기운이 주위에 퍼지게 된다. 소라도 용의 영체를 실체화하면 마찬가지였다. 기운을 억누르는 가면을 쓸까 하는 생각도 해보았지만, 귀한 가면을 두 개나 부술 수는 없는 노릇이었다.

그래서 사라 쪽의 계약정령들이 기운을 눈치채지 못할 정도의 거리를 두면서도 마음을 먹으면 몇 분 만에 돌아올 수 있을 만한 장소에서 모의전을 치르게 되었다.

현재 소라와 아이시아는 10미터 정도의 거리를 두고 마주 보고 있었다. 그 사이에는 리오가 심판으로 서 있었다.

"먼저, 아이시아는 나와 동화되면서 초월자로 간주되었을 가능성이 높아. 그런데 이런 식으로 힘을 쓰는 건 문제가 없을까?"

리오는 내키지 않는 얼굴로 확인했다.

"저는 용왕님의 권속인 데다 이익과 손해가 없는 시합이라면 문제없습니다!"

"알았어……. 그럼 뭐, 전력으로 싸울 필요는 없으니까 적당히 하자. 응."

의욕에 가득찬 소라의 기세에 밀려 리오도 마지못해 마음을 다잡았다. 늦든 빠르든 소라의 실력을 알아두고 싶다고는 생각했기 때문이다. 아이시아도 그렇게 판단했기에 소라와의 시합을 받아들이고 리오를 이 자리에 데려왔으리라.

"후후후, 마침 잘 됐습니다. 어느 쪽이 용왕님의 오른팔로 적합한지 여기서 흑백을 가리겠습니다!"

소라는 이 기회를 놓치지 않겠다는 듯 아이시아를 향해 대항 의식을 불태웠다.

"그럼 내가 돌을 던질 테니까 땅에 떨어지면 경기를 개시하는 걸로. 주위에 너무 피해가 갈 것 같은 공격은 가능한 한 삼갈 것. 그리고 내가 '거기까지'라고 말하면 싸움을 멈출 것. 알았지?"

리오는 근처에 떨어져 있던 적당한 조약돌을 줍고 나서 규칙을 확인했다.

"알겠습니다!"

"응."

양쪽이 고개를 끄덕였다.

"그럼……."

리오가 손에 든 조약돌을 던졌다.

그리고 돌이 지면에 낙하했다.

"하아앗!"

그와 거의 동시에 소라가 움직였다.

'빨라.'

리오가 크게 놀랐다. 일직선으로 돌진한 소라는 돌이 떨어진 직후 이미 아이시아에게 접근해 있었다.

"……."

아이시아는 눈썹 하나 까딱하지 않고 뒤로 비상해 가볍게 응수했다. 그러자 소라가 등에 부분적으로 용의 날개를 실체화했다.

"안 놓칩니다!"

소라도 날아올라 아이시아를 쫓았다. 자라난 날개로 인해 속도가 훨씬 높아져서 계속 후퇴만 하는 아이시아를 공중에서 따라잡았다.

그때부터 둘의 격투전이 시작되었다. 다만 근접 전투인가 하면 그것도 아니었다.

어쨌든 둘 다 빨랐다. 그리고 공중을 자유자재로 날아다녔다. 끊임없이 비상하며 장소를 바꾸고, 지극히 짧은 시간 안에 백 미터 단위로 이동했기 때문에 이, 삼백 미터는 거뜬히 오갔다. 한곳에 머물지도 않으니 전투 범위는 한없이 넓어졌다.

둘 다 인간의 육체로는 신체강화를 해도 부담이 너무 커서 어느 순간부터 복잡한 직각 변속궤도가 자주 사용되기 시작했다. 이제는 평범한 사람은 이동하는 궤적을 따라갈 수조차 없을 수준이었다.

공중에서 빠르게 비상하며 격렬한 육탄전을 펼치는 아이시아와 소라.

"……굉장하네."

리오는 그 광경을 얼떨떨한 얼굴로 바라보았다. 이 시점에서 소라가 충분할 정도로 세다는 건 알았다. 굳이 말하자면 상대가 정령술 같은 것을 많이 사용해 원거리전에 돌입했을 때의 대응력을 보고 싶었다. 애초에 소라의 기동력이라면 원거리전에 휘말리는 일이 많지는 않겠지만……

그때 아이시아가 공중에서 잠시 멈췄다. 무언가 의도가 있다고 생각했는지 소라도 그와 함께 멈춰섰다.

"큭, 재빠른 녀석이군요."

공중에서 십 수 미터의 거리를 두고 마주한 소라가 초조한 기색으로 말했다.

"소라도 빨라."

"흐, 흥! 생각한 것보다는 꽤 하는군요."

칭찬을 받아서 기쁜 것인지 소라도 아이시아에게 호응했다.

"소라의 힘은 하루토도 충분히 알았을 거야."

아이시아는 지상에서 자신들을 올려다보고 있는 리오를 힐끗 내려다보았다.

"으우, 소라의 힘은 겨우 이 정도가 아닙니다."

"하루토는 소라가 용인화했을 때 마력공격에 대한 방어력이 어느 정도인지 알고 싶을 것 같아."

그렇게 말하며 아이시아는 자신 주위로 마력탄 수십 개를 펼쳤다. 정령술로 공격할 테니 막는 모습을 리오에게 보여달라는 것이었다.

"과연, 그런 것입니까……."

소라도 지상에 있는 리오를 내려다보았다. 현재로서는 날개를 펴고 날아다니며 초속 육탄전을 펼치고 있을 뿐이다. 실체화한 용체가 마력을 튕긴다는 성질은 확인할 수 없다.

"좋습니다."

말려드는 것 같아 마음에 들지는 않았지만 소라는 아이시아의 제안을 받아들였다.

"허나! 어설픈 공격을 일부러 맞아줄 생각은 없습니다. 맞출 수 있다면 맞추고, 소라의 접근을 막을 수 있다면 막아보시지요. 소라는 용인화하는 대신 원거리 공격을 쓰지 않고 널 제압해 보이겠습니다!"

그렇게 외친 소라가 손가락으로 아이시아를 가리켰다. 그와 함께 소라의 머리에서 뿔이 나고 엉덩이에서는 꼬리가 났다. 양팔도 용체화했다.

"그럼 나는 소라에게 잡히지 않도록 원거리에서 공격하면서 도망칠게. 소라는 접근해서 내 몸에 닿아. 그걸로 승패를 짓자."

"그 승부, 받아주겠습니다!"

그렇게 규칙이 다시 정해졌다.

"알았어. 그럼 간다?"

"언제든지 오세요!"

시합이 재개되었다.

"……."

말없이 펼쳐진 광탄을 일제히 사출한 아이시아가 후방으로 비상해 소라로부터 거리를 벌렸다.

"어설픕니다!"

소라는 작은 체구를 효과적으로 활용해 탄막의 틈을 요리조리 빠져나가더니 아이시아를 추격했다. 하지만 아이시아는 또다시 새로운 탄막을 펼치며 소라의 접근을 막으려 했다.

'과연……'

격투가 지속되던 조금 전까지의 전개와는 달라진 광경을 보며 리오는 두 사람이 하려는 것을 깨달았다.

말하자면 술래잡기였다. 소라가 쫓고 아이시아가 도망간다. 아이시아는 정령술로 원거리 공격을 하지만 소라는 원거리 공격을 하지 않는다. 그러한 규칙을 조금 전에 멈춰 있던 사이에 결정했으리라 추측했다.

아이시아는 무수한 광탄을 만들어내 소라를 향해 계속해서 사출하고 있었다.

"그렇게 같은 방식으로 무식하게 광탄을 쏜다 해도 소라한테는 안 통합니다!"

소라는 아이시아를 향해 직진하면서도 비행루트를 지그재그로 바꿔나가며 다가오는 광탄비를 가뿐하게 헤쳐 나갔다.

다만 아이시아도 생각 없이 계속 광탄을 쏜 것은 아니었다. 소라의 눈이 일직선으로 날아오는 광탄의 궤도에 점차 익숙해졌을 무렵이었다.

"헉!"

사출한 광탄 일부를 조종하자, 계속 직진만 하던 광탄이 갑자기 궤도를 바꾸더니 예상치 못한 변화구가 되어 소라를 덮쳤다.

"큿!"

과연 그 공격에는 소라도 반응이 늦었다. 하지만 순간적으로 몸을 뒤틀어 빙글 돌며 간신히 공격을 피했다.

"후, 후후! 어설픕니다! 이 정도로 절 잡으려고요?"

질겁한 모습이 훤히 보였음에도 득의양양한 얼굴로 답하는 소라. 그러나 그러는 사이에 또 다른 변화구가 날아왔다.

지나간 광탄도 부메랑처럼 되돌아와 전 방향에서 소라를 에워싸기 시작했다. 그 모든 것이 소라를 향해 다가왔다.

'이, 이 녀석, 이 정도 수의 광탄을 전부 수동으로 조종하는 겁니까?!'

소라는 아이시아가 가진 정령술의 기량이 생각보다 월등히 뛰어나다는 것을 깨달았다. 그리고 이 상태면 더는 회피가 어렵다는 것도…….

"에잇!"

여기서 소라가 온몸에서 훅 마력을 방출시키더니 신체를 강화했다. 그리고 그 자리에 멈춰 서서 날개를 펼치고는 몸을 팽이처럼 회전시켜 다가오는 광탄을 모두 튕겨냈다.

'……저런 식으로 공격을 막았다는 건 마력탄이 가진 운동 에너지까지는 없애지 못하는 건가?'

무사한 소라의 모습을 올려다본 리오가 눈을 크게 뜨고

상황을 분석했다.

"이, 이렇게 나오시는군요. 아이시아."

"……괜찮아?"

"당연히 괜찮습니다!"

"그럼, 계속할래?"

"당연하죠! 좋습니다. 여기서부터 정면승부입니다! 다 때려 부술 테니 잔재주 부리지 말고 공격해 오세요!"

"속성을 이용한 공격도 괜찮아?"

"괜찮습니다. 불길이든 얼음이든 오세요!"

"그럼…….”

아이시아는 지름이 몇 미터나 되는 거대한 화구와 수구, 뇌구를 각각 5개씩 펼쳤다.

'……이 녀석, 특정한 속성에 특화된 정령이 아닌 겁니까?! 역시 리나가 만든 인간형 정령이군요.'

소라는 속으로 아이시아의 실력을 상향 조정하고는 표정을 다잡았다.

"자, 얼마든지 쏘세요!"

그리고 아이시아를 향해 손가락질하더니 고상하게 소리치며 공격을 부추겼다. 그만한 자신이 있는 것일까.

"알았어."

아이시아는 소라를 향해 수구 1개를 고속 사출했다. 조금 전의 광탄보다 몇십 배나 큰 크기의 물 덩어리가 아음속으로 어린 소라의 몸을 향해 다가갔다.

"흡!"

소라는 정지한 채 미동도 않고 용인화한 오른팔에 마력을 담아 휘둘렀다. 그러자 충격파와 함께 수구가 파괴되며 물보라가 튀었다.

'……엄청난 파워네.'

"얼마든지 오세요! 용왕님께서 주신 권속의 힘을 보여주겠습니다!"

소라는 지상에서 눈을 크게 뜬 리오를 보며 기쁜 얼굴로 웃더니 계속해서 땅땅 소리쳤다. 그에 답하듯 아이시아는 펼쳐놓았던 구체를 하나하나 사출했다.

"갑니다!"

소라는 있는 힘껏 쏘아진 화살처럼 빠르게 가속하더니 다가오는 속성 공격에 스스로 접근했다.

가속한 소라가 휘두르는 용의 팔은 그야말로 상식을 벗어나 있었다. 수구든 화구든 뇌구든 상관없이 날카롭게 난 손톱으로 사정없이 찢어버리며 무산시켰다.

아이시아는 곧바로 구체를 전개하는 속성 공격이 의미없다는 것을 깨달았다. 소라를 멈추게 하려면 더 강력한 일격을 가해야 했다. 다만 그런 위력을 가진 공격이 직격한다면 살아있는 인간은 흔적조차 남지 않을 것이다.

"……."

아이시아는 망설였다. 하지만 고민할 여유는 없었다. 소라의 힘이라면 문제없다고 판단하고는 손을 들어 마력을 조정하기 시작했다.

"그걸로 마지막이군요!"

소라도 아이시아가 또 다른 공격을 하려 한다는 것을 깨달았다. 마침 마지막 구체를 베어 넘겼을 때였다.

"자, 오세요!"

그리고, 다시 승부가 펼쳐졌다.

아이시아는 다가오는 소라를 막기 위해 손에서 특대 마력포격을 날렸다. 한 줄기의 광선이 소라를 삼키려 했다.

"하아앗!"

소라는 오른팔을 앞으로 내밀고 마력포격을 향해 쭉 직진했다. 그대로 정면으로 광선을 받아들이며 두부라도 찌그러뜨리듯 거침없이 돌진했다.

"……진짜야?"

무심코 중얼거리는 리오.

"자아! 이제 끝입니다!"

소라는 훌륭하게 모든 공격을 정면에서 받아치고 아이시아의 코앞까지 다가왔다.

"……."

그대로 아이시아를 만지려고 하는데, 아이시아가 훅 뒤로 물러났다.

"헉?!"

이걸로 자신의 승리라고 생각했던 소라가 입을 떡 벌렸다. 그렇게 얼떨떨한 얼굴로 멈춰 있기를 잠시.

"야, 야! 도망가지 마요! 도망가지 마요! 아이시아! 소라가 이겼습니다!"

뒤늦게 정신을 차린 소라가 급가속하며 아이시아를 쫓아갔다.

"원래 이런 규칙."

반박할 말 없는 정론이었다.

"크, 크윽! 아, 알겠습니까? 소라도 원거리 공격을 할 수 있다면 바로 따라잡을 수 있고, 소라에겐 아직 용화(竜化)라는 비장의 카드도 있습니다!"

소라가 분통을 터뜨리며 자신의 강함을 어필했다.

"……나도 하루토와의 동화라는 비장의 카드를 갖고 있어."

아이시아가 속도를 늦추더니 후방에서 다가오는 소라를 돌아보며 응수했다.

"그, 그건 치사해요! 그보다 계속 신경 쓰였습니다! 너, 어째서 용왕님을 하루토라고 부르는 거죠?! 특별한 상대라는 느낌이라 부러……운 게 아니라! 이름을 부르다니 건방져요!"

소라가 왁왁 소리를 질러대기 시작했다. 그런 두 사람을 올려다보던 리오는 그 모습이 우스운지 입가에 웃음을 지었다.

'……뭐, 든든한 아군이 생긴 걸로 해둘까.'

리오는 무승부를 통보하기 위해 직접 상공으로 날아올랐다.

정령환상기

〖 제 5 장 〗 ✦ 가르아크 왕국에서

성녀와의 전쟁이 끝난 지 사흘 만의 일이다. 그레고리 공작령으로 나갔던 일행은 가르아크 왕국의 왕도로 귀국하고 있었다.

오후, 일찍이 리오가 프랑수아에게 하사받은 저택에는 샤를로트의 부름에 응하는 형식으로 국왕 프랑수아가 방문해 저택의 거실에서 사츠키나 세리아 일행과 대담을 나누고 있었다.

실내에는 프랑수아와 샤를로트는 물론 사츠키, 미하루, 세리아, 라티파, 사라, 오피아, 아르마, 고우키, 카요코의 모습이 있었다. 그리고 호출을 받은 리제롯테와 마사토, 리리아나도 동석했다.

"우리가 안고 있는 이 형용하기 어려운 위화감이나 상실 감 같은 것. 그것에 대해 귀국하고 나서 조사한 결과, 몇 가지 알게 된 것이 있습니다. 그리고 새롭게 모르는 부분도 생겼습니다. 오늘은 그 보고입니다. 여러분들도 이야기를 들어주셨으면 하여 이렇게 아버님께서도 동석하신 대화의 장소를 마련했습니다."

사회 진행을 맡은 사람은 샤를로트였다.

"저기."

센트스텔라 왕국의 제1 왕녀인 리리아나가 손을 들어 발언 허가를 구했다.

"뭔가요?"

"저도 자리를 함께해도 되는 건가요?"

의도치 않게 다른 나라의 기밀을 알게 되면 상황이 복잡해질 수도 있었기에 이는 필요한 절차였다. 확인을 마친 후에 기밀을 말한다면 그에 대항할 수 있는 명분이 생기게 되는 것이다.

"네, 사츠키 님을 소개해 드렸던 연회 기억하시죠? 그때의 일로 리리아나 님께도 여쭙고 싶은 것이 있습니다."

"알겠습니다. 그러시다면."

"그럼, 본론으로 들어가서……."

샤를로트는 종이 한 장을 탁자 위에 올려놓았다. 먼 곳에 있는 사람들에겐 글자가 보이지 않겠지만, 일동의 이목이 동시에 종이에 쏠렸다.

"샤를, 이 종이는 뭐야?"

사츠키가 무엇이 적혀 있는 것인지 물었다.

"이는 우리 가르아크 왕국의 국사서(國史書). 그 초안입니다."

"……국사, 서?"

낯선 단어에 마사토는 물론 사츠키와 미하루도 알쏭달쏭한 얼굴로 고개를 갸우뚱했다.

"국사서는 나라의 역사를 담고 있는 공적인 서책입니다. 일반적으로는 대략적인 내용이나 자질구레한 것까지 적은 초안을 전문 문관이 작성하고, 전속 서기관이 대필을 진행

합니다. 최종적으로 무엇을 기록할지의 결정권은 국왕에게 귀속됩니다. 국왕께서 직접 초안을 작성하시기도 합니다."

샤를로트가 국사서에 대해 간단히 설명했다.

"그래서 그 국사서가 어쨌는데?"

"이 종이에 적힌 내용은 우리가 일전 전투에 임하기 전 작성된 것입니다. 아버님의 지시로 대필되었음을 증명하는 왕인까지 찍혀 정식으로 작성된 것이지요."

"……뭐라고 적혀 있는데?"

"요약하자면 우리 가르아크 왕국은 신성 에리카 민주공화국이라는 국가의 습격을 받아 그레고리 공작령의 영도 그레이유를 점령당했다. 신성 에리카 민주공화국의 왕은 성녀를 자칭하는 용사 에리카다. 우리나라는 용사 사츠키 님의 지지로 도시를 탈환하기 위해 시급히 군을 파견했다. 지휘자는 국왕인 아버님이다, 정도입니다."

"내 지지라니……."

기억이 없는 것인지 사츠키가 "응?" 하며 머리 위에 물음표를 띄웠다.

"네. 다시 말해 얼마 전 그 전투는 타국의 용사가 이끄는 나라와 치룬 전투인 것입니다. 용사와 적대하게 된 상황인지라 이쪽도 용사인 사츠키 님을 옹립하여 싸움에 임하게 되었다. 이를 위해 사츠키 님이 먼 곳까지 와주셨다. 다른 분들도 함께 돕고자 동행해 주셨다는 게 사실인 것 같습니다."

샤를로트가 순서대로 차분히 설명했다.

"그렇, 구나. 내가 현지로 떠났다고……."

사츠키가 어딘가 석연치 않은 표정으로 다른 사람들을 둘러보았다. 다른 사람들도 사츠키와 비슷한 표정을 짓고 있었다. 그랬다, 다들 자신의 의사로 그곳으로 향했다는 것은 확실하게 기억하고 있었다.

"역시 여러분도 상황을 똑같이 인식하시는 것 같군요. 싸우고 있던 상대가 용사라는 것을 기억하지 못했다. 심지어 용사의 이름도 기억하지 못했다. 용사 에리카의 이름을 들어도 아무 짐작이 가지 않는다. 맞습니까?"

샤를로트는 일동에게 시선을 보내며 물었다. 그리고 모두가 당황하면서도 고개를 끄덕이는 모습을 확인했다.

"이상하지요. 아버님께서도 이런 초안을 작성하도록 서기관에게 대필을 지시한 기억이 없다고 하셨습니다. 그리고 서기관도 아버님으로부터 그런 지시를 받고 기술을 한 기억이 없다. 그럼에도 대필된 국사서의 초안은 분명히 존재하고 있다. 아버님이 지시했다는 것을 뒷받침하는 도장 또한 초안에 찍혔고, 초안을 뒷받침하는 상황 또한 분명히 존재했다."

그녀는 어딘가 유쾌해 보이는 미소를 띠며 말했다.

"이상한 건 또 있습니다. 그레이유를 점령하고 있던 신성 에리카 민주공화국 군사를 붙잡아 심문했더니, 에리카라는 인물에 대해서는 전혀 기억나지 않는다고 진술했다고 하더군요."

그런 일이 있을 수 있을까요?

샤를로트가 들뜬 목소리로 물었다.

"참고로 신성 에리카 민주공화국은 북쪽 벽지에 있는 탄생한 지 얼마 안 된 소국입니다. 솔직히 말씀드리면 침략 가치는 전혀 없을 정도입니다. 용사 에리카를 제외하면, 그레이유를 점령한 부대의 인원은 겨우 9명. 게다가 기사 한 명과 겨우 맞먹을 정도의 실력을 가진 모험가 출신의 병사들이었습니다. 여기서 고우키 씨 의견을 듣고 싶습니다만, 그런 자들이 우리나라의 공작이 다스리는 도시를 점령하는 것이 가능합니까?"

"……불가능할 겁니다. 뛰어난 실력을 가진 사람이 한 명이라도 있으면 쓸모가 있겠지만 말입니다."

점령을 위해 소동을 일으킨 시점에서 궁지에 몰릴 것이다. 적병에 둘러싸인 상태라면 인질이라도 잡지 않는 한 즉시 진압된다.

"감사합니다. 그렇다면 아무도 모르는 용사 에리카가 실존했고, 도시 점령을 진행했다. 그것이 이 사실을 뒷받침한다고 생각해볼 수는 없을까요?"

샤를로트가 생기발랄한 얼굴로 말했다.

"쯧, 재미로 다룰 것이 아니다."

프랑수아가 탄식하며 말했다.

"하지만 궁금하잖아요. 우린 도대체 무엇을 잃어버린 걸까요? 알고 싶어서 도무지 못 참겠어요!"

"궁금한 건 동감이다만. 대체 기억에도 없는 일을 국사에 어떻게 기록한 건지."

문제는 그것뿐만이 아니었지만, 한 나라의 왕으로선 그것만으로도 통탄할 일이었다.

"아직도 기억하지 못하는 건 있습니다."

"……그렇지. 계속해보아라."

프랑수아는 크게 한숨을 내쉬고는 밝은 얼굴의 샤를로트에게 발언권을 넘겼다.

"네. 관련된 자료들을 뒤적이다 보니 용사 에리카와는 별도로 또 한 사람, 아무도 기억하지 못하는 인물이 있다는 것을 알았습니다. 그 인물은 아마 좋은 의미에서 우리와 깊은 연을 맺지 않았나 싶습니다."

"우리랑……? 누군데?"

사츠키가 물었다.

"이 집의 소유자입니다. 아버님도 저도 사츠키 님의 친구이신 여러분들이 편히 지내실 수 있도록 이 저택을 제공했다고 생각했는데, 서류상으로는 어느 명예기사에게 하사했다고 기재되어 있었습니다. 실로 믿겨지지 않는 경력의 소유자입니다. 이름을 알려드리기 전에 그에 대한 설명을 해드려도 될까요? 좀 길어지겠지만요."

샤를로트는 그런 전제를 깔고는 다른 종이를 꺼내 들었다.

"기록에 의하면 그 인물은 사츠키 님과는 따로 이 세계에 소환된 미하루 님 일행을 보호. 아망드 근교에서 대량

발생했던 마물 격퇴에 크게 이바지하며 리제롯테나 플로라 왕녀를 구해냈고, 그것을 계기로 사츠키 님을 소개하는 연회에 리제롯테와 함께 출석했다고 기록되어 있습니다. 연회에서는 침입해 온 적을 격퇴하는 큰 공을 세워 우리나라의 명예기사로 취임. 타카히사 님과 미하루 님 사이에 있었던 말다툼을 중재. 이후 크리스티나 왕녀의 지시로 세리아 님과 샤를 아르보와의 정략결혼을 저지했다는 것도 판명. 더욱이 국외로의 탈출을 위해 세리아 님의 본가로 피난해 있던 크리스티나 왕녀를 로다니아까지 호송. 도중에 벨트람 왕국 최강의 기사로 유명한 알프레드 에마르 경을 물리치고 샤를 아르보와 함께 포로로 포획. 이어서 천상의 사자단 단장인 루시우스 오르귀에게 납치된 크리스티나 왕녀와 플로라 왕녀를 구출. 그 후엔 신성 에리카 민주공화국의 용사 에리카에게 납치된 리제롯테를 구출해 귀환."

샤를로트는 그 인물의 경력에 대한 실로 장황한 기록을 줄줄 읽어 내려갔다. 그리고 "정말 믿을 수 없는 경력이야"라는 말로 감탄하며 끝을 맺었다.

"......."

믿기 힘든 공을 세웠기 때문일까. 아니면 기억에 없는 일이라서 그런 것일까. 중간에 이름이 거론된 자들은 눈을 동그랗게 뜨고 있었다.

"지금 이름이 호명되신 분들, 기억에 없으신가요? 하루토 아마카와라는 이름을 가진 인물입니다. 이 이름을 들으신 적은?"

샤를로트가 앞서 설명한 인물의 이름을 밝히자 곧바로 표정이 변화한 자들이 있었다. 미하루, 라티파, 리제롯테 이 세 명이었다. 사실상 리제롯테는 아주 미세한 변화에 가까웠지만.

"일본인 이름…… 맞죠?"

"야구모 지방에서도 어울릴 법한 울림을 가졌군요."

한편으로 사츠키와 고우키가 말했다. 다른 사람들은 특별히 떠오르는 것이 없다는 얼굴이었지만, 세리아만은 무언가가 생각난 듯 "응?" 하며 고개를 갸웃했다.

"……뭔가 짚이는 것이 있으십니까, 세리아 님?"

일동의 반응을 모두 살핀 샤를로트가 세리아에게 먼저 물었다.

"저기……, 그런 이름을 가진 사람에게 편지를 받은 적이 있던 것 같아요. 분명 하루토라고……. 어라?"

세리아가 말한 것은 리오가 왕립학원을 떠난 뒤 보내준 한 장의 편지였다. 실제로 리오는 슈트랄 지방에 돌아온 직후 또 한 통의 편지를 보냈다. 하지만 당시의 세리아는 이미 아르보 공작가의 관리하에 놓인 상태였기에 도착하지 못한 편지에 대해선 알 길이 없었다.

그럼에도 리오에게서 받은 편지 한 통이 너무나도 소중해서, 줄곧 버리지 못했다. 그래서일까? 세리아의 뇌 속에 편지를 보냈던 상대의 얼굴이 떠올랐다. 그 사람이 하루토 아마카와라는 것을 단번에 깨달은 기분이었다.

하지만 곧 안개가 끼며 마치 환상을 본 것처럼 이미지가 흐려졌다. 그 인물이, 아니, 누가 하루토 아마카와인지 알 수 없게 됐다.

"……왜 그러시죠?"

"아니, 누구한테서 편지를 받은 건지 기억이 안 나서……. 근데…… 왜 내가 편지를 기억하고 있는 거지……?"

세리아는 난무하는 의문들에 이마를 누르며 고민에 휩싸였다.

"만약 그 편지가 남아있다면 꼭 좀 볼 수 있을까요?"

"있을…… 까요? 나중에 찾아볼게요."

"부탁합니다. 그리고 미하루 님?"

"아, 네!"

별안간 이름이 불려 놀란 것인지 미하루가 흠칫 놀라 대답했다.

"아까 뭔가 생각난 표정이던데, 미하루 님은 뭔가 알고 계시는가요?"

"……네. 저기, 소꿉친구였던 사람과 같은 이름이었거든요. 성이 먼저 와서 아마카와 하루토라는 이름이었는데."

"미하루 님의 소꿉친구 말인가요? 아마카와 하루토……."

"원래 있던 세계의 이야기입니다. 그래서 그냥 우연이라고 생각하지만……."

"……그럴까요? 지금은 잊었지만 어쩌면 미하루 님과 함께 이 세계로 소환된 분일지도 모르지요."

"하지만…… 이 세계에 오기 전에도 그와는 쭉 만나지 못했습니다. 어릴 때 헤어졌거든요."

"어릴 때요? 그의 얼굴이 지금도 기억나십니까?"

"……네."

미하루가 깊이 고개를 끄덕였다.

"기억한다, 라는 건 해당 인물과는 정말 다른 사람이라는 걸까요? 단순한 우연으로 치부하는 건 성급할 것 같은데……. 리제롯테와 스즈네 님은 뭔가 짚이는 것이 없습니까? 하루토 아마카와라는 이름을 말했을 때 표정의 변화가 있었던 것 같은데."

샤를로트는 라티파와 리제롯테에게도 질문을 던졌다.

"……대단하시군요."

표정에 드러내지 않으려 했음에도 변화를 눈치챈 샤를로트의 민첩성과 관찰력에 리제롯테가 혀를 내둘렀다. 그녀는 곧바로 질문에 답하지 않고 곁에 앉은 라티파에게 시선을 향했다.

"……저기, 저도 하루토 아마카와라는 이름의 사람을 알고 있어요."

망설이던 라티파가 머뭇거리며 말했다.

"어디서 그 이름을?"

"그건……."

샤를로트가 강한 호기심을 보이며 물었다. 하지만 라티파는 망설였다. 라티파가 그의 이름을 아는 이유는 그녀의 전생과 얽혀 있기 때문이었다. 이를 설명하면 필연적으로 자신이 환생했다는 사실을 털어놓아야 했다.

"……제가 설명 드리겠습니다."

여기서 라티파를 보호하듯이 리제롯테가 말문을 열었다.

"……리제롯테 언니?"

『나도 그 이름은 짐작이 가. 전생에 버스에 타고 있던 대학생을 말하는 거지?』

리제롯테는 슈트랄 지방의 공용어가 아닌 일본어로 라티파에게 말을 걸었다. 리제롯테가 낯선 말을 하자 프랑수아와 샤를로트가 놀란 눈으로 그녀를 응시했다.

"……으, 응."

"그렇다면 내게 맡겨."

그렇게 말한 리제롯테가 말을 이었다.

"저와 스즈네가 깜짝 놀란 이유는 뜻하지 않은 이름이 나왔기 때문입니다. 그에 앞서 대단히 무례한 부탁인 줄은 압니다만, 지금부터 말씀드리는 것은 비밀에 부쳐주실 수 있을까요? 폐하, 샤를로트 님."

그녀는 이야기를 하기 전 손위 왕족인 두 사람에게 함구를 요청했다.

"……좋다."

샤를로트에게 한 번 눈길을 준 프랑수아가 이내 고개를

끄덕였다.

"리제롯테가 어떤 이야기를 들려줄지 너무 기대돼요."

긍정의 대답을 한 샤를로트 역시 기쁘게 웃으며 보조개를 만들었다.

"형이상학적인 이야기지만, 두 분은 환생이나 전생……, 즉 다시 태어난다는 것을 믿으십니까?"

리제롯테는 작게 심호흡을 하고는 우선 환생에 대한 이야기를 꺼냈다.

"난 믿어요. 로맨틱하잖아요."

즉시 대답한 사람은 샤를로트였다.

"……객관적인 증명이 불가능한 사상이라고 생각한다만, 그것들을 뒷받침할 만한 증거가 있다면 생각해 볼 여지는 있겠지."

프랑수아는 환생을 현실적인 시각으로 받아들이면서도 완전히 부정하지는 않겠다는 유연한 입장을 취했다.

그보다는 이야기의 흐름을 짐작했을 것이다. '갑자기 이런 이야기를 꺼냈다는 것은 증거가 있다는 거겠지?'라는 듯한 시선으로 리제롯테를 바라보았다.

"객관적인 증거가 존재하는 것은 아니지만, 저와 스즈네에게는 전생의 기억이 있습니다."

"세상에."

샤를로트가 유쾌하다는 얼굴로 입가에 미소를 머금었다.

"전생의 기억이라……."

기억이란 어디까지나 주관적인 증거였다. 그렇기 때문에 기억을 바탕으로 한 증언에는 진위성이라는 문제가 항상 따라붙는다.

하지만 상대는 재원 리제롯테 크레티아다. 국내에서 가장 우수하고 신뢰할 수 있는 상대를 꼽으라면 프랑수아가 제일 먼저 거론할 소녀였다.

"증거가 될진 모르겠으나 리카 상회에서 취급하는 상품 중에는 제가 전생에서 얻은 지식을 활용해 고안한 물건도 많이 있습니다."

"……과연. 그러고 보니 리제롯테는 기발한 상품을 많이 내놓아 상회의 실적을 계속 키워왔지."

그것들이 모두 전생의 지식을 활용한 것이라고 하면 여러모로 납득이 갔다.

"이런 말을 하면 주위에서 이상하게 여길 것을 염려해 침묵을 지켜왔습니다."

"뭐, 공언할 만한 이야기는 아니군."

"송구합니다. 일단은 믿으셨다는 전제로 이야기를 이어 가겠습니다. 운명의 장난인지 저와 스즈네가 전생에 살았던 곳은 사츠키 님이나 미하루 님과 같은 세계였습니다. 전생에 교우관계는 없었지만 살던 세계가 일치한다는 것은 이미 미하루 씨를 통해 확인했습니다."

"뭐라고……?"

지금껏 반쯤 흘려듣고 있던 프랑수아는 사츠키나 미하

루와 같은 세계에서 살았다는 말에 아니나 다를까 놀라움을 금치 못했다.

"저기, 전 미하루를 통해 들었는데 사실이라고 생각해요. 리제롯테는 저희와 같은 세계에 살았던 기억이 있습니다."

"흐음……."

사츠키가 리제롯테의 말을 뒷받침했다. 이렇게 된 이상 프랑수아도 흘려들을 수만은 없는 이야기였다. 용사인 사츠키의 발언에는 그만한 무게가 있었다.

"저와 스즈네는 전생에 버스……. 이는 마차와 같은 교통수단 중 하나입니다. 그 버스 중에서도 같은 버스를 타는 경우가 많아 서로 얼굴을 알고 있었습니다. 그리고 또 한 사람 자주 함께 탔던 사람이……."

"아마카와 하루토라는 분이었군요?"

리제롯테가 설명을 이어가는 와중, 샤를로트가 이야기의 결론을 간파하고 받아쳤다.

"네."

"확인해두고 싶은데, 리제롯테와 스즈네 님은 전생에 교류가 있었던 것은 아니지요? 그럼에도 서로가 다시 태어난 것을 알았습니다. 그건 어째서죠?"

"이 세계에서 재회한 것은 우연에 가깝습니다. 제가 리카 상회 상품에 원래 있던 세계의 이름을 붙인 것과도 관련이 있고요. 서로 전생에 면식이 있다는 것을 알게 된 것은 기억 속의 저희가 같은 버스를 탄 상태에서 사고를 당해 죽었기 때문입니다. 그래서 혹시나…… 싶어서요."

그렇게 리제롯테의 설명이 끝났다.

"여기까지 오니 더 이상 우연의 일치라고 할 수는 없겠네요, 아버님."

"……그렇군."

"나머지는 리제롯테와 스즈네 님이 아시는 아마카와 하루토와 미하루 님이 아시는 아마카와 하루토가 동일 인물인지 아닌지. 아니, 그걸 떠나서 리제롯테와 스즈네 님이 다시 태어나 이 세계에 있다면 그 아마카와 하루토라는 사람도 다시 태어나 이 세계에 있다고 생각해볼 수 있겠네요. 그리고 그 인물이야말로 기록에 남은 하루토 아마카와와 동일인물일 가능성이 있을 것이고……."

"……."

모두가 숨을 죽였다.

"다시 한번 생각해 보시겠어요, 미하루 님? 당신은 이 세계에 온 지 얼마 지나지 않아 하루토 아마카와라는 인물에게 보호를 받았을 겁니다."

샤를로트는 재차 미하루에게 물었다.

"맞, 아요. 맞아요……. 누가, 누군가, 보호를……, 저를 누군가가……, 루토, 씨……."

기억을 더듬는 미하루. 하지만 점점 눈이 흐릿해졌다. 깨닫고 보니 머리가 멍했지만 잊고 싶지 않았다. 그렇게 생각했다. 그래서 급속히 흩어지는 기억을 무리라는 것을 알면서도 붙잡고 기억해내려 했다.

"으······?!"

그 순간 두통이 일었다.

미하루는 참을 수 없는 고통에 머리를 감쌌다.

그 직후의 일이었다.

──멈춰. 무리하게 기억해내지 마.

미하루는 누군가의 다급한 목소리를 들은 것 같았다.

"미하루?!" "미하루!"

모두가 걱정스럽게 미하루를 불렀다. 옆에 앉은 사츠키가 미하루의 어깨를 조심스레 만졌다. 두통은 곧바로 가라앉았는지 미하루가 천천히 얼굴을 들었다.

"······저, 기억이 안 나요."

미하루는 멍한 얼굴로 눈을 깜빡이며 말했다.

"이건 결정적일지도 모르겠네요. 아버님."

그런 미하루의 모습을 본 샤를로트가 특유의 촉을 발동한 것 같았다. 무언가 깨달은 얼굴로 프랑수아에게 말했다.

"······결정적? 무엇이 말이냐?"

프랑수아가 의아한 얼굴로 고개를 갸우뚱했다.

"그건······ 하루토 아마카와라는 인물이······."

총명한 아버지임에도 드물게 눈치를 채지 못한다. 그렇게 생각한 샤를로트가 자신이 깨달은 추측을 입에 담으려 했다.

하지만 말하는 도중 말문이 막혔다.

"왜 그러느냐, 샤를로트?"

"……아니, 제가 대체 무슨 말을 하려고 했죠?"

샤를로트는 갑자기 새까맣게 잊어버렸다. 직전까지 무슨 말을 했는지조차 모호해졌다. 하루토 아마카와라는 인물의 경력에 대해서 말하고 있었다는 것은 기억하는데…….

"좀 더, 조사를 해보겠습니다."

"음……."

이리하여 실마리가 잡힐 듯한 이야기는 여기서 그치고 말았다.

"……."

다만 그 순간, 방 안에 있는 모든 사람이 형언할 수 없는 위화감을 느끼고 있었다. 무엇인가 부자연스럽게 잊어버린 것 같은…….

그런 작은 위화감만 계속 남아있었다.

프랑수아가 왕성으로 돌아간 뒤의 일이다.

"맞다, 리리아나 님. 그리고 세리아 님."

해산하기 전 샤를로트가 두 사람을 불렀다.

"네."

"뭔가요?"

"일단 리리아나 님. 써주신 서한을 사신을 통해 센트스텔라 왕국으로 보냈습니다. 아마 일주일 안에는 답장이 올 겁니다."

"수고를 끼쳐 드렸습니다. 감사합니다."

"아닙니다. 그리고 세리아 님."

샤를로트는 리리아나에게 부드럽게 미소 지어주고는 이어서 세리아에게 시선을 옮겼다.

"네."

"레스토라시온에서 일전 예고된 사자가 왔다고 합니다. 당장 내일이라도 크리스티나 왕녀님과 플로라 왕녀님이 이쪽으로 오신다더군요."

"감사합니다. 맞아요. 그리고 보니 벨트람 왕국 본국과의 회담도 임박했더군요. 분명 닷새 뒤에……."

크리스티나로부터 세리아도 참석하지 않겠냐는 제안을 받았으나 조금 전의 소동으로 완전히 잊고 있었다.

레스토라시온과 벨트람 왕국의 본국 인사들이 참여하는 회담이다. 정해진 일정을 바꿀 수는 없었다.

사정 여하에 따라 출석을 못 할 수도 있었는데 다행히 기일에 여유를 갖고 돌아올 수 있었다.

"크리스티나 님과 플로라 님께도 이번 이야기를 드릴 수 있다면 좋겠군요. 두 분이 오시면 저택으로 안내할 테니 세리아 님도 동석해주시겠어요?"

"알겠습니다."

그때였다.

"……."

사라가 성큼성큼 창가로 다가가더니 방의 커튼을 활짝 열었다. 현재 위치는 1층이다. 유리창 밖으로 시선을 돌리자 보초기사가 근처를 도는 모습이 보였다. 커튼이 열린 것을 알아챘는지 기사들과 시선이 마주쳤다.

"왜 그래, 사라?"

"아니, 누가 있었던 것 같은데……. 기분 탓인가 봐요."

기사들에게 가볍게 인사한 사라가 고개를 저으며 세리아에게 답했다. 하지만 그녀가 기척을 알아차린 것은 정답이었다.

저택의 지붕에는 소라가 서 있었다. 미하루와 세리아 일행이 가르아크 왕성으로 돌아왔듯, 리오 일행 역시 왕도 근처까지 이동해왔던 것이다.

소라는 리오의 지시대로 성내에 잠입해 모두가 기억을 잃은 것으로 인해 어떤 영향을 받고 있는지 조사하는 중이었다. 조금 전까지만 해도 샤를로트가 보고하는 모습을 지켜보았으나 보초기사가 다가온 것을 깨닫고 곧바로 지붕으로 이동한 참이었다.

'……흥. 어차피 아무것도 기억하지 못할 겁니다. 뭔가 생각하려고 해도 핵심을 짚을 것 같은 순간 또 금세 잊게 되겠죠. 세계의 지우는 힘을 거스를 순 없습니다.'

몇 번이고, 몇 번이고……. 그것이 초월자의 운명인 것이다. 천 년 전부터, 아니 그보다도 훨씬 전부터 변하지 않았다.

'새로이 권능을 사용하면 그 순간 또 용왕님은 존재가 잊혀지고 맙니다.'

소라는 슬픈 얼굴로 아득한 하늘을 올려다보았다. 그 시선 끝에는 상공에 뜬 리오가 지상을 내려다보고 있었다.

'지금 용왕님을 계속 기억하고 있는 건 소라뿐…….'

그렇게 생각했지만, 리오의 옆에 아이시아의 모습도 보였다. 정령의 기운이 새어나가지 않도록 가면을 착용하고 있다.

'뭐, 뭐어. 아이시아도 있긴 하지만…….'

소라가 부루퉁하게 볼을 부풀렸다.

'더 기다리시게 할 순 없죠. 이제 가봐야겠습니다.'

그녀는 빠르게 상승하여 상공에 대기하고 있는 리오, 아이시아와 합류했다.

이튿날 오후.

예정대로 크리스티나와 플로라가 가르아크 왕성을 찾았다. 샤를로트의 안내를 받은 두 사람은 미하루가 지내는 저택을 방문해 응접실에서 세리아와 대담을 나눌 예정이었다.

벨트람 왕국 출신인 세리아와 왕녀 자매는 반갑게 인사

를 주고받고 마주 보는 형태로 자리에 앉았다. 세리아 옆에는 샤를로트가 자리했다.

"세리아 선생님이 전장에 참가하셨다는 소식을 들었을 땐 놀랐는데, 여전히 잘 지내시는 것 같아서 안심했습니다."

먼저 입을 연 플로라가 가슴을 쓸어내리며 말했다.

"참가했다고 해도 저는 후방에 있었을 뿐이에요. 전황도 잘 모른 채로 끝났고, 보다시피 잘 지내고 있습니다."

"저택에 오는 길에 샤를로트 왕녀님께 간단히 전해 들었습니다. 어찌된 영문인지 모든 이들이 기억을 잃은 것 같은 불가사의한 일이 벌어졌다고요."

크리스티나가 세리아의 기색을 살폈다. 전장에서 누구와 싸웠는지 알 수 없게 되었다는, 쉽게 믿기는 어려운 이야기였다. 은사인 세리아의 반응을 먼저 확인하고 싶었으리라.

"네. 솔직히 뭐가 어떻게 된 건지……."

"그럼 세리아 선생님도 뭔가 기억을 잃으신 건가요?"

"그런, 것 같아요……."

세리아는 자신 없게 고개를 끄덕였다.

"저택에 오시는 동안 설명해 드린 대로, 이 건과 관련해 크리스티나 님과 플로라 님께도 이야기를 듣고 싶었습니다. 괜찮으실까요?"

"네, 상관없습니다."

샤를로트의 제안에 크리스티나가 승낙했다. 이리하여

이야기는 본론으로 들어가게 되었다.

"그럼……."

먼저 말문을 연 샤를로트는 어제 세리아 일행에게 했던 것과 같은 내용의 이야기를 크리스티나와 플로라에게도 들려주었다. 즉, 존재를 증명하는 증거는 발견되었지만, 아무도 기억하지 않는 용사 에리카. 그리고 마찬가지로 기록은 남아있지만, 기억에 없는 하루토 아마카와라고 하는 인물에 대해.

"……그렇군요."

크리스티나는 어딘가 먼 곳을 응시하는 듯한 눈빛으로 생각에 잠겼다.

"두 분께 여쭙고 싶은 것은 하루토 아마카와라는 인물에 대해서입니다. 기록에 의하면 이 인물은 두 분과도 밀접하게 관련되어 있습니다. 이를테면 크리스티나 님의 지시로 샤를 아르보와의 정략결혼으로부터 세리아 님을 구한 것, 크레이아에서 로다니아까지 크리스티나 님과 세리아 님을 호송한 것. 플로라 님도 이 인물의 무공을 눈으로 여러 번 보셨을 겁니다."

기억나시나요? 샤를로트는 벨트람의 왕녀 자매를 번갈아 바라보며 물었다.

"아뇨……. 그런 지시를 내린 기억도 전혀 없습니다."

크리스티나가 눈을 깜빡이며 대답했다. 지시를 내린 기억이 없는 것은 어쩌면 당연했다. 어쨌든 실제로도 그런 사실은 존재하지 않았다. 세리아를 납치한 책임의 소재가 크리스티나에게 있음을 강조하기 위해 후일 지시하였다고 대외적으로 크리스티나가 설명한 것뿐이었다.

"크레이아에서 로다니아까지 피난하는 동안 그런 인물과 동행한 기억도 없습니다. 크레이아에서 세리아 선생님과 합류해 사라, 오피아, 아르마의 도움을 받아 도착한 것으로 기억합니다만⋯⋯."

다른 사람들과 마찬가지로 크리스티나도 실제로 존재하는 사실에 대해 기억이 모호한 상태였다.

"세리아 님도 사라님 일행분들도 그렇게 기억하고 있었습니다. 하지만 그녀들은 왕의 검인 알프레드 에마르를 본인들이 물리친 기억은 없다고 하더군요."

샤를로트는 기억과 기록이 맞아떨어지지 않는 부분을 언급했다.

"⋯⋯그렇, 군요."

크리스티나가 모호하게 대답했다. 그 부근의 기억을 떠올리려는 듯한 모습이었다.

"이상하네요. 알프레드를 쓰러뜨린 게 누구였는지 전혀 생각이 안 나요. 이래서 기억을 잃었다고 말씀하신 거군요."

백문이 불여일견. 크리스티나는 자신에게 일어나고 있는 기묘한 현상을 몸소 실감하고 깨달았다.

"⋯⋯저도 그분을 모릅니다."

플로라도 의아한 얼굴로 고개를 갸우뚱했다.

"저도 왕도 결혼식에서 납치된 당시의 기억이 모호해요. 게다가 어째서 레스토라시온에 소속된 제가 가르아크 왕국으로 떠났는지도. 크리스티나 님은 어떻게 기억하고 계시나요?"

제 일임에도 기억하지 못하는 게 안타깝다는 얼굴로 세리아가 물었다.

"그건……, 왕도의 결혼식에는 저도 출석했었습니다. 후드를 쓴 인물이 갑자기 선생님을 순식간에 데리고 간 건 기억하지만, 그 이외에는 전혀……. 선생님을 가르아크 왕국에 보낸 것은 선생님이 사라 씨나 미하루 씨와 친분이 있으셨으니……."

이상했다. 떠오른 이유를 말하긴 했지만 이유치고는 어설프기 짝이 없었다. 그만큼 마도사로서 세리아의 재능은 뛰어났다. 어떤 특별한 역할이 있다면 모를까, 파견을 보내 자유롭게 행동하게 놔두기엔 아까운 인재였다.

"그렇죠……. 미하루나 사라 일행과도 대화를 해봤는데, 애초에 우리가 어떻게 알게 된 것인가 하는 이야기까지 나와서……. 대화하면 할수록 기억이 흐릿해지는 기분이에요."

세리아는 지친 얼굴로 탄식했다. 기억이 희미해지기 시작한 이후 몇 번이나 이야기를 나눴을까.

"현재, 비슷한 현상이 그 밖에도 발생하고 있습니다. 그 누구도 용사 에리카와 하루토 아마카와라는 명예기사를 기억하지 못합니다. 명백한 이상 사태임에도 그다지 심각하게 받아들이지 않는 사람이 압도적으로 많은 것 또한 이상합니다. 마치 사고를 유도당하는 기분이에요."

"……확실히 이 일을 생각하면 뭔가 머릿속에 안개가 낀다고 할까, 머리가 둔해지는…… 느낌이긴 합니다."

자신 없이 말하면서도 크리스티나는 자신의 사고를 객관화해 분석했다.

"역시 대단하시군요. 제가 조사한 바로는 그런 인식을 갖지 못하는 사람이 대부분입니다."

샤를로트가 우아하게 입가에 웃음을 머금었다.

"그런가요?"

"정말 사고를 유도당하는 것인지는 확인할 수 없지만, 잊어버린 게 큰 문제가 아니라고 생각하는 사람이 대부분입니다. 애당초 그런 인물이 존재했냐며 회의적으로 생각하는 사람도 있고, 기억을 잃은 것 자체를 잊어버리는 사람도 있습니다. 해당 인물과의 관계가 짧았다고 여겨지는 사람일수록 그런 경향이 현저하더군요. 하루토 아마카와와 깊은 관련이 있었을 우리들은 이 이상 사태를 이상 사태라고 인식할 수 있기 때문에 조사를 하고 있지만, 그런 우리조차 방심하면 조사 자체에서 의식이 멀어질 것 같은 기분이 듭니다."

"……어떤 대규모 마술로 사고를 조작당하고 있을 가능성은 없을까요?"

크리스티나가 세리아를 보며 물었다.

"그럴 가능성도 검토해봤지만, 마술의 효과가 미치는 범위가 너무 넓어 거의 불가능에 가깝습니다. 이상한 마술이 걸린 건가 싶어 탐지도 해봤지만 별 이상이 없었고요."

"신기하네요. 마치 누군가가 두 사람을 역사에서 지우려 하는 것 같아요."

플로라가 불쑥 중얼거렸다.

"예, 바로 그겁니다. 마치 보이지 않는 신의 힘이 작용하는 것 같아요."

"그렇, 게밖에 생각되지 않네요. 그런데 아주 기뻐 보이시네요."

장난감 상자를 선물 받은 아이처럼 들뜬 목소리로 말하는 샤를로트를 보고 크리스티나가 다소 어이없는 표정을 짓더니 키득 웃으며 지적했다.

"이렇게 재미있는 일은 좀처럼 없으니까요. 이 하루토 아마카와라는 인물과 우리는 어떠한 관계였을까. 저는 숨기려고 하면 할수록 더 궁금해지는 성격이라서요."

샤를로트는 특유의 호기심을 드러내며 말했다. 덕분에 다른 세 명도 이 상황이 우스운지 미소를 짓고 말았다.

"하지만 저도 그래요. 다른 이들도 그렇게 말했습니다. 신경이 쓰여요. 뭔가 잊어서는 안 되는 것을 잊고 있는 것 같아서……."

세리아가 샤를로트의 말에 찬동했다. 그 눈동자 속에 강한 의지의 불꽃이 일렁이는 것이 보였다. 무슨 이유인지는 모르겠으나, 기억을 잃었음에도 감정까지 완전히 사라지지는 않은 것일지도 모른다.

"그렇다면 조사를 계속할 수밖에 없겠네요. 크리스티나 님도 괜찮으시다면 귀국 후 로다니아에 있는 자료를 조사해 주실 수 있으실까요?"

"네, 알겠습니다. 저희에게도 은인인 인물 같으니까요."

크리스티나가 흔쾌히 받아들였다.

"그럼 이것을. 가능하면 몸에서 떼지 말고 계셔주세요."

샤를로트가 브로치를 테이블에 내려놓았다.

"이건 뭐죠?"

"기억 상실 예방용입니다. 그 안에 부탁드리고 싶은 것을 적은 종이를 넣어 두었습니다. 플로라 님 몫도 준비했으니 괜찮으시다면 두 분 다 가져가 주세요."

설사 잊는다고 해도 이 종이를 보면 무엇을 부탁받았는지 기억할 수 있을 것이었다.

"그렇군요……. 그럼 감사히 받겠습니다."

"감사합니다."

크리스티나와 플로라는 조심스레 브로치를 집어들었다.

"우선 제가 드릴 이야기는 이상입니다. 두 분께서도 세리아 님께 하실 말씀이 있으시면 해주세요."

"그럼 간략하게. 아르보 공작과의 대담에 관해서입니다."

"드디어 나흘 뒤군요."

"인질 반환도 예정대로 이루어질 가능성이 높기 때문에

교환 조건으로는 크렐 백작가의 처우에 관한 조건을 제시할 생각입니다. 크렐 백작도 참석할 겁니다."

이야기는 다음 내용으로 넘어갔다.

"주선해주셔서 감사합니다."

"아뇨. 출석에 대해 최종적으로 선생님의 의사를 확인하고 싶은 것이 첫 번째 이유고……."

"예정은 잡혀 있지 않으니 참석할 수 있습니다."

공식석상에서 아버지를 다시 만날 수도 있는 몇 안 되는 기회인데다 자신의 가문에 관한 일이다. 세리아는 결연한 얼굴로 답했다.

"그럼 한 가지 더. 지금 이야기를 바탕으로 알프레드와 샤를의 조사를 마지막으로 진행할까 합니다. 선생님도 입회하시겠어요? 괜찮으시다면 샤를로트 왕녀님도."

지금 하는 이야기는 기억 상실에 관한 것이다. 알프레드와 샤를의 포박 원인이 된 싸움. 인질 반환을 하기 전에 당시 일을 두 사람에게도 물어보려는 것이었다.

"저는 거절할 이유가 없습니다."

샤를로트가 먼저 답했다. 하루토 아마카와와 접점이 있었던 인물에 관한 조사는 그녀의 이익과도 부합했다.

한편 세리아에게 샤를은 복잡한 사정을 가진 상대였다. 반 협박식으로 약혼을 했고, 결혼식 당일 납치되는 형태로 약혼을 무산시켰다. 망각으로 인해 당시의 기억이 모호해진 지금도 세리아는 본인의 의사로 파혼을 원했다는 것을 기억하고 있다. 이 사실을 알면 샤를은 분개할 것이 분명했다.

그렇기에 약혼을 무산시킨 그 날부터 세리아 크렐로서 샤를의 앞에 선 적은 없었다. 하지만 앞으로도 세리아 크렐로서 살아갈 것이라면 피해갈 수 없는 상대이기도 했다. 아르보 공작과의 회담이 끝나면 밝혀질 일이었다.

"네, 함께 가겠습니다."

세리아는 주먹을 꼭 쥐고 고개를 끄덕였다.

약 한 시간 후.

플로라는 저택에 남아 미하루 일행과 만나 재회의 인사를 나누고 있었다. 한편, 크리스티나와 샤를로트, 세리아 세 사람은 가르아크 왕성의 외빈 숙소로 이동했다. 로비에 들어서서 통로를 따라가자 사람이 찾아온 것을 바로 알아차린 것인지 유그노 공작이 허둥지둥 나타나 공손히 고개를 숙였다.

"이거 크리스티나 님. 샤를로트 왕녀님에 세리아 군까지."

"지금부터 알프레드와 샤를을 조사할 거야."

크리스티나는 용건을 간결하게 알렸다.

"그렇습니까. 필요하시다면 저도 동석하겠습니다."

유그노 공작이 세리아의 얼굴을 힐끗 바라보며 가볍게

나섰다. 아마도 세리아와 샤를을 만나게 할 심산이라는 것을 짐작한 것 같았다.

"그렇게 대단한 건 아니니 집무가 있다면 그쪽을 우선해도 상관없습니다."

"명을 받듭니다. 그럼 전 다시 집무로 복귀하겠습니다."

필요한 조사는 이미 충분히 마쳤다. 이제 와서 동석한들 특별한 의미는 없다고 생각했는지 유그노 공작은 그대로 물러났다.

"그럼 이쪽으로."

크리스티나의 손짓에 세리아와 샤를로트는 계단을 올랐다. 그리고 맨 꼭대기 층에 있는 방 앞에 당도해 동행한 호위 2명과 함께 방 안으로 들어갔다.

"크리스티나 님!"

실내에는 바네사를 포함한 여러 명의 보초가 있었다. 그들은 크리스티나 일행이 들어오자마자 재빠르게 자세를 바로잡았다.

"두 사람을 조사할 거야. 데려와 줘."

"명을 받듭니다."

현재 위치는 외빈 숙소 최상층 객실의 거실이었다. 바네사가 침실로 통하는 문을 열었다.

"오라버니, 취조가 있습니다."

그녀가 실내에 있던 알프레드 에마르에게 말을 걸었다. 샤를도 알프레드도 포로라고는 하지만 같은 벨트람 왕국의 고위 귀족이었다. 그래서 곰팡내 나는 감옥에 처박히는 대신 이렇게 평범한 방 안에서 망을 보는 상태로 연금되어 있었다.

손목에는 마봉의 족쇄가 채워져 있어 마법을 사용할 수 없게 했고, 그와는 별도의 족쇄도 채워져 있기 때문에 달릴 수도 없었다.

"알았다."

앉아서 책을 읽던 알프레드는 지시에 따라 거실로 이동했다.

"앉아."

문밖으로 나오자마자 크리스티나가 명령했다.

"……예."

바로 옆에 있는 세리아의 모습에 잠시 놀라긴 했으나 알프레드는 명령에 거역하지 않고 순순히 자리에 앉았다.

"샤를도 불러오겠습니다."

바네사가 발길을 돌려 또 다른 침실로 향했다. 그대로 샤를에게도 말을 걸어 거실로 불러냈다.

"뭐야, 아직도 뭔가 조사할 게……, 세리아?!"

조사에 넌더리가 났다는 태도를 보이던 샤를이었으나, 거실로 나와 세리아를 발견하자마자 동요의 기색을 드러냈다.

"……오랜만입니다, 샤를 님."

작게 심호흡한 세리아가 그에게 인사했다.

"……설마 네가 배신했을 줄은."

샤를의 얼굴이 극심한 고통을 참기라도 하듯 와락 구겨졌다. 치밀어 오르는 불쾌함을 감추려 들지 않고 감정적으로 세리아를 대했다.

"앉아."

"앉으라고? 까불지 마! 내가 누군 줄 알고."

명령해 오는 바네사에게 강하게 반발하는 샤를. 하지만 그 분노조차 세리아에게로 옮겨갔다.

"이건 엄청난 문제야."

세리아를 날카롭게 노려본 그가 원망을 토해냈다.

"무엇이 그리 문제지?"

크리스티나가 싸늘한 목소리로 물었다.

"크렐 백작가가 배신했다는 것 말입니다. 식을 거행할 때도, 크레이아 때도, 레스토라시온과 내통한 사람은 부친 뿐이라고 생각했는데 말이죠."

"이상한 말을 하는군. 세리아 선생님이 대체 누구를 배신했다는 거지?"

"나를! 이 아르보 공작가를 말입니다! 아무것도 모른다는 얼굴로 그런 말도 안 되는 난동을 부리고! 식 직전까지 나를 속였어! 시집도 못 가서 과부가 되어가던 여자를 받아주려 했더니 그런 내 호의를……!"

짓밟았다. 샤를은 강한 어조로 세리아를 비난했다.

"……"

세리아는 그늘이 드리운 표정을 지으면서도 그 말을 잠자코 받아들였다.

"보기 흉하군요."

샤를로트가 한숨을 쉬며 혼잣말했다.

"뭐, 뭐라고요?"

흠칫 놀란 샤를이 눈을 부라렸다.

"어머, 왜 그러죠?"

내가 뭐라고 했나요?

마치 그렇게 묻는 듯한 얼굴로 샤를로트가 부드럽게 고개를 갸웃했다.

"나라의 미래를 걱정하는 제1왕녀인 내게 충성을 맹세해 신명을 바쳤다. 그것의 어디가 배신이라는 거지?"

크리스티나가 자못 의아하다는 표정으로 고개를 비스듬히 기울였다.

"윽……, 배신이 아니고 무엇입니까! 우리 귀족들이 진정 충성을 맹세해야 할 상대는 나라의 왕! 제1왕녀인 당신이 아닙니다! 그러므로 이 여자도 당신이 하는 짓도 나라와 왕에 대한 반역에 지나지 않습니다!"

샤를이 감정적으로 소리쳤다.

"……아버지와 나라를 깔보고 나라를 손에 쥐려는 그대 입에서 그런 말이 나오니 정말 웃기는군."

크리스티나는 모멸 섞인 시선을 보내며 냉소를 지었다.

"왕과 나라를 위하는 일입니다! 나약한 유그노가 권력을 좌지우지한 결과 우리나라는 강대국 프로키시아에 영토를 빼앗겼습니다. 폐하도 유그노도 프로키시아의 힘을 너무 얕잡아 보았던 것입니다! 그러니!"

"그렇다고 그것이 매국을 정당화할 이유가 되지는 않지."

"매, 매국, 이라니……."

크리스티나의 말에 샤를은 불쾌한 듯 얼굴을 찡그렸다.

"저도 크리스티나 님과 같은 생각입니다. 아르보 공작가의 일련의 행동은 나라와 척을 지는 행동이나 다름없다. 그래서 크리스티나 님께 찬동해 레스토라시온에 소속하기로 결정한 겁니다."

세리아도 자신의 생각을 밝히며 샤를과 맞서겠다는 뜻을 분명하게 전했다.

"이……!"

"이제 됐어. 이미 실컷 들었던 말이야."

크리스티나가 다시 샤를의 발언을 가로막았다.

"그럼 대체 이제 와서 무슨 이야기를 하겠다는 겁니까?"

샤를이 신경질적으로 물었다.

"그대들이 포박당한 계기가 된 사건들에 대해서. 그래, 너희는 대체 누구한테 진 거지?"

"무슨 말씀을 하시는……?"

의아한 표정을 지어 보이는 샤를이었지만, 말하는 도중 몸을 굳히고 머리 위에 물음표를 띄웠다. 옆에서 침묵을 지키고 있던 알프레드도 의아한 얼굴을 하고 있었다.

"알프레드."

"네."

"그대는 도대체 누구와 싸우다 진 것인지, 왜 포로로 잡혔는지 당시의 기억이 나나?"

크리스티나가 알프레드를 똑바로 바라보며 물었다.

"……아뇨."

거짓말은 아닐 것이다. 알프레드는 한참을 고민하더니 고개를 흔들었다. 그 얼굴에는 당황한 기색이 역력했다.

"그래……. 샤를로트 왕녀님. 뭔가 묻고 싶으신 것이 있나요?"

"아뇨, 충분합니다."

"그렇다면 바네사. 이제 충분해. 두 사람을 돌려보내."

"명을 받듭니다. 자, 오라버니. 이쪽으로 오시죠."

바네사는 고개를 깊이 숙이더니 알프레드와 샤를을 차례로 침실로 연행했다.

【제 6 장】 ❖ 대담

레스토라시온과 벨트람 왕국 본국과의 대담일이 찾아왔다.

먼저 크리스티나와 유그노 공작을 필두로 한 레스토라시온의 대표자들.

그리고 아르보 공작파를 필두로 한 벨트람 왕국 본국의 대표자들.

마지막으로 제3자로서 양자의 대담을 지켜보는 가르아크의 국왕 프랑수아.

일찍이 사츠키의 피로연을 치렀던 영빈관 안에서는 이 세 세력에 소속한 상층부 인원들이 집결해 있었다.

"……."

대립 세력끼리 마주 앉은 채 그들은 불편한 분위기 속에서 묵묵히 서면을 훑어보고 있었다.

레스토라시온 대표자들이 손에 든 서면에는 벨트람 왕국 본국의 요구가, 벨트람 왕국 본국의 대표자들이 손에 든 서면에는 레스토라시온의 요구가 적혀 있었다. 마지막으로 프랑수아가 손에 든 서면에는 양쪽 모두의 요구 사항이 적혀 있었다.

'아버님…….'

'세리아…….'

실내에는 세리아와 그녀의 아버지인 로랑도 있다. 부녀지간임에도 서로 대립하는 세력의 자리에 앉은 채 서로를 의식하고 있었다.

"이제 시작해도 되겠나?"

대담의 사회와 중개자 역할을 맡은 프랑수아가 양측의 요구를 모두 살펴본 뒤 입을 열었다.

"네." "상관없습니다."

크리스티나와 아르보 공작의 목소리가 겹쳤다.

"그럼 차례로 이야기를 해보도록 하지. 우선 짐이 보기에 가장 무모해 보이는 것부터. 벨트람 왕국 본국에서는 레스토라시온이라는 조직의 해체 및 소속 귀족들의 본국을 향한 투항. 레스토라시온에서는 아르보 공작의 재상 및 원수 지위를 국왕에게 반환, 현 대신이나 관료들의 사직."

이를 요약하자면 벨트람 왕국 본국에서 레스토라시온에 내건 요구는 '빨리 항복하고 반역자로서 순순히 처벌을 받아들여라'였고, 레스토라시온에서 벨트람 왕국 본국에 내건 요구는 '아르보 공작파 귀족들 전부 요직에서 물러나. 계파도 해체하고 권력을 내려놔'였다. 프랑수아가 무모하다고 판단한 것도 어쩌면 당연했다.

그렇다고 해도 이것이 바로 서로의 최대 목적임은 분명했다. 양측은 이 요구를 수용하지 못해서 등을 돌리고 있는 셈이었다.

"일단 확인하겠다. 양자, 요구를 수용할 생각은 있는가?"

프랑수아가 두 세력의 대표를 둘러보며 물었다.

"없습니다." "동감입니다."

크리스티나와 아르보 공작이 나란히 즉답했다. 양자 모두 무모한 주장이라는 것을 이해한 상태에서 상대에게 들이댄 것이니 당연했다.

그런 억지스러운 주장이라면 굳이 쓸 필요가 있을까 싶지만 그렇지만도 않았다. 처음에 굳이 무리한 요구를 강조함으로서 서로의 타협점을 찾아가는 것이 협상의 순서였기 때문이다. 상대가 "이 정도의 요구라면……"이라고 수용할 만한 진짜 요구는 나중에 내보이는 것이 가장 효과적인 방식이었다.

"그럼 다른 요구에 대해. 벨트람 왕국 본국에서는 인질 두 명과 단죄의 광검, 그 밖의 크리스티나 왕녀가 훔쳤다고 추측되는 레갈리아의 반환. 레스토라시온에서는 크렐 백작가와 관련된 자들의 지위와 신변의 안전을 보장할 것. 거기에 크렐 백작령을 중립지대로 설정하고 크렐 백작가의 사람들을 이후 쌍방의 가교 역으로 취임시킬 것. 양자, 이 요구들을 받아들일 용의가 있는가?"

"조건에 따라 다르지만, 그렇습니다."

프랑수아가 손에 든 서면을 내려다보며 서로의 요구를 읽었다. 사전에 상정했던 대로의 요구였기에 크리스티나는 순순히 대답했다.

"이쪽도 조건에 따라 다릅니다만, 일부에 대해서는."

아르보 공작은 마지못해 고개를 끄덕였다.

"그럼 양쪽 모두 어떤 조건에서 상대의 요구를 들어줄 수 있지?"

"이쪽이 요구하는 크렐 백작가에 대한 조건을 받아들인다면 샤를 아르보의 신병을 돌려드릴 용의가 있습니다."

크리스티나는 실로 침착한 목소리로 말했다. 현 상태에 이르기까지의 흐름은 모두 기정 노선이었는지 유그노 공작도 편안한 얼굴이었다.

"반환을 요구하는 인질과 모든 물품의 반환. 그 조건을 받아들인다면 그대로는 아니지만 재고의 여지는 있습니다."

샤를 아르보라는 패만 내민 크리스티나에게 아르보 공작은 다른 패들도 모두 내놓으라고 요구했다.

"그럼 우리가 내놓을 게 너무 많아. 재고해 볼 여지라니 웃기지도 않는군."

당연히 크리스티나는 거부했다.

"배신자들의 처우를 그대로 눈감아준다는 것입니다. 그만한 요구를 하고 있다는 것을 인식해주길 바라는 바."

아르보 공작은 괘씸하다는 얼굴로 말하면서 세리아와 그녀의 아버지인 로랑을 노려보았다.

"그대로 돌려줄게, 아르보 공작. 이쪽에서 보면 그대와 그대 아들인 샤를 아르보야말로 배신자인데."

"이상한 말씀을 하시는군. 어느 쪽이 배신자인지 나라를 거스른 반역자는 일목요연하지 않습니까."

유그노 공작이 참지 못하고 실소를 터뜨렸다.

"그 말은 마치 내가 반역자라고 하는 것처럼 들리는데?"

"맞습니다."

아르보 공작은 조금도 위축되지 않고 크리스티나를 반역자라 단언했다.

"제1왕녀인 내게 그 말은 불경스럽지 않은가? 왕권을 얕잡아보는 것으로밖에 안 들리는군."

"이상한 말씀입니다. 왕권은 왕에게 귀속되는 것이지 당신에게 귀속되는 것이 아닙니다."

크리스티나도 냉정하게 규탄의 화살을 날렸지만 아르보 공작의 넉살도 만만치 않았다.

"……이상한 소릴 하는 건 그대이지. 그대 아들에게도 지적했네. 아르보 공작가는 국왕을 업신여기고 나라를 장악하려 한다고."

"자꾸 이상한 말씀을 하시는군요. 저는 지금, 이 순간을 포함해 벨트람 왕국을 위해 목숨을 걸고 제 모든 인생을 바쳤습니다."

비릿하게 웃는 아르보 공작.

"귀족이 진정 충성해야 할 상대는 국가와 그 왕이다. 샤를은 그렇게 말하던데 그대도 같은 생각이라고 해석해도 될까?"

"실로 동감하는 바입니다."

"그것이 사실이라면 왕가를 업신여기는 현 아르보 공작

파의 지배 체재에 의문이 남는데."

"의외로군요. 업신여긴 기억 따위 없습니다. 제가 이루는 모든 것은 왕과 나라를 위하는 일입니다."

아르보 공작은 샤를과 완전히 같은 주장을 했다. 아니, 따지자면 반대였다. 그 아비의 그 자식이리라.

"……그래. 그렇다면 그대는 어디까지나 아버님께, 국왕께 충성을 맹세하고 있다는 거군."

"맞습니다. 그렇기에 저는 왕권에 활을 겨누는 레스토라시온의 왕후 귀족들을 반역자로 간주합니다. 왕녀라고 해서 예외가 될 거라고는 꿈도 꾸지 마시길. 당신은 왕국과 폐하게 반기를 들고 계시니까요."

아르보 공작은 크리스티나를 매섭게 규탄하며 위협했다.

"나도 어설픈 각오로 이 자리에 선 게 아니야. 왕권에 활을 겨눌 생각도 없어. 내 분노의 화살은 아르보 공작, 그대에게 향한 것이니까."

크리스티나도 지지 않았다.

의연하게 대처하고는 정면으로 아르보 공작의 시선을 맞받아쳤다.

"애초에 이 교섭에 대해서는 재상인 제가 국왕에게 전권을 부여받았습니다. 그러므로 그런 제게 활을 겨눈다는 시점에서 폐하께 활을 겨누는 것과 같은 의미지요. 제 말도 아버님이 하시는 말씀이라 생각해주십시오."

"……본인이 왕권 그 자체라고 말할 셈인가?"

"왕권을 대리로 행사할 수 있는 위치에 있다고 말씀드린 겁니다."

"재상과 원수 자리를 동시에 차지한 귀족은 벨트람 왕국 역사상 그대뿐일세. 하지만 국왕 이외의 권력이 지나치게 집중되는 것은 위험해. 내가 위험시하는 것도 그대가 권력을 남용한다는 점이야. 나라를 움직이는 것은 왕 한 명이어야 한다."

재상이란 본래 군주인 왕이 행하는 행정적 의사결정을 대리할 수 있는 권한을 부여받은 국가 최고위 행정직이며, 원수란 본래 왕만이 내릴 수 있는 군사상 의사결정을 대리할 수 있는 권한을 부여받은 최고위 군사직책이다. 모두 상설 직책이 아닌 명예직이라는 것의 의미도 강했지만, 국왕을 대리해 의사결정을 할 수 있기에 국왕과 견줄 수 있는 강력한 권력을 행사할 수 있었다.

그러니 현재 벨트람 왕국의 왕권은 국왕과 아르보 공작이 공유하는 상태라고 평가할 수 있을 정도였다. 국왕에게는 대리행위를 부인할 권리는 있지만 아르보 공작이 압도적 다수의 국내 귀족을 자기편으로 끌어들인 이상 국왕의 부인권은 유명무실해진다. 실제 힘의 균형이 아르보 공작에게로 기울어진 것은 자명했다.

"타당한 말씀입니다. 한 나라에 두 왕이 존재할 수는 없는 법. 그러나 제가 취임한 재상과 원수라는 직책은 모두 왕이 내린 직책. 임명권은 폐하께 있고 폐하가 대리행위의 부인권도 갖고 계신 이상 입장으로서는 폐하가 위입니다."

"그럼 왜 아버님께는 아무것도 시키지 않는 거지? 지금의 벨트람 왕국 정부에서는 당신 혼자서 중요한 의사결정을 내리는 것처럼 보이는데."

"그만큼 작금의 나라 상황이 절박하다는 뜻이지요. 실례지만 폐하께서는 그곳의 유그노의 꾐에 넘어가 대 프로키시아 제국과의 형세를 불리하게 만들고 말았습니다."

아르보 공작은 보란 듯이 유그노 공작에게 시선을 던지더니 조소를 머금었다.

"……."

유그노 공작은 얼굴색 하나 바꾸지 않고 무시했다. 그는 필요할 때 감정을 컨트롤할 수 있는 자였다. 이런 일로 감정적일 만큼 어리석지 않았다.

"프로키시아 제국의 위협을 경시한 결과 우리나라는 중요한 국방 거점을 빼앗겼고 폐하의 권위는 실추되었습니다. 그래서 외람되지만 제가 재상으로서, 그리고 원수로서 진두지휘를 맡은 것입니다."

"과거 프로키시아 제국을 향해 적극 공세론을 펼치던 그대가 그 사건을 경계로 돌변하더니 제국에 접근하기 시작했지."

"상황이 달라지면 방침도 달라지는 법."

"우리나라가 거점을 빼앗기기 전부터 그대가 프로키시아 제국과 접촉했다는 이야기도 있다. 겉으로는 프로키시아 제국과의 대립을 외치면서도 그 뒤로 밀의를 거듭해 매국 대책을 세웠다던데."

"……매국 대책이라니. 교섭을 통해 땅을 되찾은 것입니다. 누가 그런 말을 했는지 꼭 제 앞에 데려왔으면 하는군요."

크리스티나가 강수를 두었으나 아르보 공작 역시 이 정도로는 꿈쩍도 하지 않았다.

"처벌이라도 하려는 건가?"

"하하하."

아르보 공작이 싸늘하게 웃었다.

"……프로키시아 제국의 대사, 레이스 볼프라고 했던가. 그자와는 꽤 친분이 있는 것 같더군."

"그 나라의 외교관이자 우리나라의 대사도 맡고 있는 자입니다. 친하게 지내는 것은 당연합니다."

"레이스라는 남자와는 나도 만난 적이 있어. 로다니아에 투쟁하던 중 천상의 사자단 용병들을 이끌고 나를 포박하려 했지. 샤를의 추적 부대와 연계하는 형태로 말이야."

"알고 있습니다. 레이스 공이 우리나라 상황을 염려해 협조를 해주셨으니까요."

"즉, 그 당시 레이스의 행동은 그대의 의도였다는 건가?"

"당시 현지의 지휘는 어리석은 아들인 샤를이 맡고 있었으나, 도중에 보고를 받고 문제없다고 판단했습니다. 레이스 공 본인에게 훌륭한 마도사라 들었으니까요."

"그 우수한 타국의 마도사가 우리 영토 안에서 군사 행동을 하고 있었는데, 그럼에도 문제가 없다고?"

"우리나라의 관리하에 있다면 문제가 없겠죠. 애초에 레이스 공에게는 외교 특권이 주어져 있습니다. 군세를 이끈다면 몰라도, 특권 중에는 소수의 호위를 이끌고 우리나라의 내부를 이동할 수 있는 자유도 포함되어 있지요."

크리스티나는 추궁의 고삐를 늦추지 않았지만 아르보 공작 역시 태연하게 응수해나갔다.

"레이스는 천상의 사자단을 사용해 나와 플로라의 신병을 제압하려 시도한 적이 몇 번인가 있었다. 천상의 사자단이 대담하게도 내가 머무는 이 왕성 안의 저택을 습격한 적도 있었지. 이것도 그대의 뜻이었나?"

"……글쎄요. 기억에 없군요."

크리스티나가 가르아크 왕국 내에서 있었던 일을 언급하자 아르보 공작의 표정이 잠시 바뀌었다.

"이 조정에 관해서는 어디까지나 제삼자의 입장으로 있을 생각이지만, 그 건에 대해서는 우리나라도 당사자다. 용병을 시켜 우리 성을 습격한 배경에 그쪽의 의향이 얽혀 있다면 우리나라에 대한 명확한 적대행위다. 이번 기회에 꼭 진상을 들어보고 싶군."

여기서 프랑수아도 이야기에 가세해 아르보 공작에게 해명을 재촉했다.

"그것을 말씀하신다면 폐하, 레스토라시온에 대한 귀국의 원조는 우리나라에 대한 적대적인 내정간섭이 되지 않습니까? 도대체 어떤 의도를 가지고 계신지 이 기회에 꼭 설명해 주셨으면 합니다."

아르보 공작은 넉살 좋게 되물었다.

"과거 귀국과 우리나라는 동맹을 체결해 대 프로키시아 제국의 포위망을 구축했으나, 귀국은 우리나라에 아무런 설명도 없이 프로키시아 제국과 거리를 좁혔다. 그리고 그와 동시에 우리나라와 일방적으로 거리를 두기 시작한 것으로 알고 있다. 따라서 우리나라는 벨트람 왕국 본국 정부에 대한 불신감을 갖고 있지."

프랑수아는 또렷한 목소리로 숨김없이 전했다.

"이러면 설명이 되겠나?"

그리고 여유로운 미소와 함께 어깨를 으쓱했다.

"그대는 프랑수아 폐하의 질문에 답하지 않았다. 나도 꼭 듣고 싶네만."

크리스티나가 맞은편에 앉은 아르보 공작에게 다시 화살을 돌렸다.

"기억에 없다고 말씀드렸을 텐데요. 국외에서 벌인 레이스 공의 행동에 관해서는 제가 관여할 바가 아닙니다. 레이스 공께 직접 이야기를 듣기도 전에 한쪽 의견만 듣고 그대로 받아들일 만큼 어리석지도 않고요."

아르보 공작은 감정을 지워내고 고개를 저었다.

정말 모르는 것일까, 아니면 시치미를 떼는 것일까. 본인이 이렇게 말하는 이상 단정할 수는 없었다. 하지만 이렇게 직접적으로 아르보 공작의 반응을 볼 수 있었던 것은 크리스티나나 프랑수아에게 있어 예상외의 수확이었다.

"그런가……. 그렇다면 슬슬 이야기를 본론으로 되돌리지. 나라를 둘러싼 양측의 생각은 알겠지만 이대로라면 평행선이다."

결말이 나지 않을 것이라 판단한 것인지 프랑수아가 말을 돌리며 조정 재개를 제안했다.

"괜찮습니다." "좋습니다."

"그럼 구체적으로 어떻게 교섭점을 찾을지인데. 양측에서는 무언가 제안할 것이 있나?"

"이쪽으로서는 양보할 용의가 있습니다. 그런 다음 다른 조건을 제시하고 남은 조건도 요구하고 싶습니다."

크리스티나가 타협안을 제시했다.

벨트람 왕국 본국 정부를 향한 레스토라시온의 당초 요구는 샤를 아르보의 신병을 반환하는 대신 크렐 백작가와 관련된 자들의 지위와 신변의 안전을 보증할 것. 나아가 크렐 백작령을 중립 지대로 삼아 크렐 백작가의 사람들을 이후 쌍방의 가교 역으로 취임시키는 것이었다.

"구체적으로 어떻게 양보하겠나?"

"크렐 백작가와 관련된 자들의 지위와 신변의 안전을 보장하는 것. 이 조건을 받아들인다면 샤를 아르보의 신병을 반환하겠습니다. 남은 부분에 대해서도 합의해 준다면 단죄의 광검이나 왕의 검 알프레드의 신병 중 하나를 돌려드릴 용의가 있습니다."

"어떻게 하겠나, 아르보 공작."

"전자에 대해서는 그대로 조건을 받아들일 용의가 있습니다. 하지만 후자에 관해서는……."

"조건이 불만족스러운가? 만약 단죄의 광검과 왕의 검 알프레드의 신병을 모두 반환한다, 라고 제안한다면 응할 건가?"

"안 되겠군요."

크리스티나가 새로운 교섭안을 제시했으나 아르보 공작은 떨떠름한 얼굴로 즉시 난색을 표했다.

"아르보 공작은 뭘 망설이는 거지?"

"이미 말씀드렸다시피 왕국 정부의 입장에서 보자면 레스토라시온 놈들은 반역자나 다름없습니다. 원래대로라면 반역자와 대등하게 협정을 맺는 일은 있을 수 없지요. 하물며 계속해서 협상의 자리에 앉는다는 것은 더더욱 있을 수 없습니다. 교섭을 위해 영속적인 중립지대를 만든다는 것은 언어도단입니다."

반역자에게 양보 따윈 없다는 듯이 아르보 공작이 강하게 단언했다. 현재의 지구 시점으로 말한다면 테러리스트에게는 양보하지 않겠다, 라는 발상에 가까울 것이다.

"뭐, 이해하지 못할 것은 아니다만, 그렇게 말하자면 이 협정을 맺을 수조차 없는 것 아닌가?"

"그렇습니다. 그래서 어디까지나 이번 일은 실로 이례적인 대응임을 강조하고자 합니다."

"그럼 레스토라시온의 첫 번째 요구, 샤를 아르보의 신병 반환에 따른 교환 조건에 대해서만 합의를 맺겠다는 건가?"

"아뇨……. 두 번째 조건에 대해, 크렐 백작가 사람이 양측의 전령·역할을 한다는 조건이라면 승낙하지요."

마뜩잖다는 표정을 하면서도 타협안을 제시하는 아르보 공작.

"크렐 백작령을 완전한 중립지대로 만드는 것은 허락할 수 없지만, 백작가의 사람을 중립적인 쌍방의 사자로 부리는 것은 인정한다고?"

"말씀하신 대로입니다."

"크리스티나 왕녀가 말한 '가교 역'이라는 단어가 아닌 '전령 역할'이라 바꿔 부른 것에는 뭔가 의도가 있나?"

"반역자들과 협상할 생각은 없으니까요. 우리가 레스토라시온에게 받아줄 제의가 있다고 한다면 항복뿐입니다."

"그런 것이군."

프랑수아는 쓴웃음을 지으며 수긍했다.

말장난처럼 느껴지지만, 집단으로 사회를 구축하고 있는 이상 이런 명목을 경시할 수는 없었다. 본래 개인들의 집단이란 명목과 목적이 있어야 비로소 목표를 향해 강하게 움직일 수 있기 때문이었다.

이를테면 전쟁터에서는 개전 전 서로의 진영에 전령을 보내는 행위는 자주 행해지지만, 자기 진영과 적의 진영

사이에 중립지대를 두는 짓 따위는 절대로 하지 않는다. 전장 예정지 한가운데에 중립지대 같은 것을 두었다가는 이제부터 싸우겠다는 목적으로 모여든 집단이 '어라? 안 싸우는 건가?'라는 식으로 흔들릴 수 있었기 때문이다. 이는 사기에도 큰 영향을 미친다.

지금의 벨트람 왕국 본국 정부는 레스토라시온을 반역자로 간주한다는 입장으로 모인 이상, 레스토라시온을 계속 반역자 집단으로 취급하는 것은 필수적이었다. 크렐 백작령에 중립지대를 설치하는 짓을 저질렀다간 레스토라시온은 반역자 집단이니 철저히 부숴야 한다는 명분을 잃게 된다. 회색 존으로 허용할 수 있는 것은 기껏해야 전령 역할까지였다.

'본래 군벌귀족이라는 말은 들었지만 머리 회전이 빠른 자로군. 정치하는 법도 잘 알고 있다. 정세가 유리하다고는 해도 유그노 공작을 실각시킬 만한 수완은 가지고 있는 듯하다.'

프랑수아는 아르보공작을 꽤 교활하고 우수한 인물이라고 정식으로 평가했다.

"아르보 공작의 대안은 이해하지만, 레스토라시온 쪽에서 보면 양보하는 셈이 돼 버리지. 크리스티나 왕녀는 어떻게 생각하지?"

크리스티나 벨트람이라는, 아직 십 대 중반의 소녀가 이 교활한 대귀족을 상대로 어떻게 대응할 것인가. 프랑수아가 질문을 던졌다.

"양보하는 대신 다른 조건을 받아들인다면 거절하지 않겠습니다."

"다른 조건이라 함은?"

"앞으로 레스토라시온과 벨트람 왕국 본국 간에 일어나는 다툼에서, 이를테면 연대 책임과 같은 불투명한 이유로 처벌의 범위를 넓혀서 하지도 않은 일까지 책임을 지우고 숙청하는 것을 금한다. 그리고 국가에 거주하는 민중에게 피해를 주는 것도 금한다. 라는 협정을 맺어 주셨으면 합니다."

여기서 크리스티나는 새로운 조건을 제시했다.

"……우리가 무작정 숙청을 하고 있다고 생각하십니까?"

아르보 공작이 대담한 미소를 지으며 물었다.

"그렇게 생각하고 싶진 않네. 하지만 레스토라시온이 벨트람 왕국 본국과 척을 지게 된 계기는 숙청 때문인 것으로 기억한다. 프로키시아 제국에 거점을 빼앗긴 것이 누구의 책임인가를 부추겨 강력히 규탄하려는 풍조가 있었지. 아닌가?"

"국방의 핵심 거점을 빼앗겼습니다. 프로키시아 제국의 군세가 일거에 몰려올 수도 있는 상황이었지요. 제국에 대한 위기감이 희박한 나머지 국방을 소홀히 한 자들에게 책임을 지우는 것은 당연합니다."

"맞아. 하지만 그렇다고 해도 책임을 져야하는 범위가 너무 넓어. 합리적인 단죄의 이유도 없으면서 유그노 공작의 파벌에 소속된 자나 그 친족이라는 이유만으로 좌천되거나 직장을 잃었고, 항의하면 반역자로 매도돼 투옥된 자도 있었다. 이렇게 말하는 나도 왕성에서 연금된 상태였고."

"……연금이라니 듣기 좋지 않군요. 전하를 보호하기 위한 조치였습니다. 당시 왕족에 대한 비난도 많았으니까요. 게다가 유그노 파벌에 속한 자들이라도 여전히 본국에서 활약하고 있는 자들도 있습니다."

"아, 그대의 파벌로 돌아선 귀족들은 숙청을 면했나?"

"트집은 그쯤 하시지요. 참으로 유감스럽습니다."

"평가의 문제니까. 나도 지금 그 부분에 대해 말다툼할 생각은 없다. 어쨌거나 레스토라시온과 벨트람 왕국 본국에 소속된 자들은 한 국가에 소속되어 있어. 지금은 대립하는 진영에 소속돼 있어도 적진에 친지나 지인이 소속돼 있는 사람도 있다. 이 사실을 인식하고 있나?"

"……뭐, 부정할 수는 없겠지요."

"그렇다면 본인의 가족 또는 지인이, 자신이 적진에 속해 있다는 사실만으로 처벌받는 것은 아닐까 두려워하는 목소리가 나오고 있다는 것도 예상할 수 있겠나? 혹은 인질로 잡혀가는 것은 아닌지 두려워하는 사람도 있겠지."

크리스티나는 논리 정연하게 이야기를 진행했다.

"……이쪽에서는 그런 짓을 할 생각은 없습니다만."

"나도 그런 짓을 할 생각은 없어. 하지만 조직원 모두가 그런 생각을 할지는 모르겠군. 이대로 대립이 길어지면 조직 안에서 숙청을 하자고 제안하는 자가 나타날지도 모른다. 찬동하는 이들이 나타날지도 모르지. 가족이 적이라는 사실이 네 죄다, 라는 야만적인 이유로 말이야. 부정할 수 있나?"

"부정할 수는 없지만 가정일 뿐이지 않습니까?"

"맞아. 가정의 이야기를 한 것이니까."

그래서 뭐? 라고 묻는 듯한 태도로 크리스티나는 가냘픈 고개를 갸웃했다. 그리고 아르보 공작에게 더 이상 반론이 이어지지 않는 것을 확인하고는 다시 입을 열었다.

"어느 쪽이 숙청을 시작하면 최악의 경우 숙청의 보복 전투가 될 수도 있다. 그렇게 되면 조직의 사기만 떨어지는 것이 아니라 나라의 미래에 심각한 화근을 남길 수도 있지. 그건 서로의 본의가 아니지 않나?"

'말만 번지르르하긴……'

아르보 공작이 속으로 이를 갈았다.

그랬다. 크리스티나의 제안은 그저 듣기 좋은 고상한 말이었다. 하지만 이상론은 아니다. 현실을 파악하고 어느 정도 실현 가능성을 예측할 수 있는 정론이었다.

"확실히 본의는 아니지요."

허울만 좋은 이상론이었다면 실현성 없는 이야기라고 잘라 버리면 그만이었으나, 가정이지만 실현성을 가진 정론이라면 아르보 공작도 마냥 부인할 수는 없었다. 세상은 그런 듣기 좋은 말만으로 돌아가지 않는다는 식의 반론도 금세 떠올랐지만, 이쪽은 그보다는 정론에 가까웠다. 지금의 이야기의 트집을 잡아 주장하면 괜히 분란만 만들며 찬동을 얻지 못하게 될 수도 있었기에 입을 다물 수밖에 없었다.

내분에 규칙 따위 없다. 인질이든 숙청이든 암살이든 쓸 수 있는 패는 무엇이든 써서 이기면 된다. 이기는 것이 곧 정의라는 것을 그럴싸하게 포장해서 일반인도 찬동할 수 있도록 아름답게 표현할 수 있다면 얘기는 달라지겠지만…….

"이해해줘서 다행이군. 그렇다면 동의해 줄 수 있을까? 야만적인 숙청을 금지하는 시스템을 서로 구축하는 것에. 그리고 국가에 거주하는 민중에게 피해 주는 것을 금지하는 것에."

크리스티나는 화사한 미소를 지으며 자신이 썼던 고상한 표현을 그대로 활용해 아르보 공작에게 물었다.

"……좋습니다."

아르보 공작은 속으로 가볍게 혀를 차면서도 엄숙하게 고개를 끄덕였다. 크리스티나가 이런 고상한 말을 내세우며 합의를 이끌어 낸 것은 그만큼 레스토라시온이라는 조직이 다수파가 말하는 반역자라는 꼬리표를 신경 쓰고 있기 때문일 것이다. 그리고 청렴한 이미지를 중요하게 여기기 때문이기도 했다. 이를 알면서도 동의하지 않을 수 없다는 것에 아르보 공작은 이를 갈았다.

'실로 훌륭하군.'

크리스티나의 유도에 고개를 끄덕여 버린 아르보 공작의 모습을 보고 유그노 공작은 가슴이 뻥 뚫리는 기분이었다. 우수한 제1왕녀는 믿음직스러웠다. 다만 지나치게 우수한 것 역시 생각해 볼 문제라고 새삼 깨달았다.

앉아 있기만 하면 되니 편하긴 하지만 너무나도 끼어들 틈이 없었다. 옆에 앉은 사람이 플로라였다면 유그노 공작이 대리인으로 아르보 공작을 상대했겠지만, 크리스티나 옆에선 그럴 수 없었다.

이번에는 별다른 불만은 없지만, 매번 이런 식으로 협상 중에 개입할 기회가 없다면 꽤 불편할 수도 있겠다는 생각이 들었다.

"그럼 지금까지 합의된 내용을 정리해 둘까 한다. 첫째, 벨트람 왕국 본국 정부는 크렐 백작가와 관련된 자들의 지위와 신변의 안전을 보장한다. 그 대신 레스토라시온은 샤를 아르보의 신병을 돌려준다. 둘째, 향후 크렐 백작가의 사람을 쌍방의 전령역으로 삼는다. 또한, 레스토라시온과 벨트람 왕국 본국 간에 발생하는 다툼에서 책임의 범위를 무한히 넓혀 숙청하는 것을 금지하는 시스템을 양자 간에 구축한다. 국가에 거주하는 민중에게 피해를 주는 것도 금지한다. 그 대신, 레스토라시온은 단죄의 광검과 왕의 검 알프레드 에마르 경의 신병 중 하나를 반환한다. 쌍방이 추가로 할 말이 없으면 협정서 초안 작성으로 넘어갈까 하는데."

프랑수아가 당사자들을 차례로 둘러보았다.

"이쪽에서는 특별히 더 주장할 것은 없습니다. 다만 한 가지 확인해 두고 싶은 것이 있습니다. 본인 처우에 관한 것이니 전령 역으로 선정된 크렐 백작가의 뜻을 백작 본인에게 확인하고 싶습니다."

크리스티나가 세리아의 아버지인 로랑을 보며 말했다.

"어떤가, 크렐 백작?"

"하명하신다면 한 명의 귀족으로서, 나라의 미래를 위해 이 한 몸 바쳐 소임을 다할 생각입니다."

로랑은 가슴에 손을 얹고 깊숙이 고개를 숙인 채 선서했다.

"아르보 공작은 다른 할 말이 있나?"

"단죄의 광검과 알프레드 에마르 경 양쪽 모두의 반환을 요구하고 싶다고 말씀드리고 싶습니다."

"선택할 수 있는 것은 둘 중 하나뿐이야. 그쪽에서 뭔가 대안을 제시할 수 있다면 생각해 보겠지만."

둘 다 넘겨달라고 욕심을 부린 아르보 공작이지만, 당연히 크리스티나가 대안도 없이 양보할 이유는 없었다.

"그럼 단죄의 광검 반환을 요청합니다."

아르보 공작은 고민 없이 단죄의 광검을 택했다.

"그리고 우리로서는 이것이 가장 중요한 요구인데, 크리스티나 왕녀가 훔쳐낸 것으로 보이는 우리나라 레갈리아의 반환을 요구하고 싶습니다."

그리고 새로운 주장을 펼쳤다.

"애초에 왜 내가 레갈리아를 훔쳤다고 주장하는 것이지?"

크리스티나가 의아하다는 얼굴로 고개를 갸우뚱했다.

"……시치미를 뗄 작정이십니까? 전하께서 왕도를 탈주하신 직후 왕위 계승 의식에 사용되는 레갈리아가 사라진 것이 발각되었는데도요?"

"시치미를 떼고 말고 할 것도 없이 기억에 없다는 뜻이다. 난 훔치지 않았어."

참고로 왕권을 상징하는 레갈리아는 왕만이 소유할 수 있는 국보 중 하나였다. 레갈리아를 소지했다는 것이 곧 왕의 증거이기 때문에 선대 국왕에게서 정식으로 레갈리아를 계승하는 것이 왕위 계승의 필수 조건으로 여겨지기도 했다.

"레갈리아가 보관되어 있던 장소는 국왕 일가가 거주하는 구획 내에 있는 보물고. 국왕 일가의 허락 없이는 들어갈 수 없는 구획입니다. 보물고의 열쇠가 숨겨진 곳을 아는 사람은 왕비 외에 왕위 계승 서열 1위인 왕녀뿐이지요. 열쇠가 분실된 것이 확인되었는데 전하 말고 누가 훔쳤다는 말씀이신지?"

미간에 주름을 새기며 자신이 추측한 내용을 말한 아르보 공작이 날카로운 시선을 던졌다.

"글쎄?"

크리스티나는 당당한 얼굴로 고개를 기울였다.

"……폐하께서도 분실 직후에 말씀하셨습니다. 꺼낼 수 있는 것은 전하 말고는 없을 것이라고."

"그렇다면 아버님이 날 심판하는 것이 도리지. 만일 내가 레갈리아를 훔쳤다고 해도 날 재판할 수 있는 것은 아버님뿐이니까. 아무리 내가 훔쳤다고 주장한들 네 말에는 아무 효력이 없어."

"……말씀드렸을 텐데요. 재상인 저는 폐하께 이 교섭에 관한 전권을 받았으니 제 말을 곧 폐하의 말로 받아들여 달라고요."

"그대가 뭐라 하든 난 그대가 대변하는 아버님의 말씀은 믿지 않네. 내가 믿는 것은 아버님의 입에서 나온 말뿐이야. 그대가 날 반역자 취급하듯 난 그대가 반역자라고 생각하니까."

"……상당히 모욕적인 언사를 하시는군요."

감정을 숨기지 않은 것일까. 아니면 숨기지 못한 것일까. 아르보 공작은 불쾌하다는 듯 얼굴을 와락 구기고 있었다. 오늘 중에 가장 선명히 드러낸 감정이었다.

"레갈리아 건으로 날 재판하고 싶다면 그대가 아니라 아버님 앞에서 날 재판할 기회를 마련하도록. 난 언제든지 아버님을 배알할 준비가 되어 있다. 아버지께서 나타나신다면 나 크리스티나 벨트람은 도망가지도 숨지도 않을 걸세."

크리스티나는 마치 여왕처럼 가슴을 펴고 우렁차게 답했다.

"크윽……."

그에 압도당한 것인지 아르보 공작이 붉으락푸르락한 얼굴로 입을 다물었다.

'겨우 십 대 중반의 왕녀가 여왕의 풍모를 갖춘 것인가.'

프랑수아도 크리스티나가 뿜어내는 품격에 혀를 내둘렀다.

"크리스티나 왕녀가 레갈리아를 훔쳤다는 증거가 없는 이상 더 이상의 추궁은 무의미하지 않겠나, 아르보 공작. 훔쳤다는 여부를 두고 의미 없는 탁상공론만 벌어질 뿐이네. 자네도 그것을 알고 있었기에 레갈리아에 대한 요구를 뒤로 미룬 것이지?"

그가 아르보 공작의 의견을 구했다.

"……좋습니다. 지금은 물러서도록 하지요. 하지만 오늘 이 자리에서의 발언을 잊지 마십시오. 만약 나중에 레갈리아를 부정하게 훔쳤다는 것이 밝혀진다면 발뺌하실 수 없을 겁니다. 전하뿐만이 아니라 레스토라시온이 내세우는 대의명분도 힘을 잃으리라 생각해주시길."

왕의 소유물인 레갈리아를 훔친다는 것은 왕에 대한 모반이나 다름없다. 아르보 공작은 쐐기를 박듯 크리스티나를 위협했다.

"알았어."

크리스티나는 덤덤한 얼굴로 고개를 끄덕였다.

"쌍방 모두 주장은 마친 것 같군. 이제 협정서 초안 작성으로 넘어가도록 하지. 초안 문구에 대한 제안이 있다면 말해 보도록 해라."

　이리하여 양측의 골은 깊어졌으나 협정의 내용 자체는 일단락되었다. 이후 몇 시간에 걸친 초안 작성이 이루어졌고, 정식 문장이 완성된 것은 밤이 깊어서였다.

　　　　　　　　◇　◇　◇

　이튿날 정오.

　어제와 같은 영빈관 객실 안. 어제와 같은 멤버가 집결해 테이블을 사이에 두고 얼굴을 맞대고 있었다.

　어제와 다른 점이 있다면 크리스티나 쪽 배후에 인질로 반환될 샤를 아르보의 모습이 있다는 것이었다.

　"……."

　정면에 앉은 아버지인 아르보 공작의 매서운 시선에 샤를은 거북한 표정을 지었다. 아마도 가시방석에 앉은 기분이리라.

　"이제부터 협정서에 서명하겠다. 각자 수중에 있는 것이 협정서의 원본이다. 모두 동일한 문언이라는 것은 짐이 보증한다. 조인(調印) 후에는 당사자인 양자, 그리고 감시 역을 맡은 가르아크 왕국이 각각 한 부씩 협정서를 보관하게 된다. 여기까지 이의는 없는가?"

　프랑수아의 말대로 그의 손에는 협정서의 원본이 들려 있었다. 그리고 크리스티나와 아르보 공작의 수중에도 똑

같은 문구가 적힌 협정서 원본이 놓여 있었다.

"없습니다." "동감입니다."

크리스티나와 아르보 공작이 나란히 고개를 끄덕였다.

"협정이 성립된 이후에는 당사자 쌍방이 이 협정서에 구속된다. 협정을 어기는 짓은 가르아크 왕국과 국왕인 짐의 얼굴에 먹칠을 하는 것과 다름없는 짓이라는 사실을 알고, 각자 서명하도록."

그렇게 말한 프랑수아는 수중에 놓인 협정서의 서명란의 자신의 이름을 적어나갔다. 협정서 문구는 어제 신물이 날 만큼 확인했으니 다시 읽지는 않았다. 크리스티나와 아르보 공작도 곧바로 서명을 시작했다.

서명을 마치고 나면 다른 이에게 협정서를 건네주고 새로 받은 협정서에 서명한다. 이렇게 각자가 세 차례의 서명을 함으로서 총 세 부의 협정서가 완성되었다. 완성된 협정서는 일단 세 부 모두 프랑수아의 수중에 들어왔다.

"이로써 확실하게 협정이 성립되었다. 레스토라시온은 즉시 인질을 반환하도록."

프랑수아는 세 부 모두 서명된 것을 확인하고는 협정이 성립되었음을 선언했다. 그리고 레스토라시온에 소속된 자들이 앉은 쪽을 보며 조건의 이행을 요구했다.

"바네사."

"예!"

크리스티나는 등 뒤에 선 바네사를 불러 눈빛으로 지시

를 내렸다. 바네사가 샤를을 구속하고 있던 족쇄를 벗겼다.

"자, 가세요."

"……알았어."

풀려난 샤를이 아버지인 아르보 공작이 앉은 자리 바로 뒤까지 걸어갔다.

"바보 같은 놈."

"……죄송합니다."

샤를은 아버지에게 짧은 질책을 받고 고개를 수그리며 사죄의 말을 담았다.

"이미 말씀드렸다시피 단죄의 광검은 로다니아에 안전하게 보관하고 있습니다. 전령 역할인 크렐 백작과 동행하는 형태로 벨트람 왕국 본국 정부에 돌려드립니다. 앞으로의 예정도 알려드릴 테니 크렐 백작은 이쪽으로."

크리스티나는 남은 또 하나의 조건 이행에 관해 언급하며 벨트람 왕국 본국 정부의 인사들이 앉아있는 곳에서 인도 역을 맡은 로랑을 불러들였다.

"명을 받듭니다."

공손히 고개를 숙여 보인 로랑이 레스토라시온의 인사들이 앉은 곳으로 이동했다. 그리고 사랑하는 딸, 세리아의 바로 옆에 멈춰 섰다.

"……."

세리아가 아버지의 얼굴을 곁눈질했다. 로랑도 곁눈질로 세리아를 내려다보며 입가에 부드러운 미소를 머금었다. 한참이나 떨어져 있던 아버지가 바로 옆에 있다.

감격에 겨운 나머지 눈물이 날 것 같았지만, 아직 협정서의 조인식은 끝나지 않았다. 세리아는 눈물을 꾹 참았다.

"이것으로 조인식을 마치기로 한다. 특별히 의논할 것이 없다면 해산하도록."

분위기를 읽은 프랑수아가 빠르게 해산을 선언했다.

"……그럼 저희는 귀국하도록 하겠습니다."

아르보 공작도 곧바로 일어서더니 언짢은 기색을 감추지 않고 빠르게 문으로 걸어나갔다. 샤를과 다른 일행들도 황급히 그 뒤를 따라나갔다. 실내에 남은 것은 레스토라시온과 가르아크 사람들뿐이었다.

"크리스티나 님, 정말 감사합니다."

세리아가 가장 먼저 입을 열어 크리스티나에게 고개를 숙였다. 로랑도 말없이 고개를 숙여 보였다.

"감사를 받을 만한 일은 하지 않았습니다. 곧 출발이니 백작이 단죄의 광검을 전해주러 가기 전까지 부녀간의 오붓한 시간을 즐겨주세요."

말은 이렇게 했지만, 세리아와 로랑의 짧은 재회는 크리스티나의 작은 선물이었다.

단죄의 광검이 교섭의 재료가 되리라는 것은 그녀 역시 예견하고 있었다. 그렇다면 샤를과 알프레드의 신병과 함께 단죄의 광검도 가르아크 왕국으로 가져왔다면 절차를 더 생략할 수 있었을 것이다.

그럼에도 불구하고 단죄의 광검만을 굳이 로다니아에 두고 온 것은, 처음부터 로랑을 인도 역으로 지정해 세리아와 로랑이 시간을 보낼 수 있도록 하기 위함이었다.

"하하하, 오랜만에 포옹이라도 할까, 세리아?"

"안 해요! 정말…… . 다른 분들이 다 보고 계시잖아요."

거절하는 세리아는 기쁨의 눈물을 글썽이고 있었다. 크리스티나는 그런 은사의 옆모습을 다정하게 지켜보며 그 미소를 지켜주고 싶다고 생각했다.

'이로써 미래에 화근을 남길 수 있는 최악의 위험은 피했어. 조건은 갖춰졌다. 남은 건 상황을 봐서 **레갈리아를 사용하는 것뿐**…… .'

크리스티나의 눈동자는 세리아를 보면서도 동시에 모든 귀족들을 향하고 있었다. 그리고 앞으로의 미래를 생각했다.

다만 총명한 크리스티나도 간파할 수 없는 일은 있다. 앞일을 예상했다 하더라도 대처할 수 없는 일은 있다.

크리스티나가 그 사실을 알게 될 순간이 다가오고 있었다.

한편 가르아크 왕성을 나온 아르보 공작이 이끄는 일행은 벨트람 왕국에서 타고 온 마도선이 정박한 왕도의 호수로 이동하고 있었다.

아르보 공작은 준비가 되는 대로 즉시 출발하도록 선원

들을 재촉한 뒤에 샤를을 데리고 선실로 향했다. 거기서 샤를은 의외의 인물과 재회했다.

"오랜만입니다, 샤를 님."

"레, 레이스 공⋯⋯."

선실에는 프로키시아 제국의 대사인 레이스의 모습이 있었다. 그는 의자에 걸터앉은 채 상냥한 낯빛으로 아르보 부자를 맞이했다.

'⋯⋯이 소년은 누구지? 흑발이야⋯⋯.'

레이스 옆에는 아직 어려 보이는 얼굴을 한 소년이 앉아 있었다. 머리색이 검은 것으로 보아 혹시나 하는 생각이 들었다.

"이거 정말 큰일을 치르셨군요. 그래도 건강해 보이셔서 다행입니다."

레이스는 흑발의 소년을 소개하지 않고 앉아 있던 의자에서 일어나 샤를의 귀환을 반겼다.

"아, 아아. 걱정해 줘서 감사합니다⋯⋯."

"아들이 인질로 잡힌 것 때문에 소문이 상당히 안 좋았습니다. 이로써 최소한의 목적은 달성했군요, 아르보 공작."

"바보 같은 아들놈이 정말 폐를 끼쳤네."

그렇게 말한 아르보 공작은 이 상황이 실로 마뜩잖다는 얼굴로 의자에 걸터앉았다.

"아뇨, 어쩔 수 없지요. **터무니없는 상정 외의 상대가 있었으니까요.** 샤를 님을 책망하는 것은 지나친 처사입니다."

그렇게 말한 레이스도 조용히 자리에 앉았다.

"상정 외의 상대라니?"

아르보 공작이 의아한 얼굴로 눈썹을 치켜들었다.

"신경 쓰지 마세요. 그보다는 앞으로의 일을 생각합시다."

"정작 중요한 레갈리아에 대해서는 그 약삭빠른 왕녀님이 시종일관 모르쇠로 일관했네. 분명 직접 갖고 다니거나 로다니아에 보관하고 있을 것 같은데……."

크리스티나와의 회담이 떠올랐는지 아르보 공작이 이를 갈며 얼굴을 구겼다. 그렇게 막 귀환한 샤를을 앞에 두고 이야기를 진행하던 와중이었다.

"샤를 님도 돌아왔으니 이제 어느 쪽이든 상관없겠죠. 음? 왜 그러십니까, 샤를 님? 그렇게 멍한 얼굴을 하시고."

레이스가 문득 이상하다는 표정으로 그를 올려다보았다.

"아, 아뇨. 왜 레이스 공께서 여기 계신가 하고……."

"그건…… 아버님께 여쭈어보시면 될 겁니다."

레이스는 섬뜩한 미소를 지으며 아르보 공작에게 말을 돌렸다.

"지금부터 우리는 로다니아를 공격할 준비를 한다."

협정 체결 후 즉시 습격. 아르보 공작 입에서 나온 것은 대담한 작전의 개요였다.

정령환상기

❰ 제 7 장 ❱ ✤ 폭풍 전의 고요

    가르아크 왕국 왕도.

    왕성과 가까운 호수의 항구에 정박한 벨트람 왕국 본국 정부의 마도선 내부.

    "로다니아 습격이요? 협정을 끝낸 이 타이밍에……."

    샤를은 아연실색하며 숨을 삼켰다.

    "불가침 협정을 맺은 것도 아니다. 협정서 어디에도 그런 문구는 기재되어 있지 않아."

    아르보 공작이 가소롭다는 듯 코웃음 쳤다.

    "게다가 이 타이밍이니까 습격을 하는 겁니다. 설마 협정을 맺은 직후 거점을 습격당하리라 생각하진 못했을 테니까요. 자, 샤를 님도 앉으시죠."

    레이스가 다시 앉을 것을 권유했다.

    "……그렇다고 해도 너무 성급한 것 아닙니까?"

    샤를은 아르보 공작 옆에 있는 의자에 앉았다.

    "크리스티나 왕녀가 레갈리아를 갖고 나간 것이 문제인 거지. 그런 걸 내세워서 나중에 왕위 계승 같은 걸 주장하면 곤란해."

    아르보 공작이 괘씸하다는 얼굴로 말했다.

    "하지만 로다니아는 요새 도시입니다."

    "그런 건 알고 있다."

"······영지 경계선에는 망을 보기 위한 요새가 수없이 설치돼 있을 겁니다. 함대로 쳐들어간다 해도 로다니아에 도착하는 동안 이미 수비를 견고히 해두지 않을까요? 상대의 방심으로 기습에 성공할 가능성은 거의 없을 것 같은데······."

샤를도 허투로 지휘관을 해온 것은 아니었다. 로다니아를 강습한다는 말에 즉각적으로 전술적인 문제점을 지적했다.

마도선의 진군 속도는 뛰어나지만, 요새에 보관되어 있을 통신용 마도구의 전달속도에는 미치지 못한다. 적이 다가오는 것을 눈치채면 도시의 수비를 견고히 할 테니 군사를 보내봤자 정면승부가 될 것은 자명했다. 상대는 농성전을 벌일 터. 무리하게 공격한다 한들 자신들에게도 그에 상응하는 피해가 나오게 될 것이다.

공격하고 싶은 마음은 굴뚝같지만, 습격한다고 해도 그리 간단한 문제는 아니었다. 간단했다면 진작에 습격을 감행했으리라.

"설마 물량으로 밀어붙여서 점령하는 겁니까?"

소모전을 각오하고 계획을 세운 것인지 샤를이 물었다.

"상응하는 병력도 준비되어 있지만, 그와는 다른 기발한 책략도 있다."

아르보 공작이 그렇게 말하더니 레이스를 쳐다보았다.

"외람되지만 아르보 공작님께 이번 작전을 제안한 것은 접니다."

"레이스 공이……? 그건 참 든든합니다만……. 대체 어떻게?"

"만일 크리스티나 왕녀가 왕국에서 다시 서게 된다면 저희로서도 좋지 않기 때문입니다. 오랜 시간 쌓아왔던 일들이 다 허사가 될 수 있으니까요."

"그건……, 면목 없습니다."

"아니요. 저쪽에도 우수한 부하들이 모여 있는 것 같으니까요. 벨트람 왕국과 우리나라의 우호의 증거로서 이쪽에서도 전력을 빌려드릴 수 있을 것 같습니다. 한 인물을 작전에 투입하면 로다니아 공략도 어려운 일은 아닐 겁니다."

레이스는 그렇게 말하고 음흉하게 미소 지었다.

"그 전력이라는 게 설마……."

샤를은 레이스 옆에 앉아 있는 흑발의 소년을 바라보았다. 소년은 지금껏 이야기에 참여하지 않고 침묵을 지키고 있었다.

"소개가 늦었습니다. 우리나라가 옹립하는 용사, 렌지 키쿠치 씨입니다."

"……잘 부탁해."

소년, 키쿠치 렌지가 무거운 입을 열더니 짧게 인사했다.

"역시 용사님이셨군요. 샤를 아르보라고 합니다. 잘 부탁드립니다."

지금까지 몇 명의 용사를 마주했기 때문인지 이미 외형적인 특징으로 렌지의 신원을 예상한 것 같았다. 샤를은 벌떡 일어나더니 손을 내밀어 악수를 청했다.

"그래."

렌지는 악수를 나눌 생각이 없는지 무뚝뚝하게 맞받아치기만 했다. 내민 손이 갈 곳을 잃은 채 경직되는 샤를. 용사라는 것을 몰랐다면 무례하다며 화를 냈을 상황이었다.

"워낙 과묵한 분입니다. 예전에는 모험자로 활동하셨는데, '고고(孤高)'의 렌지라는 별명이 있으셨다고 하더군요."

"……하하하, 훌륭한 별명이군요."

렌지의 인품에 대해 설명하는 레이스의 말에 샤를이 사교성 짙은 미소를 지었다.

"실력은 현존하는 용사 중 으뜸이라 생각합니다."

레이스가 렌지의 실력을 보증했다.

"렌지 공은 레이스 공과 소수의 호위를 인솔해 신장의 능력으로 로다니아의 방위부대에 기습을 가하기로 했다. 대규모 공격으로 와해된 로다니아의 방위부대를 일시에 공격할 거야."

아르보 공작이 작전의 개요를 말했다.

"그것참 믿음직스럽군요. 그런데 말처럼 정말 잘 될까요? 작전의 핵심을 모두 맡기는 셈인데……."

샤를은 렌지를 작전의 핵심에 포함시키는 것이 걸리는지 어딘가 내키지 않는 얼굴로 반문했다.

"렌지 씨를 작전의 핵심으로 삼는 것이 불안하십니까?"

레이스의 지적에 렌지가 불쾌하다는 듯 얼굴을 찡그렸다.

"아, 아뇨. 결단코 용사 렌지 공의 힘을 경시한 것이 아닙니다."

샤를이 황급히 변명했다.

"대부분의 나라가 용사를 정치적인 방향으로 활용하는데 너무 치중한 나머지 용사의 힘을 과소평가하는 것 같습니다. 그래서 용사를 소모품이 될 우려가 있는 전력으로는 포함하길 꺼리지요."

"신장이 강력한 무구라는 것은 알고 있습니다만……."

"소환된 지 얼마 안 된 용사가 다룰 수 있는 것은 기껏해야 상급에서 최상급 공격마법 정도의 현상입니다. 그것도 충분히 강력하긴 하지만 실제로는 전승에도 있듯 더 큰 규모의 공격을 하는 것도 가능하지요. 그 힘은 아마 아르보 공작님도 보셨을 겁니다."

그렇게 말한 레이스가 아르보 공작에게로 시선을 돌렸다.

"……그래. 상정 이상의 전과를 올릴 수 있다고 판단했다. 그래서 작전에 편입시킬 수 있겠다 생각한 것이고."

렌지의 힘을 보았을 때를 떠올린 것일까. 아르보 공작은 약간의 공백을 두고는 고개를 끄덕였다.

"벨트람 왕국에도 용사가 있지만 현재로서는 아직 그 정도의 힘을 다루지는 못한다고 들었습니다. 그래서 렌지 씨를 빌려드리게 된 것이고요."

레이스는 렌지를 데려온 경위를 설명했다.

"용사 렌지 공께 그만한 힘이 있다는 것은 알겠습니다.

허나…… 그걸로 괜찮으십니까? 용사님께서 저희 군사작전에 동참하신다면 신변의 안전을 보장할 수 없습니다."

무슨 일이 있어도 책임질 수 없는 것 아니냐. 샤를이 에둘러 물었다.

"본인의 희망입니다. 실전 경험을 쌓고 싶다더군요. 작전에 가담하여 생기는 피해도 모두 본인이 감수하겠다 하셨습니다."

"그 무슨, 대담한……."

잠자코 용사 행세만 해도 나라에서 귀한 대접을 받고 추대 받을 수 있다. 그런데 스스로 싸우고 싶어 한다니 기이하게 들릴 수밖에 없었다. 국가로서도 용사에게 섣불리 위험한 일을 겪게 해 죽게 되면 곤란한 일이 아닌가.

"내겐 용사보다 용병이나 모험자 같은 삶이 더 성미에 맞아. 허울뿐인 용사가 아니라 우수한 용병을 고용했다고 생각해."

"그렇군요."

거침없는 렌지의 발언에 샤를은 렌지라는 소년의 성질을 어렴풋이 감지했다. 스스로를 우수한 용병이라 지칭할 정도니 실력에 자신이 있음은 분명했다.

"남자의 야망은 공을 세우고 나서야 비로소 평가받는 것. 전쟁을 생업으로 하는 남자로서 전적으로 동의합니다. 의지하도록 하겠습니다."

샤를 본인이 자신감에 넘치는 사내였기에 이런 자신감

을 싫어하지 않았다. 조금 전의 무뚝뚝한 태도에 싫어하는 기색도 없이 보다 호의적인 미소를 띠며 다시 렌지를 향해 손을 내밀었다.

"……그래."

렌지는 비록 앉은 채였지만 어쩔 수 없다는 듯 어깨를 으쓱해보이고는 샤를의 손을 마주 잡았다. 곧바로 손을 놓았지만 그것으로도 샤를은 만족스러운지 자리에 앉았다. 그렇게 두 사람의 인사가 끝났을 때였다.

"작전의 목적은 로다니아를 제압하고 크리스티나 왕녀가 빼돌린 레갈리아를 확보하는 것이다. 그러니 왕녀가 로다니아로 귀환한 직후 작전을 수행한다. 샤를, 너는 공전 기사 부대 몇 명을 이끌고 렌지 공, 레이스 공과 동행해 정찰 임무를 맡아라."

아르보 공작이 샤를에게 지시를 내렸다.

"제가 정찰 임무의 분대장을요? 그것도 몇 명의……."

정찰임무의 분대장은 통상적으로 샤를 정도의 지위에 있는 귀족군인이 맡을 법한 일이 아니었다. 그래서 샤를은 당혹감을 감추지 못했다.

"명예회복의 기회를 주겠다는 것이다. 볼모로 잡혔다 돌아오자마자 갑자기 대부대를 이끄는 것도 모양이 안 살아. 도시 내부 정찰은 레이스 공이 고용한 용병이 맡는다. 네가 할 일은 본대에 보고하는 것뿐이야. 정찰이 끝난 뒤엔 네놈도 렌지 공 기습부대에 그대로 가담하겠지만 말야."

아르보 공작은 나무라는 듯한 어조로 샤를에게 임무를 맡기는 의도를 전달했다.

"예, 예. 감사합니다!"

샤를이 황급히 인사했다.

'뭐, 실제로는 이쪽의 감시도 겸한 것이겠지요.'

레이스는 아르보 공작이 샤를을 동행시키는 숨겨진 의도를 추측했다. 아르보 공작은 상당히 경계심이 강한 인물이다. 거기다 노련함도 갖고 있다. 레이스는 자신이 무조건적인 신용을 받고 있다고는 생각하지 않았다.

그런데도 아르보 공작이 레이스를 작전에 포함시켰다는 것은, 레갈리아를 가지고 있을 크리스티나가 그만큼 눈에 거슬리기 때문이리라. 만일 렌지의 기습이 실패한다면 그대로 군사를 물리면 그만이니 아르보 공작이 감내할 위험도 적었다.

"정찰과 기습이 본 작전의 핵심이다. 렌지 공의 힘은 이미 확인했다. 뭐, 큰 위험 없이 세울 수 있는 공이라 생각해라."

자식에게 공을 세우게 하려는 것도 진심일 것이다. 아르보 공작이 샤를을 격려했다.

"이번 작전에서 저희는 어디까지나 후방입니다. 기습부대의 공적은 그대로 샤를 님에게 드리겠습니다. 인질 석방 축하의 의미로."

"송구합니다……."

선선하게 공을 넘기겠다고 한 레이스에게 샤를은 얌전히 고개를 숙여 보였다.

"아닙니다."

레이스는 입꼬리를 끌어 올리며 상냥하게 고개를 저었다.

'……하루토 아마카와. 초월자가 되어 그저 기록으로만 남게 된 그자가 옛 동료를 위해 개입하는지 이 싸움에서 확인해볼 수 있겠군요.'

로다니아 습격의 숨겨진 목적을 아는 사람은 레이스 한 사람뿐이었다.

다음 날 아침.

"그럼 다녀올게."

세리아는 아버지인 로랑, 크리스티나 일행과 함께 로다니아로 향하게 되었다. 그들은 가르아크 왕성의 저택 앞에서 미하루 일행들과 짧은 작별인사를 나눴다. 그 옆에는 로랑의 모습도 보였다.

"딸아이에게 이렇게 좋은 친구가 많이 생겼다니, 정말 부모로서 더할 나위 없는 행복이 아닐 수 없습니다. 어젯밤에는 저도 멋진 시간을 보냈습니다. 앞으로도 부디 세리아를 잘 부탁드립니다."

로랑도 저택 사람들을 향해 깊숙이 고개를 숙였다. 어젯밤 협정 조인식이 끝난 뒤 저택으로 초대받은 로랑은 그대로 저택에 머물렀다. 그 사이에 세리아에게 모두를 소개받고 저녁때는 조촐한 잔치도 벌이며 친분을 쌓은 것이다.

"아마 1, 2주 안에 돌아올 테니까 그땐 다시 잘 부탁해."

세리아가 어딘가 수줍은 얼굴로 말했다.

"잘 다녀와, 세리아 언니."

"조심히 다녀오세요."

"세리아 씨가 돌아오시길 다 함께 기다리고 있을게요."

"또 다과회 열어요!"

라티파가 세리아의 손을 꼭 잡았다. 미하루와 사츠키, 샤를로트도 세리아에게 다가가 배웅의 말을 보냈다.

"고마워. 사라네도 같이 가주니까 괜찮아."

그랬다. 세리아를 호위하기 위해 이번에는 사라, 오피아, 아르마 세 사람이 동행하기로 했다. 고우키와 카요코는 성에 남은 미하루 일행을 경호하게 되었다.

"다시 만납시다, 로랑 공."

"그래요, 고우키 님과도 다시 만날 수 있기를 고대하겠습니다."

고우키와 로랑이 악수를 나눴다. 어젯밤 술을 대작한 두 사람은 의기투합해 아주 가까워졌다.

"크리스티나 님을 기다리게 할 수는 없으니 이만 가볼게요. 그럼 다녀오겠습니다."

아침에 가르아크 왕국의 왕도를 나선다면 해가 지기 전

에 로다니아에 도착할 수 있었다. 그리하여 세리아는 로랑
과 함께 로다니아로 떠난 것이었다.

◇ ◇ ◇

　세리아 일행이 지상에서 작별인사를 한 한편, 가르아크
왕성의 아득한 상공에서는 리오와 소라가 떠 있었다. 세리
아와 로랑이 성문을 향해 가고, 미하루 일행이 저택으로
들어갔을 때였다.

「세리아가 로다니아로 가는 것 같아. 호위로 사라랑 오
피아, 아르마가 따라가.」

　아이시아의 염화가 들려왔다. 영체화한 상태로 리오와
소라보다 조금 더 지상으로 다가가 사라 일행의 계약정령
이 알아차리지 못할 정도의 거리를 두고 미하루 일행의 모
습을 지켜본 것이다.

「그럼 예정대로 개별행동이네. 나와 소라는 로다니아로
갈게.」

　미리 정해둔 내용이었다. 세리아 일행이 따로 행동할 경
우, 영체화할 수 있는 아이시아가 어느 한쪽을 지키고, 리
오와 소라가 다른 쪽을 지키기로.

　영체화한 동안에는 연비가 좋아지는 데다 지낼 곳도 필
요 없기 때문에 단독행동을 하기엔 아이시아가 적합했다.
계약정령을 가진 사라네가 로다니아로 간다면 아이시아는

가르아크 왕성에 남는 편이 좋았다.

「알았어. 여긴 맡겨줘.」

이리하여 리오와 아이시아도 일시적으로 개별행동을 하게 되었다.

「고마워. 가면이 있는 곳은 기억하지?」

「응, 괜찮아.」

영체화한 상태에서는 가면을 착용할 수 없었기 때문에 미리 보이지 않는 곳에 보관해 두었다.

「그럼 다녀올게.」

리오는 그런 말을 남긴 뒤 소라에게 말했다.

"갈까, 소라?"

"네!"

소라는 리오와 함께 행동하는 것이 기쁜지 사랑스러운 덧니를 드러내며 씩씩하게 대답했다.

늦은 오후. 몇 시간만 지나면 해가 질 시간.

세 명의 일본인이 로다니아 영관의 한 방에 집결해 있었다.

한 명은 레스토라시온의 용사인 사카타 히로아키, 다른 한 명은 일찍이 벨트람 왕국에서 로다니아로 망명해 지금은 레스토라시온에 소속된 사이키 레이, 마지막 한 명은 레이의 후배인 무라쿠모 코우타였다.

그리고 실내에는 또 한 명, 이 세계에서 나고 자란 소녀도 있었다. 벨트람 왕국이 자랑하는 3대 공작가의 영애인 로아나 폰테인이었다.

이 넷은 최근 어떤 작업에 집중하고 있었다.

그것은 바로…….

"이 세계 최초의 라이트 노벨. 드디어 반환점에 다다랐군요, 히로아키 씨."

레이가 문장이 적힌 종이를 읽고는 눈을 빛내며 말했다.

그랬다. 이 넷은 공동으로 이 세계 최초의 라이트 노벨을 제작하고 있었던 것이다. 히로아키가 저자가 되어 이야기를 창작해 일본어로 집필하고, 레이와 로아나가 편집 및 감수와 함께 이 세계의 말로 번역하고, 코우타가 지정된 일러스트를 그린다. 그런 분업 체제를 통해 작업을 진행하며 간신히 1권의 반정도 도달한 참이었다.

"아아, 만든 뒤의 일도 제대로 생각 않고 달려왔더니 완전히 푹 빠져버렸어. 아날로그라 펜으로 소설 쓰는 게 꽤 힘들었는데, 나쁘지 않네."

히로아키는 손에 쥐고 있던 펜을 책상에 놓고 제작과정을 가만히 회상했다.

"그러게요. 부활동 같아서 엄청 즐거워요. 동인지를 만드는 것도 이런 느낌이겠죠."

"뭐, 그렇지……."

레이의 천진한 말에 히로아키는 쑥스러운 표정으로 고

개를 끄덕였다.

"로아나도 고마워. 번역 작업이나 이 세계 상식을 감수해주느라 계속 함께 해줬잖아?"

히로아키는 지금껏 싫은 내색이나 불평 한마디 없이 라이트 노벨 제작을 도와준 로아나를 향해 고마움을 표했다.

"히로아키 님이 즐거우셨다면 다행입니다."

로아나는 펜의 움직임을 멈추고 온화한 미소를 지으며 답했다. 그런 그녀의 헌신적이고 이해심 깊은 태도가 정말 고마웠던 것일까.

"······그, 저기 뭐야. 이게 끝나면 단둘이 뭔가 하는 것도 좋겠네."

히로아키가 낯간지러운 듯한 얼굴로 말했다.

"오, 대놓고 연애질 자랑하는 건가요, 히로아키 씨?"

레이가 히죽 웃었다.

"시끄러워, 레이. 너도 로자랑 데이트라도 다녀와."

"알아 모시지요."

그런 농담을 주고받는 히로아키와 레이. 입장으로 보자면 레이는 용사인 히로아키의 보좌관이라는 상하 관계에 있었지만, 서로 일본인인 데다 취미가 맞아서 이미 가까운 선후배 같은 사이가 되어 있었다.

"코우타는 빨리 여친 만들어. 그보다 미카엘라라는 애랑은 어떻게 된 거야?"

히로아키가 문득 떠올랐다는 얼굴로 코우타의 연애 사

정에 대해 물었다. 미카엘라는 로자의 친구였다. 레이의 소개로 히로아키도 한 번 얼굴을 본 적이 있었다.

"……쓸데없는 참견이에요. 애초에 그럴 시간이 어디 있어요. 공부하고, 훈련하고, 이렇게 일러스트 그리는데."

"여전히 딱딱한 놈이라니까. 장마다 확실하게 보수도 주고 있으니 놀만한 돈은 있을 거 아냐. 좀 놀아."

"돈이 있어도 사고 싶은 게 별로 없어서요."

"그렇다면 미카엘라한테 데이트 신청이라도 하면 좋잖아."

"히로아키 씨, 이 녀석 아직 실연의 아픔을 잊지 못했거든요."

"아하."

"네네."

코우타가 일러스트를 그리면서 적당히 고개를 끄덕였다.

"실례합니다, 로아나 님."

그때 열려 있던 문을 통해 기사가 들어왔다.

"뭐지?"

"크리스티나 왕녀님과 플로라 왕녀님이 가르아크 왕국에서 돌아와서 보고 드립니다."

"그럼 인사하러 가야지. 히로아키 님……."

로아나가 히로아키를 바라보았다.

"그래, 다녀와. 이쪽은 괜찮아."

그녀가 할 말을 헤아린 히로아키가 퇴실 허가를 내렸다.

"예. 그럼 실례하겠습니다."

고개 숙여 인사한 로아나가 기사와 함께 방을 떠났다. 그리하여 일본인 세 명만 남게 되었다.

"하아~, 로아나는 정말 착하다니까요. 엄청 귀엽고. 안 그래, 코우타?"

"응, 정말로."

레이와 코우타가 로아나를 칭찬했다.

"……뭐, 그렇지."

히로아키는 쑥스러워하면서도 자랑스레 고개를 끄덕였다.

크리스티나나 세리아가 탄 마도선이 로다니아에 도착한 한편.

로다니아 인근에 펼쳐진 숲속의 샘에는 샤를을 포함한 정찰부대가 대기하고 있었다.

정찰부대는 샤를이 이끄는 벨트람 왕국 본국군의 분대 6명, 레이스가 이끄는 렌지와 용병들 6명으로 총 12명의 작은 규모였다. 전원이 그리핀 등의 탈것을 사역하는 항공부대로 기동력이 뛰어났다.

다만 지금 샘에 있는 것은 샤를을 포함한 6명. 그들이 이 샘에 야영을 치고 잠복한 채 로다니아 정찰을 시작한 것은 어제의 일이었다. 군복을 입은 샤를 쪽은 너무 눈에 띄기 때문에 당초의 예정대로 용병들이 도착 즉시 로다니아로 잠입했다.

그리고 크리스티나 일행이 귀국한 뒤 로다니아의 영관
에 도착한 것이 한 시간쯤 전의 일. 로다니아에 마도선이
착수한 것을 목격한 후 레이스도 렌지를 데리고 로다니아
로 향했다. 지금 샘에 있는 것은 모두 벨트람 왕국 본국군
소속이었다.

"오래 기다리셨습니다."

레이스가 모험자처럼 무장한 렌지와 용병 몇을 데리고
돌아왔다.

"오, 레이스 공."

무료해하던 샤를이 밝은 얼굴로 일어났다.

"아까 그 마도선에 역시 크리스티나 왕녀가 타고 있었던
것 같습니다."

레이스가 푹 눌러쓰고 있던 외투 후드를 벗으며 보고했
다. 렌지와 용병들도 똑같이 쓰고 있던 외투 후드를 벗었다.

"그럼……."

설욕을 풀 기회가 왔다고 생각한 것일까. 샤를의 얼굴이
환해졌다.

"예, 본대에 보고해 주십시오."

"알았습니다. 곧 날도 저무니 피격은 내일 아침이 좋겠
지요."

"동감입니다."

레이스가 고개를 끄덕이자 샤를이 의욕적으로 펜을 집

어 들었다. 그리고 설치한 테이블에 놓인 종이에 다음과 같은 문구를 적기 시작했다. '내일 아침 본대는 로다니아를 침공할 것. 본대가 도착하는 대로 이쪽도 기습을 가해 적을 제압한다'.

"너희. 둘이 본대로 돌아가서 이 편지를 아버지께 드리고 오도록."

샤를은 다 적은 서한을 집어 들고 부하인 공전기사 둘에게 건넸다.

"예!"

공전기사 두 명은 엄숙하게 경례하고는 그리핀을 타고 본대가 있는 이웃 영토로 날아갔다.

〖 제 8 장 〗 ✲ 습격

다음 날 아침, 해가 떠오르고 얼마 지나지 않았을 무렵. 대부분의 사람들이 아직 활동하지 않아 쥐죽은 듯 고요한 로다니아.

이곳에 돌연 긴급사태를 알리는 경종이 수차례 울려 퍼졌다. 그 소리에 왕후 귀족이나 평민을 가리지 않고 도시 안의 모든 사람들이 눈을 떴다.

왕녀 크리스티나도 예외는 아니었다. 영관과 별개의 장소에 있는 영빈관 객실에서 눈을 뜨자마자 황급히 옷을 갈아입은 후 바네사를 이끌고 간부들이 모인 중앙 집무실로 걸음을 옮겼다.

"……무슨 일이야?!"

크리스티나가 들어서자 이미 몇몇 간부귀족들이 모여 있었다. 유그노 공작과 로던 후작의 모습도 보였다.

"적습입니다. 영지 경계선의 요새에서 연락이 왔습니다. 사보이아 백작령에서 마도선 함대가 우리 영지 경계선을 넘어 침범하고 있다고."

로다니아의 영주인 조지 로던 후작이 험악한 얼굴로 보고했다.

"사보이아 백작령이 있는 경계선이라면…… 전속력으로 마도선을 날렸을 경우 10분 정도면 도시 근처까지 함대가 들이닥칠 겁니다."

보고받을 때까지의 시차를 감안하면 벨트람 왕국 본국 군의 마도선이 쳐들어오는 데까지 앞으로 10분도 안 남았 다는 뜻이었다.

"아시다시피 로다니아에서 서쪽으로 3킬로미터 정도 떨 어진 곳에 호수가 있습니다. 아마 패거리들은 그곳에 함대 를 착수시킬 것입니다."

마도선이 모습을 보였다고 해서 그대로 전쟁이 시작되 는 것은 아니다. 우선 마도선을 어딘가에 착수시켜 육상부 대를 내려놓고 진형을 짠 뒤에 싸움을 걸어올 것이다."

"적이 지상에 부대를 펼치기 전에 조직의 비전투원들을 가르아크 왕국으로 피신시키겠어. 전군의 전투준비, 그리 고 주민들에게 실내로 대피요청을."

"명을 받듭니다. 마도선 발진 준비도 서둘러야 하니 크 리스티나 님께서도 히로아키 님, 플로라 님과 함께 가르아 크 왕국으로 피신해 주셨으면 합니다."

유그노 공작이 크리스티나에게 피난을 재촉했다.

"……나더러 로다니아를 버리고 도망가라는 건가?"

"일시적인 대피입니다. 물론 이길 생각으로 방어에 임할 것입니다."

"그렇다면 히로아키 님과 플로라의 대피를 우선시해."

"……본인은 피난하지 않으실 작정이십니까?"

"조직의 수장이 먼저 도망치면 아무것도 안 돼. 도망을

제8장 습격　269

가더라도 전황을 살핀 뒤에 가겠어."

크리스티나는 이대로 로다니아에 머물 기세였다.

"……명을 받듭니다. 문제는 누가 방위 지휘를 하느냐인데……."

"외람된 말씀이지만 제가 집전해도 될까요?"

유그노 공작의 시선을 받고 로던 후작이 나섰다. 레스토라시온에서 집정면으로 크리스티나 다음 가는 권한을 가진 것이 유그노 공작이라면, 군사면으로 크리스티나 다음 가는 권한을 가진 것은 로던 후작이었다. 각각 집정과 군사의 대표로서 크리스티나를 보좌하고 있었다.

"여기는 그대 영지이기도 하니까. 맡기지."

크리스티나는 로던 후작에게 지휘권을 선뜻 맡겼다.

"잠깐만, 이게 다 무슨 일이야?!"

히로아키가 중앙 집무실로 뛰어들었다.

바로 옆에는 로아나와 플로라도 있다.

"……적습입니다. 벨트람 왕국 본국군이 영지 경계를 넘어 이곳 로다니아로 진군하고 있다는 보고가 왔습니다."

숨겨도 금방 알 수 있는 사실이었기에 크리스티나는 솔직하게 알려주었다.

"실화냐……."

"적의 마도선 함대가 몇 분 후면 도시로 다가올 것으로 예상됩니다. 그로부터 개전까지는 약간의 유예가 있을 테니 그 사이에 히로아키 님은 가르아크 왕국으로 대피하셔야 합니다. 마도선 발진 준비를 서두르고 있으니 즉시 항구로 향하십시오."

"아, 어어……."

히로아키가 쭈뼛거리며 고개를 끄덕였다.

"플로라, 로아나. 너희들도 히로아키 님과 함께 가르아크 왕국으로 피신해."

"언니는 어떻게 하시려고요?"

"제1왕녀인 내가 제일 먼저 도망치면 아무 해결도 안 돼. 설령 피신하더라도 후발대로 갈 거야."

"그렇다면……."

"로아나, 당신은 당장 히로아키 님을 모시고 가. 대피 준비를 해줘."

크리스티나는 플로라가 무어라 말하려는 것을 가로막고 로아나에게 지시를 내렸다.

"……잘 알겠습니다. 히로아키 님, 서두릅시다."

"엇, 그래."

로아나의 재촉을 받아 히로아키도 퇴실했다.

"플로라, 네게 전해 둘 게 있어. 따라와. 이 자리는 로던 후작과 유그노 공작에게 맡기겠다."

크리스티나는 그렇게 말하고는 플로라를 데리고 별실로 이동했다.

로다니아에서 생긴 이변에 대해서는 리오와 소라도 알고 있었다. 어제 도시 밖에 바위집을 설치해 머물고 있던 와중, 이른 아침 로다니아에서 들려오는 경종 소리가 그들의 잠을 깨웠다.

　지금은 로다니아 근교까지 접근해 아득한 상공에서 전황을 관찰하고 있는 중이었다. 지상에서는 분주하게 종이 울리고 있었다.

　"다들⋯⋯."

　리오는 가면을 손에 든 채 저택에서 영빈관으로 향하는 세리아, 사라, 오피아, 아르마, 그리고 로랑의 모습을 지켜보았다. 그것만으로도 당장 지상으로 달려가고 싶은 충동을 느꼈다. 그런 리오의 옆모습을 소라가 안타까운 얼굴로 바라보았다.

　원래대로라면 충동을 억누를 일 없이 망설이지 않고 그들에게 달려갔을 것이다. 그래서 무슨 일이 일어났는지 확인하고, 사태를 대처하기 위해 나섰을 것이다. 하지만 지금 리오가 그럴 수 없는 것은 초월자의 제약 때문이었다.

　초월자는 특정 개인이나 집단의 이익을 위해 편을 들어서는 안 된다. 초월자의 힘은 전체의 이익을 위해 써야하기 때문이었다.

　초월자가 되어버린 지금 규칙을 어기고 누군가를 위해서 싸우게 되면 리오는 그 누군가를 잊어버리고 만다. 소라가 준 가면을 쓰면 규칙을 깨고 개입할 수 있겠지만…….

"용왕님, 가면의 개수는 다섯 개입니다."

소라가 다시 한번 충고했다.

그랬다, 가면은 소모품이고 수량이 한정되어 있었다. 참고로 리오가 아닌 소라가 이 사태에 개입한다고 해도 규칙은 발동된다. 순서로 보자면 우선 주인인 리오에게 기억을 잃는 부담이 밀려오고, 리오가 규칙에 의해 기억을 잃음과 동시에 소라도 기억을 잃게 된다. 그래서 리오 대신 소라를 구하러 보낼 수도 없었다.

"……응. 만일 개입한다고 해도, 좀 더 사태를 지켜보고 나서."

리오는 마음을 애써 가라앉히고 지금부터 로다니아에서 일어나려고 하는 사태를 한동안은 관망하기로 했다.

"……그자들은 더는 용왕님을 기억하지 못합니다. 도와줘도 감사하지도 않을 겁니다. 이 정도 일로 개입했다가는 끝이 없을 거예요."

소라가 리오에게도 들리지 않을 목소리로 불쑥 혼잣말을 했다. 들리게 말하지 않은 이유는, 리오의 옆모습을 보고 깨달았기 때문이다. 리오가 지상에 있는 자들을 얼마나 소중하게 생각하는지…….

"……."

무엇보다도 그저 지켜볼 수밖에 없다는 점이 가장 힘들 것이다. 리오는 말없이 주먹을 꽉 쥐었다.

그리고…….

그런 리오를 바라보고 있는 소라 또한 무척 괴로운 심정이었다.

◇ ◇ ◇

로다니아 영빈관.

크리스티나는 침실로 플로라를 불러들였다. 그리고 옷장의 숨겨진 금고에서 하나의 반지를 꺼내 들었다.

"언니, 이건…….”

플로라가 눈을 깜박였다.

"너도 본 적이 있을 거야. 벨트람 왕국의 왕위 계승 의식에 사용되는 레갈리아.”

"가, 갖고 나오신 거예요?!"

그 사실을 몰랐는지 플로라는 질겁한 얼굴을 하고 있었다.

"응. 아주 중요한 물건이니까 이건 네가 먼저 가르아크 왕국으로 가져다줘.”

그렇게 말한 크리스티나는 반지에 감긴 끈을 목걸이처럼 만들어 플로라의 가슴에 걸쳐주었다.

"……네.”

"자세히 설명할 시간은 없어. 이건 돌아가야 할 순간에 쓸 물건이야. 그때까진 아무에게도 보여주면 안 돼. 하지만 내게 무슨 일이 생기면 그땐 네가…….”

"아, 안 돼요!"

플로라는 드물게 소리치며 크리스티나의 말을 가로막았다.

"……왜 그래?"

"이건 맡아드리겠지만 언니한테 돌려드릴 거예요. 그러니 무슨 일이 생긴다는 소리 하지 마세요."

옷 밑에 감춰진 레갈리아를 꽉 쥐며 플로라는 울먹이는 얼굴로 호소했다.

"……그래, 알았어."

크리스티나는 다정한 미소를 지어 보이며 고개를 끄덕였다.

그때 방에 다급한 노크소리가 들려왔다.

"들어와."

크리스티나가 방 밖을 향해 외쳤다.

"인근 요새에서 연락이 왔는데 먼발치에서 적의 함대가 보였다고 합니다. 서둘러 중앙 집무실로 돌아와 주십시오."

바네사가 들어오더니 그렇게 보고했다.

"알았어. 바네사, 당신은 플로라를 히로아키 님이 있는 곳으로 데려가. 항구까지 배웅해 드리고 중앙 집무실로 복귀하도록."

"예!"

그렇게 크리스티나는 홀로 중앙 집무실로 돌아가게 됐다.

크리스티나가 중앙 집무실로 돌아가자 실내에 새로운 얼굴이 있었다.

"세리아 선생님……."

세리아와 로랑이었다. 호위로 사라, 오피아, 아르마도 함께였다.

"사정은 유그노 공작님께 들었습니다."

"그럼 선생님은 바로 사라 씨 일행분들과 항구로 떠나세요. 항구에서 마도선이 출발 준비를 하고 있을 겁니다."

"……네."

세리아는 주저하며 고개를 끄덕였다. 남겠다고 말하고 싶었지만, 남아봤자 어디까지 도움이 될지는 알 수 없었다. 게다가 세리아가 남는다는 말을 꺼내면 사라 일행들까지 남는다고 할지 몰랐다. 그녀들은 어디까지나 외부인이다. 자신의 사정으로 인해 그들을 말려들게 할 수는 없다면서 애써 마음을 억눌렀다.

"크렐 백작도 가르아크 왕국으로 가주십시오."

"……명을 받듭니다."

로랑 역시 이 자리에 남고 싶은 마음은 있을 것이다. 하지만 망설인 것도 잠시, 이내 천천히 고개를 끄덕였다.

이런 사태가 되어 버린 이상, 아르보 공작파가 어디까지 일전의 협정을 준수할지 알 수 없다. 하지만 그럼에도 크리스티나 쪽에서 협정을 무시하는 짓을 할 수는 없었다.

여기서 로랑이 협력을 자청하면 앞선 협정을 로랑 본인이 깨뜨리는 상황이 될 수도 있었다.

"자, 가세요. 여러분, 세리아 선생님을 잘 부탁드립니다."

"……네."

크리스티나에게 세리아를 부탁받은 사라와 아르마, 오피아가 고개를 끄덕였다.

그때였다.

"보입니다! 본국 정부의 함대입니다!"

집무실에 있던 간부 남성 귀족이 창밖을 가리키며 소리쳤다. 집무실에 난 창은 도시는 물론이고 도시의 아득한 앞까지 한눈에 내려다 볼 수 있었다. 그가 가리킨 곳 앞쪽 상공에 마도선 함대가 다가오고 있었다.

"왔군요. 자, 서둘러 주세요."

"네!"

세리아 일행이 황급히 항구로 향했다.

"적의 접근에 대비해 공전기사를 보내라."

로던 후작이 지시를 내리자 베란다에 있던 마도사가 상공을 향해 마법으로 신호탄을 쏘아올렸다. 그러자 곧 그리핀을 탄 백 명 이상의 공전기사들이 로다니아 상공으로 날아오르기 시작했다.

로다니아가 보유한 공전부대의 인원은 300명이 넘는다. 그 3분의 1에 해당하는 숫자가 출격하였음을 의미했다.

다만 이는 어디까지나 로다니아에 요격 준비가 돼 있음

을 본국군 함대에 알리기 위한 시위 행위다. 밀려드는 마도선 함대가 인근 호수에 착수해 지상부대를 펼쳐놓고 도시를 공략하는 것이 이런 공성전의 이론이었다.

본국군 함대가 착수한 것을 가늠하여 레스토라시온 측도 도시 상공에 전개시킨 부대를 한 번 철수시킬 것이다.

그럴 예정이었다. 그러나 마도선 함대는 전혀 감속하는 기미를 보이지 않았다. 그렇게 1분 반 정도가 지나고 마도선 함대가 착수할 것으로 예상했던 호수 상공을 그냥 지나쳤다는 것을 알게 된 순간이었다.

"……그런 말도 안 되는. 이대로 돌격해 온다고?"

중앙 집무실에 있는 이들의 얼굴에 동요가 스쳤다. 위험한 상황이라기보단, 적이 무슨 생각을 하고 있는지 이해할 수 없었기 때문이다.

공전기사의 입장에서 마도선은 큰 규모의 선박이었다. 도시를 함락하는데 함대째로 돌격해 오는 것은 죽음을 각오한 자살 행위에 가까웠다. 설사 배 일부가 무사히 도시 항구에 착수한다 하더라도 다른 배가 격침되면 막대한 피해가 발생하게 된다. 도시의 제공권을 상실한 상태에서 지상부대를 펼친다 한들 고립될 것이 뻔했다. 그렇기 때문에 이런 공성전에서 마도선을 도시로 돌격시키는 것은 하책 중의 하책이었다.

"예비부대를 남겨놓고 요격부대를 출격시켜라. 접근해오는 마도선 함대에 집중포화를 날린다."

로던 후작은 즉각 전술 상식에 따라 지극히 상식적인 지시를 내렸다.

"예, 옛!"

베란다에 있던 마도사가 황급히 마법 신호탄을 쏘아 올리며 추가 지시를 내렸다. 그러자 80여 명의 공전기사가 도시 상공으로 새롭게 부상했다.

"저건……."

마도선 함대와는 다른 쪽에서 먼저 다가오는, 기수를 탄 소수의 인원이 시야에 잡혔다.

"……아무래도 적의 선행 부대 같군요."

"저런 소수 병력으로? 말도 안 돼, 다른 부대는……."

적병처럼 보이는 그들은 불과 12명. 로다니아 같은 성채 도시를 공격해오는 전력으로서는 특공부대라 해도 너무 적었다.

"너무 무모해. 죽을 셈인가?"

로던 후작의 말대로 자살행위였다. 다수에 소수. 도시에 접근하는 순간 요격 부대에 둘러싸여 집중포화를 맞고 요격당할 것이 불 보듯 뻔했다.

아니나 다를까 로다니아 상공에 펼쳐진 공전기사들도 접근해 오는 소수 병력의 존재를 눈치챈 모양이었다. 수십 명의 공전기사가 요격을 위해 움직이기 시작하여 포위진형을 펼치기 시작했다.

"저건 아롱? 프로키시아 부대인가?"

유그노 공작이 적 무리에 딱 한 마리의 아룡이 섞여 있음을 알아챘다.

"하지만 아무리 아룡이라 해도……."

기껏해야 한 마리다. 로던 후작은 무모한 자살 행위라는 결론은 바뀌지 않을 것이라 생각했다. 하지만 이 결론을 도출할 수 있는 것은 밀려오는 12명 전원이 일반적인 공전 기사 정도의 전투능력밖에 가지고 있지 않다는 전제에서였다.

그로부터 얼마 지나지 않았을 무렵.

"무슨……!"

자신들이 아는 전술의 상식을 단숨에 뒤집어버릴 정도의 전력을 가진 자도 있다는 것을 레스토라시온 상층부는 뼈저리게 깨달아야 했다.

시간은 그로부터 몇 분 정도 거슬러 올라간다.

도시에서 경종이 울리기 시작하고 벨트람 왕국 본국군의 함대가 인근까지 접근해 온 것을 알게 되면서 샤를 쪽도 로다니아를 향한 기습을 개시했다.

각각의 기수를 타고 야영지인 샘을 출발하여 본대인 마도선 함대보다 앞선 형태로 로다니아에 다가갔다. 이대로 비행한다면 곧 로다니아 방위부대가 접근을 감지하게 될 것이었다. 그때였다.

"……저, 정말 괜찮은 겁니까, 레이스 공? 이대로 쳐들어가도. 이래서는 적에게 들켜 기습이 아니게 되지 않습니까?"

샤를이 불안한 기색을 짙게 내비치며 그리핀을 타고 옆을 비행하는 레이스에게 물었다.

"샘을 떠나기 전 누차 말씀드리지 않았습니까. 신마전쟁 시대에 맹위를 떨친 용사의 힘을 믿어주세요."

레이스는 태연하게 타일렀다. 그랬다, 기습작전을 입안하는 단계에서 샤를도 꼼꼼하게 설명을 듣고 있었다. 다만 견고한 성채도시인 로다니아가 점점 가까워지는 것이 보이자 불안이 스멀스멀 피어오르는 것이다.

겁내는 것도 무리는 아니었다. 그만큼이나 이 인원으로 도시를 공격하는 것은 무모한 짓이었다. 적의 요격부대가 진을 치고 있는 지점을 소수 병력으로 들이받으면 집중포화를 맞고 개죽음을 당할 것이 뻔했다.

아무리 용사의 힘이 대단하다는 것을 머리로는 알고 있어도, 기습의 핵심인 렌지의 힘이 절대적이라는 것을 실제로 보기 전에는 믿을 수 없는 것도 당연했다.

그러는 사이 로다니아 방위부대에서도 샤를 쪽의 접근을 눈치챈 것 같았다. 울려 퍼지는 경종의 리듬도 바뀌었다. 그리핀에 탑승한 공전기사들이 속속 로다니아 상공으로 날아올랐다.

"이제 더는 물러설 수 없습니다."

레이스가 유쾌한 어조로 말했다.

"……에잇! 믿겠습니다!"

샤를도 결심한 모양이다.

"작전대로다! 내가 앞서나가 적을 유인하겠다! 너희들은
물러서라!"

정작 렌지는 조금도 기죽는 일 없이 언성을 높여 주위
사람들에게 당부했다.

참고로 레이스와 동행한 용병들은 천상의 사자단원이
다. 그중에는 일전 가르아크 왕성을 습격했던 멤버인 알레
인과 루시우스의 검을 물려받은 루치도 있었다.

"하, 대단한 자신감이로군."

루치는 험담을 하면서도 렌지의 힘을 믿는 것인지 지시
받은 대로 비행속도를 늦춰나갔다. 레이스와 알레인, 다른
용병들도 속도를 늦췄다. 그에 맞춰 샤를도 고삐를 조종해
그리핀의 비행속도를 늦췄다.

그리하여 렌지가 타는 윙 리저드라 불리는 아룡만 가속
하여 로다니아로 나아가게 되었다.

레스토라시온의 공전기사들 중에서도 선두로 나선 자들
이 렌지를 포함해 샤를 쪽 부대를 에워싸기 위해 포위 진
형을 짜기 시작했다. 그리고 렌지를 충분히 끌어들인 상태
에서 일제히 주문을 읊조리며 요격을 개시했다.

"왔군요."

렌지에게로 다가오는 무수한 공격마법을 보던 레이스가

싱글벙글 웃었다. 다음 순간 렌지가 신장인 할버드를 휘둘렀다.

"헉……?!"

다가오는 공격 마법의 빗줄기가 무시무시한 냉기에 밀려 모두 사라졌다. 냉기는 그대로 전방에 진을 치고 있던 공전기사를 끌어들이더니 순식간에 동결시켜 버렸다. 뒤쪽을 나는 샤를 일행의 손길에도 싸늘한 냉기가 전해져 올 정도였다.

"……하, 하하핫!"

얼어붙은 채 낙하하는 적의 모습을 본 샤를은 잠시 할 말을 잃었다가, 곧바로 통쾌한 웃음을 터뜨리기 시작했다.

"걱정하실 것 없다고 말씀드리지 않았습니까."

"네, 제 걱정은 기우였던 것 같군요! 굉장합니다! 이거라면 우리만으로도 도시를 제압할 수 있지 않겠습니까?!"

샤를이 흥분하여 외쳤다. 확실히 지상을 향해 같은 공격을 퍼부으면 도시 방위 부대를 괴멸시킬 수도 있을 것이다.

"도시 지역의 피해를 무시해도 된다면 가능할지도 모르겠네요. 다만 용사의 광역 공격은 도시 지역의 피해가 너무 큽니다. 이론대로 지상부대의 인해전술에 맡기고 점령하는 게 최선입니다."

후일 통치를 생각한 점령이 목적인가, 적을 근절하는 파괴가 목적인가. 당연히 목적이 바뀌면 취해야 할 전술도 바뀐다.

"확실히 피해가 크면 점령 후 납세에 지장이 있겠군. 이런 건 기본인데, 제가 생각하기에도 너무 흥분한 것 같습니다. 작전대로 우리는 제공권을 확보하고 본대가 도착하기 전에 항구를 점령하는 것을 목표로 합시다. 아마 요인도 마도선을 타고 대피하기 위해 항구를 향하고 있을 겁니다."

샤를은 당초 작전을 스스로 일깨움으로써 흥분한 마음을 진정시켰다.

"그렇죠. 당장 적의 공수부대의 이목이 렌지 씨에게 집중되고 있습니다. 더 재미있는 모습을 볼 수 있을 겁니다."

렌지를 위협으로 간주했을 것이다. 일부 부대만이 아니다. 로다니아의 공전기사들이 총출동해 렌지를 요격하기 위해 움직이고 있었다.

"이대로 적을 최대한 끌어모은 다음 큰 기술을 쓸 거야. 너희는 내 앞으로 나오지 마!"

렌지는 그렇게 말하고는 단신으로 적에게 돌진해 갔다.

그리하여 렌지는 로다니아를 수호하는 공전기사들과 홀로 정면충돌을 하게 되었다. 정확히는, 일방적으로 유린하게 되었다.

"큭, 멈춰라!"

"포위해서 계속 마법을 쏴라!"

공전기사들이 렌지를 에워싸듯 날아다니며 필사적으로 공격마법을 쏟아부었다. 그러나 렌지가 할버드를 휘두를 때마다 냉기를 띤 충격파가 광범위하게 퍼지며 다가오는 공격을 모두 없애버렸다.

심지어는 그 앞에 있는 적까지 말려들어 함께 얼어붙었다. 공전기사들도 렌지를 경계하며 거리를 두고 공격을 감행하지만, 렌지의 공격수단은 충격파만이 아니었다. 얼음창을 만들어 전방위로 흩뿌리듯 사격을 가하기도 했다. 한명, 또 한 명. 온몸이 얼어붙거나 얼음 창이 꽂히거나 지상으로 낙하해갔다.

이제는 로다니아 안의 항공 전력이 렌지 한 명에게 묶여있었다. 렌지 이외의 기습부대는 도시 밖에서 여유롭게 공방을 관전하는 상태였다.

"이거 참, 굉장한 물건을 데려오셨군요, 레이스 님."

"확실히. 편입시키고 싶을 정도야."

루치나 알레인이 그리핀을 탄 채 레이스에게 말을 걸었다.

"천상의 사자단으로 편입하느냐를 떠나 앞으로는 당신들과도 협력해서 움직이게 될지도 모릅니다."

"매번 이렇게 하면 일이 너무 편해서 할 일이 없겠는데?"

루치가 던진 농담에 용병들이 웃었다. 수백 미터 떨어진 곳에서 일방적인 살육이 벌어지고 있다고는 생각할 수 없는 화기애애한 분위기였다. 용병인 그들에게는 적이 얼마나 죽든 알 바가 아니다. 너무나 흔한 일상의 사건일 뿐이다.

"……."

그와 대조적으로 샤를의 부하들은 렌지의 전투에 압도되어 숨을 삼키고 있었다. 그 표정에는 두려움의 기색이

짙었다. 우리들에게 저 힘이 발휘된다면? 그렇게 생각하지 않을 수 없었다.

"정말 굉장하군요. 용사가 이 정도의 돌파력을 가지고 있었을 줄이야……. 루이 공도 어쩌면."

입장이 변하면 사물의 견해도 변한다. 지휘관인 샤를은 자국이 지닌 용사인 시게쿠라 루이를 전투에서 좀 더 활용할 수 있겠다고 생각한 것 같았다.

그러는 동안에도 전투는 계속되었다. 로다니아가 괜히 레스토라시온의 본거지인 것이 아니었다.

여기서 지면 거점을 잃는다. 모두가 그 사실을 알고 있는지 렌지를 물리치려 애쓰고 있었다.

"호오. 이렇게 일방적으로 자기네 편이 계속 당하는데도 겁 없이 덤벼들다니. 용감하군."

렌지는 적을 휘 둘러보더니 감탄한 듯 눈을 크게 떴다. 그러고는 적을 향해 웃어 보였다. 이는 그가 순전히 전투를 즐기기 때문이기도 했고, 적 부대가 자신의 의도대로 움직이는 것이 즐거웠기 때문이기도 했다.

현재 렌지가 진형 깊숙이 혼자 들어가 있는 탓에 로다니아 요격부대는 당초의 진형을 크게 무너뜨린 상태였다. 가능한 한 많은 적을 끌어들인 뒤 큰 기술로 단숨에 때려 부수는 것이 레이스가 렌지에게 지시한 작전이었다.

"……좋아. 내가 몸에 익힌 힘을 이 전장에서 시험해 볼까?"

상황은 갖춰졌다. 렌지는 일단 레이스들이 있는 방향으로 후퇴하더니, 또 다른 큰 기술을 사용하기 위해 마력을 조정하기 시작했다.

로다니아 방위부대도 그를 따라 추적에 나섰다.

하지만, 그것이 패착이었다.

"자, 영원한 냉기여, 세상을 잠식하라. 내 뜻대로 될지어다."

어찌 된 영문인지 렌지는 이 세계의 주문과는 또 다른 영창 같은 대사를 입에 올리기 시작했다. 이는 렌지가 레이스에게 정령술에 관한 지도를 받은 덕분이었다.

술식의 효과를 높이는데 술자의 이미지를 강화하는 동작이나 언어 등이 효과적이라는 말을 듣고 그가 독자적으로 만들어낸 영창문이었다. 굳이 영창문을 말하지 않고도 신장을 조종할 수는 있지만, 영창문의 효과는 분명히 있음을 확인했고, 렌지는 자신의 필살기에 전용 영창문을 준비해 두었다.

렌지는 생각했다. 자신이 조종하는 속성은 얼음. 그리고 필살기인 이상 반드시 상대를 죽이는 기술이어야 했다.

얼음 속성에서 렌지가 생각해 낸 최강의 필살기.

그것은……

"엔드리스 포스 블리자드."

렌지는 로다니아 상공을 비행하던 공전기사들을 향해 절대영도의 냉기를 부채꼴로 해방했다. 찬바람이 지나간 자리부터 대기가 얼어붙었다. 냉기에 노출된 공전기사는 순식간에 온몸이 동결되었다.

"이게 대체……."

전방에 나가 있던 공전기사들이 하나둘 얼어붙어 떨어지는 모습을 보면서 후방의 공전기사들이 숨을 삼켰다.

"퇴, 퇴각!"

가시화된 냉기가 밀려오는 것을 깨닫고 후방의 공전기사들은 허둥지둥 몸을 돌려 효과 범위를 벗어나려 했다. 그러나 냉기가 다가오는 속도는 그리핀의 비상속도보다도 빨랐다.

"《파이어 볼》."

냉기를 노려 직경 1미터 크기의 화구를 쏜 사람도 있었지만 천 도가 넘는 적열의 화염조차 냉기에 닿자마자 얼어서 부서졌다.

진을 치고 있던 백 수십 명의 공전기사가 순식간에 전멸하고 말았다.

영빈관 중앙 집무실에 있는 크리스티나와 간부들은 렌지가 쏜 거대 기술에 휩쓸려 얼어붙어 가는 공전기사들을 속수무책으로 바라보고 있었다.

"……전하, 각하."

로던 후작이 무겁게 입을 열며 크리스티나와 유그노 공작을 불렀다.

"……뭐지?"

"예비 공전기사들을 모두 출동시켜 항구를 사수하겠습니다. 시간을 끄는 동안 두 분도 대피하십시오."

"……조금 전 히로아키 님들을 대피시킨 직후인데?"

그랬다, 히로아키나 세리아 일행이 마차를 타고 항구로 향했다는 보고가 올라온 것이 불과 1, 2분 전의 일이다. 자신들까지 도망칠 수는 없지 않겠냐는 뜻을 담아 크리스티나가 물었다.

하지만 저것이 강하다는 것도 분명했다. 백 명이 넘는 항공 병력이 순식간에 전멸해 버린 광경을 보며 크리스티나의 표정은 굳어 있었다.

"뒤따르는 마도선 함대에서 속속 적의 공전기사들이 출격하고 있다는 걸 아시지 않습니까. 저희 쪽이 제공권을 상실하는 것은 이제 시간문제입니다. 그렇게 되면 우리는 완전히 퇴로가 끊겨버립니다."

로던 후작의 말처럼 감속한 적의 마도선에서 속속 그리핀을 탄 공전기사들이 날아오르는 것이 보였다. 이들은 남은 로다니아 부대를 섬멸시켜 제공권을 획득한 뒤 로다니아 항구에 마도선을 착수시킬 심산인 것 같았다.

"……."

"무엇보다 저 아룡을 탄 자. 누군지는 모르겠지만 느낌이 좋지 않습니다. 이제 지는 것은 시간문제예요. 더 이상의 판단 지연은 위험합니다. 그러니 부디⋯⋯."

로던 후작은 간곡히 호소했다.

"⋯⋯그대는 어떻게 할 생각이지?"

"이곳은 제 영지입니다."

그러니 남겠다.

그것이 로던 후작의 대답이었다.

"아직 주민들의 대피도 다 끝나지 않았을 텐데."

"앞서 한 협정을 잊으셨습니까?"

"⋯⋯협정 체결 직후 이런 일을 저지르고 있는 거야. 나라에 사는 민중에게 피해를 주는 것을 금한다는 약정을 아르보 공작이 어디까지 지킬지⋯⋯. 여기서 내가 도망치면 백성을 저버린 것이 돼. 대의조차 잃게 될지도 몰라."

"그래서 영주인 제가 남는 겁니다. 이곳은 제 영지라고 말씀드렸을 텐데요. 책임질 사람은 전하가 아니라 접니다. 게다가 밀려오는 것이 본국군이라면 점령이 목적이겠지요. 전하께서 사로잡히시면 대의 이전에 우리의 패배가 확정됩니다."

"⋯⋯내가 없어도 플로라가 있어."

크리스티나가 주저하며 말했다.

"외람된 줄은 아오나 말씀드리겠습니다. 플로라 왕녀님이 당신을 대신할 수 있다고 생각하십니까?"

"⋯⋯."

"부디 본인의 자리를 헤아려 주십시오."

로던 후작은 그 자리에 무릎을 꿇고 크리스티나에게 호소했다. 조지 로던 후작이라는 남자는 유그노 공작파의 2인자 자리에 오랫동안 앉아 온 사내였다. 때로는 스스로의 보신을 위해 남들 이상으로 더러운 일에 손을 댄 적도 있는 자이지만, 허투루 세워 올린 경력이 아니었다.

유그노 공작파의 귀족들은 체면을 존중하고 스스로의 이익을 중히 여긴다. 그러나 왕가를 결코 소홀히 여기지는 않는다. 귀족으로서의 체면을 존중하기 때문에 때로는 몸을 사리지 않고 귀족으로서 깨끗하게 결의를 다지기도 한다. 모두가 다 그런 것은 아니겠지만, 적어도 조지 로던 후작은 그런 인물이었다.

"……알겠다. 그대의 충성에 감사를 전하마. 하지만 그렇기 때문에 그대를 여기서 잃는 것은 아까워. 그러니 살아라. 죽는 건 허락하지 않겠다. 우리가 탈출한 뒤, 살아서 수모를 겪을지언정 살길을 찾아라. 그리고 다시 만난다면 나는 그대의 충성에 보답하겠다고 맹세하겠다."

그것이 어렵다는 것을 알고 있었음에도 크리스티나는 굳이 명령을 내렸다.

"……분에 넘치는 호의입니다. 전하를 부탁합니다, 각하."

"음."

로던 후작과 유그노 공작은 서로 뜨거운 눈빛을 교환하고는 고개를 끄덕였다.

이리하여 크리스티나와 유그노 공작은 후퇴를 결단하고 히로아키와 세리아들을 쫓아 마도선의 항구로 향하게 되었다.

◇ ◇ ◇

렌지가 거대한 기술을 발휘해 로다니아의 요격부대를 궤멸시킨 직후의 일이었다.

"……."

너무나도 압도적인 전과를 눈앞에 두고 샤를과 부하들은 완전히 말을 잃었다.

'역시 요인들은 항구로 대피하는 것 같군요. 크리스티나 왕녀는 아직 관에 남아있는 것 같지만…….'

레이스는 지상의 동향을 면밀히 관찰했다. 그리고 영빈관에서 항구로 가는 길에 히로아키나 플로라, 세리아의 모습을 발견하고는 옅은 미소를 짓는다.

"샤를 님."

"……."

"샤를 님, 샤를 님."

"……어, 아아, 왜 그러십니까, 레이스 공?"

샤를이 퍼뜩 정신을 차리고 대답했다.

"쥐를 찾았습니다. 당신의 전 약혼녀 모습도 보이는군요."

"뭐라고요?"

샤를은 레이스가 가리키는 쪽을 응시했다.

"플로라 왕녀나 용사도 있는 것 같은데 정작 중요한 크리스티나 왕녀가 보이지 않습니다. 아마 아직도 저택에서 지휘를 맡고 있는 것 같군요."

"흐음……."

"원군 공전기사들이 도착한 덕에 적의 잔존 부대는 대처하기 급급할 것입니다. 괜찮으시다면 저희끼리 항구를 제압할 테니, 어떠십니까? 샤를 님은 크리스티나 왕녀의 신병을 노려보시지요."

레스토라시온의 대표인 크리스티나를 사로잡을 수 있다면 엄청난 공로가 될 것이었다.

"……그럼, 맡겨도 될까요?"

"그럼요."

명예회복의 대찬스를 앞두고 환하게 미소 지은 샤를이 레이스와 다른 행동에 나섰다.

시간은 조금 더 거슬러 올라간다.

렌지가 거대한 기술을 발휘해 로다니아의 공전기사를 궤멸시키기 조금 전의 일이다.

"미안해. 너희들까지 이런 일에 말려들게 해서."

영빈관을 나와 마차를 기다리는 동안 세리아가 사라 일

행에게 사과했다.

"세리아 씨가 사과할 일이 아니에요."

"응, 원해서 호위로 따라온 거니까요."

"같이 따라와서 다행이에요."

사라, 오피아, 아르마는 전혀 개의치 않다는 듯 응수했다.

"……고마워."

세리아는 살짝 눈물을 글썽이며 감사의 말을 전했다. 로랑은 사랑스러운 딸과 친구들이 그런 말을 주고받는 모습을 따스한 표정으로 지켜보고 있었다.

얼마 지나지 않아 항구로 가는 마차가 왔다. 그리고 상공에서는 이제 막 렌지와 공전기사들의 전투가 시작된 참이었다.

"……!"

렌지가 수십 개의 공격마법을 날려 보내는 모습을 보고 사라 일행은 크게 놀랐다. 노련한 정령술사인 사라, 아르마, 오피아가 보기에도 렌지의 재주는 평범하지 않았다.

"어서 타세요. 저희가 함께 호위하겠습니다."

"으응."

험악한 얼굴을 한 사라의 재촉에 세리아와 로랑이 마차에 올랐다. 곧바로 출발해서 언덕길을 내려가던 때였다.

"세리아 씨, 앞에 마차가 서 있습니다!"

마차 밖에 있는 사라에게서 그런 보고가 들려왔다.

◇ ◇ ◇

히로아키, 플로라, 로아나 세 사람은 로다니아의 호위기사들이 이끄는 마차를 타고 세리아 일행보다 불과 1분 정도 일찍 영빈관을 빠져나왔다.

"……실화냐고."

히로아키는 마차 창문을 통해 상공의 공방을 바라보고 있다가 렌지의 전투에 얼굴을 잔뜩 굳혔다.

'저 자식, 용사인가? 완전 제멋대로 굴잖아…….'

먼발치에서 렌지의 얼굴을 바라보고 아마도 같은 일본인일 것이라고 생각한 것 같았다.

'……살벌하네.'

적이 몇 명이 죽든 알 바 아니라는 듯 가차 없이 범위 공격을 계속 쏘아대는 렌지를 보고 히로아키는 소름이 돋았다.

전쟁이나 투쟁과는 무관한 현대 일본에서 나고 자랐다면 그 감성은 지극히 당연한 것에 가까웠다. 생사가 걸리지 않은 모의전이라면 즐겁게 싸우는 사람도 많겠지만 이는 목숨이 걸린 실전이다.

평화로운 일상의 거리에서 전쟁이 발생하면 두려움을 느끼고 도망치려는 것이 평범한 일반인이다. 싸울 수단을 가지고 있든 없든 상관없어. 스스로 실전에 참가해 적을 쓰러뜨릴 수 있는 사람은 군사훈련을 받아 본 사람이거나 앞뒤 생각 못 할 정도로 흥분한 사람이거나 머리에 나사가 풀린 미친놈뿐이다.

히로아키는 일반인이었다. 반면에 렌지는 미쳤는지 여부를 떠나 본인이 싸움을 원해서 이 전장에 참가한 자였다.

"웃?!"

"무슨 일입니까?"

마차가 갑자기 멈췄다. 로아나가 곧바로 마부에게 상황을 물었다.

"보호 대상을 발견했습니다. 마도선까지 동행하도록 설득하던 중이었습니다."

"보호 대상……?"

로아나가 확인을 위해 마차 문을 열고 얼굴을 내밀었다.

"오오, 로아나 씨!"

그리고 이름이 불렸다. 로아나의 이름을 부른 것은 최근 자주 함께 작업하던 콤비 중 한 명인 사이키 레이였다.

"레이 씨, 코우타 씨."

"뭐야, 너희들이냐?"

히로아키가 마차에서 내렸다.

"히로아키 씨!"

그러자 두 사람도 금세 히로아키를 알아봤다.

"적이 와서 난리가 난 것 같아. 마도선으로 도망치게 됐으니까 너희들도 얼른 마차에……."

히로아키는 신속하게 두 사람을 데리고 가려 했다. 하지만 밖에 있던 것은 레이와 코우타뿐만이 아니었다. 레이의 약혼자인 로자와 그녀의 친구인 미카엘라도 있었다. 그 밖에도 히로아키는 이름을 모르지만 비전투원으로 보이는 젊은 귀족 자제들이 많았다.

"좋아. 코우타랑 레이는 달려가라. 이 인원은 마차에 다 못 타. 로자랑 미카엘라라고 했었지? 너희들은 마차에 타."

히로아키는 우선 얼굴과 이름을 알고 있는 두 사람을 마차로 불러들였다.

"저기……."

마차 안에는 제2 왕녀인 플로라와 공작 영애 로아나의 모습이 보였다. 두 사람과 비교하면 하급 귀족에 불과한 자신들은 탈 수 없다 생각했는지 로자와 미카엘라가 주저했다.

"자자, 됐으니까 어서 타. 나랑 코우타는 히로아키 씨의 친구 같은 사이니까 타도 괜찮아."

레이가 설명하기 귀찮았는지 적당히 설득하며 두 사람이 마차에 타도록 재촉했다. 그렇게 두 사람은 마차에 오르게 됐다.

"그런데 너희는 이런 길가에 모여서 뭘 하고 있었던 거야?"

"비전투원들의 대피 지시가 내려져서 마도선의 항구로 향하던 중이었죠."

"그렇다면 향하는 곳은 같겠네. 빨리 도망가자."

로자와 미카엘라가 마차에 타는 동안 히로아키와 레이,

코우타가 정보를 교환했다. 그때 영빈관으로 이어진 언덕 위에서 마차 한 대가 내려왔다.

"다들……."

타고 있는 사람은 히로아키보다 조금 늦게 영빈관을 빠져나온 세리아와 로랑이었다. 바로 옆에는 사라, 오피아, 아르마의 모습도 보였다.

"세리아 선생님."

로아나가 마차에서 내린 세리아를 발견하고는 말을 걸었다.

"로아나 씨……. 이쪽 마차에는 빈자리가 있습니다. 싸울 수 없는 이들을 우선 태워주세요."

세리아는 얼른 상황을 파악하고 로아나에게 제안했다.

로다니아 상공이 얼음 세계로 변한 것은 그 직후였다. 렌지가 절대 영도의 냉기를 해방하며 로다니아의 공전기사들을 말 그대로 전멸시켜 버렸다. 수백 수십 명의 공전기사들이 얼어붙으며 줄줄이 낙하했다.

"어……?"

세리아가 눈을 의심했다.

세리아뿐만이 아니다. 렌지가 뿜어낸 냉기에 닿은 것도 아니었는데 그 자리에 있던 전원이 얼어붙은 듯 숨을 삼키며 그대로 굳었다.

"……위험하네요."

사라가 불쑥 중얼거렸다.

같은 얼음 속성의 사용자로서 지금의 냉기를 발한 자가 자신보다 더 높은 사용자라는 것을 직감했다.

"세리아 씨, 항구로 빨리 가 주세요."

그녀가 다급한 목소리로 이동을 재촉했다.

"어……."

"빨리요! 저게 이리로 오면 끝이에요!"

"아, 네! 로아나 씨!"

세리아가 퍼뜩 정신을 차리고 로아나를 쳐다봤다.

"다, 다들 항구로 서둘러!"

로아나가 격앙된 목소리로 외쳤고 그 자리에 있던 사람들이 황급히 이동을 시작하려 했다. 히로아키도 서둘러 마차에 올랐다.

하지만 이동 재개 준비가 채 갖춰지기도 전에 렌지와 레이스가 세리아 일행이 있는 곳까지 곧장 급강하해왔다.

"이리로 옵니다!"

아르마가 외치며 손에 든 메이스를 고쳐 잡았다. 사라와 오피아도 임전 태세에 돌입하며 각자 손에 쥔 대검과 활을 겨눴다.

"젠장……."

히로아키는 마차를 타야 할지 말아야 할지 망설였다. 이내 타봤자 오히려 더 위험하다고 생각한 것인지 신장인 검을 출현시켜 함께 임전 태세에 들어갔다.

"훗!"

아룡을 탄 렌지는 남들보다 빠르게 지상 쪽으로 접근하더니 활공하며 세리아 일행의 머리 위를 통과했다. 거기서 렌지는 할버드를 손에 쥔 채 아룡의 등에서 뛰어내리더니 세리아 일행이 가려고 하는 항구의 길을 막아서듯 깔끔하게 착지했다.

그가 할버드의 끝으로 툭 땅을 짚었다. 그러자 렌지의 등 뒤로 두꺼운 얼음벽이 생겨나며 항구로 통하는 길이 봉쇄되었다.

"오프 리미트. 항구는 이미 봉쇄됐어."

그리고 눈앞의 히로아키와 일행들에게 고했다.

"……."

일동 모두가 말을 잃고 우뚝 멈춰섰다.

"아~, 방금 한 말로 네가 중2병 심하게 걸린 놈이라는 건 알겠다. 뭐? 오프 리미트으? 봉쇄됐다는 말이랑 의미가 완전히 겹치잖냐. 폼 잡으려다가 한심한 꼴만 드러낸 바보구만. 자기소개 고오맙다~."

상대가 같은 일본인이라는 걸 확신했기 때문일까. 혹은 같은 용사라면 자신과 실력은 별반 다르지 않다고 생각했기 때문일까. 렌지가 앳된 얼굴의 왜소한 소년이라 얕본 것일까.

히로아키가 먼저 입을 열어 렌지를 비웃었다.

"……뭐라고?"

"너 인마, 용사잖아. 속성은 얼음이고."

"그러는 너는 물의 용사구나. 이름이 분명……."

사전에 레이스에게서 정보를 들었는지 렌지는 히로아키가 물의 용사라는 것을 알고 있었다.

"……."

"뭐, 됐어."

하지만 히로아키의 이름은 깜빡한 것 같았다.

"그럼 네 이름이라도 알려줘."

"알려줄 이유가 없는데."

렌지가 어이없다는 얼굴로 고개를 저었다.

"그럼 중2병이 중증이신 키즈 님이라고 불러줄까?"

"난 고등학생이야."

히로아키가 조소하며 말하자 렌지가 발끈하여 말했다.

"그래애? 하도 작아서 중딩인 줄 알았지. 중2병도 심각해 보이고."

"……아무래도 죽고 싶은 모양이네."

"핫, 애송이랑 꼬맹이라는 말은 금지어인가봐요, 키즈 님?"

히로아키가 렌지의 콤플렉스를 정확히 간파하고 지적했다. 그렇게 용사 둘이서 말다툼을 하는 동안 사라 일행은 세리아들을 뒤로 물리고 있었다.

"……너 나를 얕보는 거냐? 이 나를."

렌지가 뿜어내는 온도가 한층 내려갔다.

"얕보는 건 네 쪽이잖아. 이런 짓을 하다니 대체 무슨 생각이야?"

"용병이다."

"뭐?"

"너희는 내전을 하고 있지? 난 용병으로 고용된 것뿐이야. 어쩌려는 생각도 뭣도 없어. 하지만, 너는 싫어졌어. 지금부턴 그걸 싸우는 이유로 삼아볼까."

그러면서 렌지는 할버드의 끝을 히로아키에게 겨눴다.

"우연이네. 나도 네가 싫어졌어. 나라에 소속되지 않은 용사라, 뭐 주인공 행세라도 하려는 거냐?"

"그렇다면 넌 주인공을 괴롭히다 쫓겨나는 엑스트라 용사겠네."

"하아, 싫단 말이지. 너처럼 자기 우월감에 젖은 유아독존형 주인공. 내가 제일 잘났고, 내가 제일 세다, 뭐 그런 거냐? 어차피 존댓말도 제대로 못쓰지?"

"……너도 반말하고 있잖아."

"이보세요, 난 19살이야, 중딩아. 하긴 넌 학교에서도 선배한테 존댓말 안 할 것 같긴 하지만."

가는 말이 고와야 오는 말이 곱다. 도발이 도발을 불러오며 히로아키와 렌지는 한참이나 설전을 벌였다.

"……이제 됐어."

슬슬 분노의 게이지가 한도에 도달했는지 렌지가 할버드를 고쳐 잡고 교전의 의사를 표시했다.

"잠시만요, 렌지 님."

그때 레이스가 다가왔다. 그 밖에도 루치와 알레인, 그리고 두 명의 용병이 함께 강하해 왔다.

"뭐야, 렌지라고 하는구나?"

"……왜?"

놀리듯이 이름을 불러온 히로아키를 쌩하니 무시한 렌지가 레이스의 부름에 신경질적으로 답했다.

"쓸모가 많을 것 같은 분도 계시니 주위가 말려들지 않도록 부탁합니다. 그리고 물의 용사는 타격으로 기절시켜 주시고요."

그리핀에서 내린 레이스가 렌지의 등 뒤에서 지시를 내린다.

"주문이 많네."

"당신이라면 할 수 있다고 생각해서 드리는 부탁입니다. 어려울까요?"

"……흥, 문제없어."

렌지는 가볍게 콧방귀를 뀌며 고개를 끄덕였다.

"그러니 당신은 물의 용사를 상대하는 데 전념하세요. 나머지 사람들이 쓸데없는 짓을 할 것 같으면 이쪽에서 알아서 대처할 테니까요."

레이스는 그렇게 말하면서 사라, 오피아, 아르마, 세리아를 쳐다보았다.

"또 보네, 아가씨들."

"……끈질기네요, 당신들도."

사라가 지긋지긋하다는 얼굴로 말했다.

"그게 그렇지도 않거든. 그 성의 습격으로 벤……, 우리들 동료가 몇 명이나 죽었어. 오늘은 그 한을 풀어야겠다."

루치는 험악한 얼굴을 하며 루시우스에게서 물려받은 유품인 암흑검을 검집에서 뽑았다. 옆에 선 알레인은 물론 다른 용병 2명도 검을 뽑아 들었다.

"여러분은 뒤로 물러나 계세요."

사라, 오피아, 아르마도 무기를 들고 앞으로 나섰다. 적은 루치와 알레인을 포함한 용병 4명과 레이스.

이대로라면 사라 일행은 3대 5로 싸워야 했다.

"……나도 싸울게."

여기서 세리아가 참전했다.

"미흡하나마 나도 싸우마. 세리아와 마찬가지로 후위인 마도사 역할이지만."

딸만 전장에 내보낼 수는 없다고 생각했는지 로랑도 거들었다. 이것으로 표면상 5 대 5가 되었다.

"야, 일단 난 저 꼬마랑 싸울게. 다른 사람들이 움직일 것 같으면 그쪽에 맡기고 싶은데 괜찮겠지?"

아무래도 히로아키 역시 렌지와 일대일로 싸우고 싶은 것 같았다.

"……네. 하지만, 괜찮으실까요?"

사라가 걱정스럽게 물었다.

"나도 용사야, 맡겨줘."

같은 일본인인 데다 연하인 렌지가 상대이기 때문일까.

히로아키는 자신감을 보이며 말했다.

"……그 소년은 상당한 실력자 같습니다. 조심하세요."

사라는 지금의 히로아키 실력을 가늠할 수 없었기에 맡겨도 괜찮을지 고민했다. 하지만 신경 쓸 여유는 없었다. 사라 일행이 싸우려는 상대 또한 결코 방심할 수 없는 자들이라는 것을 끔찍할 정도로 알고 있기 때문이었다.

"초격은 양보하지. 얼마든지 공격해."

렌지가 그렇게 말하며 히로아키를 향해 할버드의 날 끝을 겨눴다.

"아, 그런 플레이냐?"

히로아키가 불쾌하다는 듯 눈살을 찌푸렸다.

"아니. 넌 날 절대 이길 수 없어. 그걸 알려 주겠다는 거야."

"……바라는 바야. 그 승부 받아주마."

"훗, 나와 힘의 차이를 잘 깨닫는다면 좋겠네."

렌지가 이미 이겼다는 얼굴로 냉소를 지어 보였다.

"그럼 사양 않고 간다."

히로아키가 검을 겨누고 마력을 높였다.

사라 일행도 레이스 쪽도 히로아키의 초격을 잠시 기다리고 있었다. 용사가 범위 공격을 하면 위험한 싸움이 되기 십상이라는 것을 알기 때문이었다. 게다가 거리의 폭도 그리 넓지 않다. 섣불리 움직여 정면충돌하기는 어렵다는 점도 있었다.

"……받아라!"

히로아키가 들어 올린 검을 그 자리에서 수직으로 휘둘렀다.

골목길이 강이 되어 버릴 정도의 물이 방출되며 렌지와 레이스 쪽으로 다가갔다. 그러나 아무도 그 자리를 움직여서 피하려 하지 않았다.

레이스 일행 뒤에는 렌지가 만들어낸 얼음벽이 있다. 이대로 아무것도 하지 않으면 물살에 밀려 두꺼운 얼음과 함께 부서질 위험도 있었다. 하지만 렌지가 할버드의 끝을 앞으로 향하자 밀려오는 물이 순식간에 얼어붙어 버렸다.

"뭣……."

공격을 날린 히로아키가 말을 잃었다.

렌지는 얼음으로 뒤덮여 지나갈 수 없게 된 골목길이 아닌 건물 벽을 따라 달리며 히로아키에게 다가갔다.

"혁, 벽을 달린, 다고?! 큭……!"

히로아키는 말없이 물벼락을 쏘아 요격을 시도했다. 그러나 그마저도 공중에서 얼어붙고 말았다.

"몰랐어?"

렌지는 그렇게 외치며 벽을 박차고 히로아키에게 다가가 할버드를 휘둘렀다.

"윽?!"

히로아키는 순간적으로 검을 겨눠 할버드를 받아쳤다.

"물 속성으로는 얼음 속성을 이길 수 없어."

렌지는 지근거리에서 히로아키를 바라보며 득의양양한

미소를 지었다.

"오글거려서 못 참겠네……. 너느은, 명작에 도취한 것 같은 중2병 발언이 너무 많다고!"

히로아키는 힘껏 검을 휘둘러 할버드를 밀쳤다. 렌지의 몸째로 날아왔던 벽 쪽으로 튕겨 나갔다.

"호오. 힘만은 쓸만하네."

렌지는 다시 벽을 발판 삼아 튕겨 나간 기세를 죽이고 그대로 벽을 박차 공중으로 도약했다.

"멍청한 놈!"

공중에서 무방비해진 렌지를 향해 히로아키가 다시 물벼락을 날렸다.

"아직도 모르겠어?"

물의 참격은 렌지에 닿기 직전 얼면서 멈췄고, 그대로 낙하했다.

"칫!"

한 번에 안 되면 몇 번이라도 날려주겠다는 듯이 히로아키는 물의 참격을 여러 번 날렸다.

"……이 상태로는 손을 댈 수가 없겠네요."

예상대로 신장의 능력을 서로 부딪치는 단조로운 싸움이 되고 있었다. 이래서는 섣불리 다가갈 수 없다. 용사 둘의 싸움에 말려들지 않도록 사라 일행은 뒤로 물러섰다. 하지만 오피아만은 건물 위에 올라가 얼음에 가로막혀 움직임이 보이지 않는 레이스 일행을 주시했다. 현재 레이스 쪽도 섣불리 움직일 수 없는지 상황을 지켜만 보고 있었다.

'……뭔가를 신경 쓰고 있어?'

아무래도 레이스 쪽은 다른 무언가를 경계하는 것 같았다. 마치 이 상황에서 다른 누군가가 덮쳐 올 것을 주의하고 있는 것 같은…….

"이제 그만 포기하는 게 어때? 넌 날 못 이겨."

"일일이 잘난척하지 마라, 이 유아독존 나르시스트 자식아!"

"네가 엑스트라기 때문이야. 상하관계를 알려주는 거다."

"너도 주인공 아니거든! 얼음 속성이야말로 음침한 엑스트라가 대다수라고! 어디 한번 짱 센 얼음 마법 주문이라도 궁리해 보시지!"

"엔드리스 포스 블리자드. 이미 생각하고 그걸로 하늘의 기사들을 상대했어."

"진짜로 생각했냐……. 심지어 조금의 참신함도 없는 단어 나열이라니 촌스러 죽겠네."

실로 진지함이라고는 눈 씻고 봐도 찾기 힘든 대화였으나 당사자들은 진지했다. 어쨌든 그렇게 말하는 사이에 쏟아지는 공격은 가차 없었다.

렌지에게 지고 싶지 않은지 히로아키도 필사적이었지만, 이윽고 그의 힘이 먼저 다했다.

"하아, 하아……."

"슬슬 힘의 차이를 깨달았나?"

숨이 끊어질 듯한 히로아키와는 대조적으로 렌지는 땀 한 방울 흘리지 않은 멀쩡한 얼굴을 하고 있었다.

"너 이 자식, 누굴 우습게 보고……."

"기절시키라는 지시였지만, 나를 깔본 너에게 힘의 차이를 알려줄 필요가 있었거든. 하지만……."

렌지는 히로아키에게 다가가더니 그의 품속으로 파고들기 위해 몸을 굽혔다.

오는 건가?!

그렇게 생각한 히로아키가 자세를 잡으려고 했다.

"윽, 뭐야?!"

하지만 곧 균형을 잃었다. 발이 얼어붙어 꼼짝도 할 수 없었던 것이다.

'어, 어느 틈에?!'

히로아키가 발을 내려다보았다. 그 순간.

'끝이다.'

렌지의 목소리와 함께 히로아키의 뒤통수로 충격이 날아왔다. 렌지가 어느새 등 뒤로 돌아서서 할버드 자루로 히로아키의 머리를 후려친 것이다.

"무, 슨……?"

비틀거린 히로아키는 바닥을 밟아 몸을 지탱하려 했지만, 발이 얼어 그마저도 할 수 없었다. 완전히 균형을 잃고 그 자리에서 의식을 잃고 쓰러졌다.

"윽……."

"좀 자둬."

몸을 움직이려는 히로아키의 머리를 렌지가 다시 한번 할버드로 후려쳤다.

"히로아키 님?!"

싸움을 지켜보던 플로라와 로아나가 외쳤다.

"웃……."

사라, 오피아, 아르마가 각각 무기를 들었다.

"흐음……."

렌지는 사라 일행과 싸우려고 하지 않고 할버드의 끝을 기절한 히로아키의 목에 들이댔다. 그것이 의미하는 바는 명백했다.

"이, 인질?"

사라 일행의 표정이 굳어졌다.

"비겁하다는 말은 마. 전쟁을 하는 거니까. 이놈이 어떻게 돼도 상관없으면 덤벼. 말해 두지만 무기를 가진 이상 여자라고 해서 봐줄 생각은 없어. 남녀평등이다."

렌지가 사라 일행을 위협했다.

"이거 참, 굉장하군요. 정말 성장했네요, 렌지 씨."

꽁꽁 얼어붙은 골목길에서 레이스의 박수 소리가 울려 퍼졌다. 레이스는 빙판 위로 도약해 제자리에서 미끄러지지 않고 안정된 자세로 서 있었다.

"그래서, 이제 어쩔 거야?"

렌지가 뒤를 쳐다보지 않은 채 레이스에게 물었다.

"음, 이걸로 끝난다면 좋겠는데……."

레이스가 말했다.

그때였다.

렌지의 눈앞에 지름 수십 센티미터의 마력광구가 낙하했다.

◇ ◇ ◇

로다니아의 아득한 상공.

히로아키와 렌지의 싸움은 물론 리오도 상공에서 내려다보고 있었다. 그리고 렌지가 할버드를 휘두르며 히로아키를 기절시킨 그 순간.

"……."

리오는 말없이 가면을 썼다. 그것은 곧 이 사태에 개입하겠다는 의지의 표현이나 다름없었다.

"용왕님!"

당장이라도 강하를 개시하려던 리오를 소라가 불러세웠다.

"……."

리오가 멈춰 서서 소라를 바라본다.

"신마전쟁 때 용왕님이 누군가를 위해 힘을 쓴 적은 많이 있었지만, 대부분의 경우 역할에 부합되는 경우였습니다. 허나 인간들끼리 싸우는 지금 상황에 개입하는 것은 명백히 역할과는 무관합니다. 개입하시면 틀림없이 규칙이 발동할 겁니다."

"응, 알고 있어."

"……가면의 수에는 한계가 있습니다. 그래도 개입하실 겁니까?"

"미안해. 소라가 준 귀중한 가면을 소비해 버릴지도 모르겠다."

"그런 것은 용왕님이 사과하실 일이 아닙니다……. 그런 게 아니에요. 소라가, 소라가 드리고 싶은 말은……."

초월자가 된 리오는 이제 이 세계에 살고 있는 주민들과는 이어질 수 없는 존재가 되어버린 것이다.

리오가 그자들을 도와줘도 감사받을 일은 없다. 아니, 일시적으로 감사는 하겠지만, 그렇게 많은 도움을 받았다는 사실조차 잊어버릴 것이다. 벌레 먹은 헌책처럼 리오에 관한 기억만 사라지고 구멍투성이가 되어갈 것이다.

이번에는 괜찮다고 하자. 가면이 있으니까. 하지만 이런 상태로 인간끼리의 싸움에 개입을 반복하다 보면 다섯 개밖에 없는 가면 따위는 금세 사라져 버릴 것이다. 그리고 가면이 없어진 상태에서 개입을 하면 리오는 기억을 잃어버릴 것이다. 오늘 이 자리에서 도우려 했던 사람들을 언젠가는 구할 생각조차 하지 않게 될 것이다.

도와줘도 잊어버리고 잊혀진다. 누군가를 위해 싸울 이유가 완전히 사라지는 것이다. 그리고 압도적인 허무감에 휩싸인다. 이건 소라의 실제 경험이기도 했다. 그래서 더

절실하게 리오를 붙들고 있는 것이다.

"고마워. 하지만 여기서 움직이지 않으면 난 평생 후회할 거야. 그건 확실해. 그래서 가고 싶어. 아니, 가겠어."

가고 싶다고, 가더라도 후회하지 않겠노라고, 도와주고 싶다고, 리오는 상냥하게 웃으며 조금도 망설이지 않고 말했다. 기억을 잃는 것도, 잊히는 것도 무서울 텐데…….

"……."

자기희생을 마다하지 않는 리오의 대답에 소라는 아무 말도 할 수 없었다. 하지만 그와 동시에 깨닫고 말았다. 아니, 떠올리고 말았다.

"……맞아요. **용왕님은 그런 분이셨지요**. 사람들의 기억에 남든 남지 않든, 누구에게 감사를 받든 받지 않든, 자신의 기억을 잃든 잊지 않든, 사람들을 위해 그 몸을 던지는 자상하신 분. 그런 용왕님이라 소라는……."

소라는 천 년도 전의 날들을 떠올렸다.

도와줘도 잊어버리고 잊혀진다. 무엇을 위해 싸우고 있었는지도 모르게 된다. 그럼에도 소라는 허무해지지 않았다. 그 이유는.

'용왕님이 계셨으니까…….'

압도적일 정도의 고독을 달래주었다. 아니, 상냥함으로 고독을 채워주었다. 그런 단 한 명의 존재가 바로 용왕이었다.

그렇다면 망설일 이유는 없다.

권속의 고독을 달래기 위해 초월자가 존재하듯, 초월자의 고독을 달래기 위해서도 권속은 존재하는 것이리라.

"가세요, 용왕님! 소라는 어디까지나 따르겠습니다!"

소라는 더는 망설이지 않고 리오의 등을 밀어주었다.

"응."

고개를 끄덕임과 동시에 리오는 발아래로 지름 수십 센티미터의 마력광구를 쏘면서 급강하를 시작했다. 음속을 가볍게 넘는 광구는 히로아키를 인질로 잡고 지상에 선 렌지에게 다가가더니 바로 코앞에서 정지했다.

"윽?!"

의식하지 못한 곳에서 들어온 갑작스런 공격에 렌지는 흠칫 놀라 바닥을 나뒹구는 히로아키를 내버려두고 순간적으로 뒤로 도약했다.

"개입하는군요."

레이스가 성가시다는 듯한 얼굴로 불쑥 중얼거렸다.

직후 광구가 사라지고 그 대신 히로아키 곁에 두 사람의 그림자가 내려왔다. 물론 한 명은 가면을 쓴 백발의 소년——리오였고, 다른 한 명은 후드를 쓴 소라였다. 소라는 그를 따르듯 리오의 등 뒤에 섰다.

'레이스, 살아있었나…….'

리오는 가면 너머로 레이스의 얼굴을 응시했다.

"……누구시죠?"

로아나가 어리둥절해하면서도 의문을 제기했다. 상황상

우리 편이라고는 생각한 것 같지만, 전혀 짐작이 가지 않는 듯한 모습이었다.

"샤아아아!"

그때, 렌지가 타고 있던 아룡이 리오와 소라를 보며 겁에 질린 듯 울기 시작했다.

"그 입 다무세요. 누구 앞에서 짖는 겁니까?"

소라가 눈을 가늘게 뜨며 노려보자 아룡은 순간 한심한 울음소리를 내며 입을 다물고 말았다.

"그만하지 않겠습니까?"

레이스가 갑자기 그런 말을 했다.

"……그만해?"

렌지가 의아한 얼굴로 고개를 갸우뚱했다.

"도시 점령부대는 저로서는 어찌할 수 없지만, 적어도 이 자리는 놔두겠다는 겁니다."

"뭣……, 웃기지 마, 레이스! 여기까지 와 놓고 대체 무슨 생각이야?!"

확실히 어느 모로 보나 이긴 싸움이었다. 이제 와서 레이스의 물러서겠다는 말에 화를 내는 것도 당연했다.

"벨트람 왕국 본군의 공전기사들이 로다니아의 공전기사들을 수적으로 압도하고 있습니다. 이미 이쪽의 승리입니다. 도시가 제압되는 것도 확정된 것이나 다름없습니다."

그렇게 말한 레이스가 서쪽 하늘을 바라보았다.

"그럼 더더욱 이 자리에서 물러설 이유가 없어."

"아뇨, 아뇨. 저 사람 딱 봐도 성가신 상대 같아 보이지 않나요? 우린 어차피 용병으로 참전한 건데 무리할 필요는 없지요."

"이런……, 가면 쓴 수상한 놈한테 내가 진다고? 아무리 폼 잡고 등장했다지만, 무기도 들지 않은 허술한 녀석한테?!"

렌지가 버럭 성질을 냈다.

"어디의 누구신지는 모르겠지만, 당신도 우리와 싸우고 싶지 않을 겁니다. 그렇지요?"

레이스는 렌지를 무시한 채 리오를 불렀다.

'……이 남자, 기억을 잃은 거 맞지?'

리오가 의심스러운 눈빛으로 레이스를 바라보았다. 리오를 처음 봤다는 식의 말을 하지만 묘한 수상함이 느껴진 것이다. 레이스는 포커페이스를 관철한 채 리오를 바라보고 있었다. 리오와 레이스는 그렇게 한동안 서로를 경계했으나 렌지는 그 대화가 마음에 들지 않은 듯했다.

"……레이스, 네가 싸우지 않겠다면 내가 싸우겠어."

렌지가 할버드를 바로잡고 리오에게 적대의사를 보였다.

"……뭐, 말리지는 않겠습니다."

레이스는 귀찮다는 얼굴로 한숨을 쉬며 고했다.

그 사이 리오는 기절한 히로아키의 다리를 얼리고 있던 얼음을 한순간에 녹여냈다. 그리고 그대로 들어 올려 등 뒤의 소라를 향했다.

"훗!"

그때 리오의 등 뒤로 렌지가 덤벼들었다. 한순간 그의 등에 다가가서는 자랑스러운 신장인 할버드를 휘둘러 문답 무용으로 내리치려 했다.

　"윽……?!"

　하지만 리오는 시선조차 주지 않고 렌지의 일격을 받아냈다. 더 정확히 말하자면 렌지가 휘두른 할버드가 마력 장벽에 가로막혀 공중에 정지해 있었다.

　'……정령술?'

　사라 일행은 리오가 무엇을 했는지 순식간에 간파했다. 그리고 그 탁월한 기량에 놀라움을 금치 못했다.

　아니, 놀란 것은 사라 일행뿐만이 아니었다. 리오가 확실한 강자인 것은 이 자리에 있는 누가 봐도 분명해 보였다. 하지만 그것을 인정하고 싶지 않았던 것인지 렌지가 소리쳤다.

　"윽, 무시하지 마!"

　리오를 에워싸듯 주위의 공기가 동결되기 시작했다. 장벽째 리오를 얼릴 생각인 것 같았다.

　"……."

　이때 리오는 처음으로 렌지를 바라보았다. 그리고 렌지가 발동하려는 얼음의 정령술 앞에 보다 견고한 마력 장벽을 펼쳐 간섭력으로 정면 승부를 걸었다. 두 명의 술자가 반발 되는 정령술을 같은 장소에 발동시키려 할 경우 도출되는 결론은 두 가지.

하나, 양자의 간섭력이 막상막하일 경우 서로의 기술이 발동하며 부딪치게 된다. 둘. 현상에 대한 간섭력이 보다 강하고 기량이 높은 술자의 정령술이 상대의 정령술을 덮어버리며 발동하게 된다.

당연하게도 냉기가 리오를 휘감는 일은 없었다. 그러기는 커녕 렌지가 부리려던 냉기를 잠재워 무산시키고 있었다.

"윽, 말도 안 돼……!"

"……덧씌우고 있어?"

고도의 기술 공방을 직면한 사라 일행이 흠칫 몸을 떨었다. 그 직후.

"윽, 무슨?!"

리오는 펼쳤던 마력 장벽에 방향성을 불어넣어 전방으로 해방했다. 그러자 고정되어 있던 마력의 장벽이 충격파를 일으키며 렌지를 덮쳤다.

"큭……, 으윽."

뒤로 밀려난 렌지가 허공을 날았다. 리오는 그런 렌지의 몸통을 향해 보이지 않는 속도로 마력 광구를 날렸다. 하지만 렌지는 공격에 닿기 직전 순간적인 판단으로 두꺼운 얼음을 펼쳐 리오의 공격을 막았다.

'……잘하네.'

리오는 예전보다 전투에 능숙해진 렌지를 보며 놀랐다.

"젠자앙……."

위력을 완전히 죽이지는 못한 것 같지만, 렌지는 가까스로 땅에 착지했다. 동시에 히로아키보다 리오가 훨씬 버거운 상대라는 것을 깨달았다. 전투를 계속할 뜻을 강하게 내비치면서도 경계하며 리오와 거리를 벌렸다.

"소라."

"네!"

"이 사람을 뒤에 다른 사람들이 있는 곳까지 옮겨줄래?"

리오는 렌지가 경계하는 사이 기절한 히로아키를 소라에게 맡겼다. 이 자리에 내려온 뒤 리오가 처음 한 말이었다.

참고로 이름을 숨기거나 가명을 사용할지에 대해서는 사전에 상담했지만, 어차피 잊힐 테니 평범하게 이름을 불러도 특별한 문제는 없다는 소라의 주장에 그대로 이름을 부르기로 했다.

"알겠습니다!"

소라는 기절한 히로아키를 받아들고 등 뒤에 서 있는 로아나 일행에게 옮겨주었다.

'이 목소리⋯⋯.'

들은 적이 있는 걸까? 두근, 심장이 크게 뛰는 감각에 몸을 떤 세리아가 멍하니 리오를 바라보았다.

"자, 잘 돌봐주세요."

"네, 네에⋯⋯."

소라는 로아나에게 간병을 반강제로 떠맡겼다. 로아나는 주춤거리며 대답하고는 플로라와 함께 히로아키에게 회복마법을 쓰기 시작했다.

"음, 너는……?"

소라가 근처에서 멍하니 서 있던 세리아의 얼굴을 가까이서 보더니 무언가 눈치챈 듯한 표정을 지었다.

"소라."

"네!"

리오에게 이름이 불리자 곧 기쁜 얼굴로 대답한 소라는 그대로 주인을 따르는 강아지처럼 리오의 등 뒤로 돌아갔다.

"자꾸 미안해. 언덕 위에 있는 관문을 나오는 마차에 연보라색 머리를 한 여자가 타려는 모습은 봤어?"

리오는 소라에게 질문을 던졌다. 보라색 머리를 한 여자아이는 크리스티나를 말했다. 이곳에 내려오기 전 마차에 오르려던 크리스티나 주변으로 샤를이 이끄는 분대가 다가오는 것을 목격했던 것이다.

"네!"

"그럼 그 사람을 호위해서 이곳까지 데려와 줄래? 그러는 동안 난 이쪽을 정리해 놓을게."

크리스티나를 도우면 세계가 어떤 특정인을 지나치게 편드는 것으로 판단할 우려가 있었지만, 이미 발을 들인 일이었다. 리오는 소라에게 크리스티나의 구출을 부탁했다.

"맡겨주세요! 다만 송구하나 그 전에 하나만 조언을."

소라가 떠나기 전에 말했다.

"뭔데?"

"최단 시간으로 압도해서 한꺼번에 제압해주세요. 그럼

규칙 위반은 최소화할 수 있을 겁니다!"

"……알았어."

"그럼 다녀오겠습니다!"

씩씩하게 경례한 소라가 순식간에 그 자리에서 자취를 감추더니 언덕 위에 있을 크리스티나에게 향했다. 소라가 터무니없는 속도로 떠난 것을 보며 대부분의 사람들이 어안이 벙벙해 있을 때, 리오만은 어딘가 우습다는 미소를 짓고 있었다.

"뭘 웃는 거야?"

가면 사이로 엿보이는 리오의 미소가 못마땅했는지 렌지가 시비를 걸었다.

"……."

리오는 아무 대답도 하지 않았다.

그것이 더욱 신경을 거슬리게 한 것일까.

"……야, 왜 무시하는데. 이 상황에서 여유 있게 처신했다고 이겼다고 생각하는 건 아니겠지? 이 도시는 이제 끝이야. 도망칠 수 있을 거라 생각 마."

렌지는 일대의 하늘을 올려다보며 리오를 부추겼다. 현재 로다니아 상공에는 3백여 개가 넘는 벨트람 왕국 본국군의 공전기사들이 몰려들고 있었다.

레스토라시온에 남아있던 공전기사들은 이에 필사적으로 대처하고 있었지만, 백 이십 정도 남아있던 전력은 이미 백을 밑돌고 있었다. 다수를 상대로 열세로 버티고 있는 상황이라 이제부터는 더욱 가속도가 붙어 줄어들 것이다.

'확실히 이제 와서 전황을 되돌리긴 곤란해. 여기서 모든 가면을 소비할 수는 없어. 쓸 수 있는 가면은 한 개뿐. 개입은 필요 최소한으로 하자.'

전황을 뒤엎을 정도의 전력으로 싸우는 것은 상책이 아니었다. 게다가 용사인 렌지가 있어서 더욱 성가신 상황이다. 아이시아가 없는 지금 고위정령이 눈을 뜨기라도 한다면 감당하기 어려울 것이다.

'용사인 그가 강제로 동화되면 상황이 복잡해지니까 기절시키는 게 제일이려나.'

그런 생각을 한 리오는 정령술로 땅에서 길이 1미터 반 정도의 심플한 막대기를 만들어내 손에 쥐었다. 시간이 지남에 따라 자신에 관한 기억이 사라진다는 규칙도 존재하는 이상 더는 남의 눈을 꺼려 정령술의 사용을 제한할 필요는 없었다. 그 점에서는 지금까지보다 싸우기 수월할지도 모른다.

"그런 작은 막대로 뭘 하겠다는 거야?"

"……이 자리에 있는 사람을 도망치게 하는 것 정도는 할 수 있어."

리오가 처음으로 렌지의 말에 대답했다.

"……할 수 있다면 해 봐. 내 이 코키토스를 그딴 막대로 막아낼 수 있다면 말이지!"

렌지는 비꼬듯이 말하며 큰소리쳤다. 그대로 일직선으

로 간격을 좁히더니 할버드를 가로로 휘둘러 리오를 내리치려고 했다.

'……젊군요.'

훈련을 거치면서 강해지긴 했으나 아직 경험이 부족하다. 레이스가 렌지를 보고 내린 평가였다.

"윽?!"

그것을 뒷받침하기라도 하듯, 이미 깨달았을 땐 렌지의 눈앞에 리오가 내민 막대 끝이 다가온 상태였다. 막대기를 내미는 예비 동작을 극한까지 지워낸 깔끔한 일격이었다.

하지만 렌지도 허투루 훈련을 해온 것이 아니었다. 불시의 일격에도 경직되는 일 없이 반사적으로 회피 행동을 취했다.

"흡, 앗?!"

렌지는 백스텝을 밟으며 우쭐한 미소를 지었다. 하지만 그다음 순간, 뒤통수에 충격이 전해졌다. 렌지의 등 뒤에서 돌기둥이 솟아오르며 뒤통수를 정통으로 가격했다. 리오가 정령술로 발동한 것이었다.

"으악, 앗…….."

렌지의 몸이 앞으로 기울면서 중심을 잃고 휘청였다. 그때.

"끄악?!"

리오가 앞으로 나아가며 휘두른 일격이 렌지의 이마를 힘차게 찔렀다. 그 상태로 뒤로 날아간 렌지는 땅에서 솟은 돌기둥에 다시 뒤통수를 부딪쳤다.

"……."

뒤, 앞, 뒤. 세 번이나 세게 머리를 들이받은 렌지는 뇌진탕을 일으킨 것인지 그대로 쓰러졌다.

"자, 잔인해……."

가차 없는 일격을 보고 레이가 파랗게 질린 얼굴로 중얼거렸다. "하지만 후련해"라는 말도 함께 중얼댔다.

'완전히 기절시켜놓자. 그리고…….'

리오는 만일을 대비에 쓰러진 렌지의 머리를 만져 의식을 빼앗는 술을 발동시켰다. 그리고 히로아키와 렌지의 전투로 골목길을 막고 있던 얼음에 손을 대 순식간에 증발시켜 길을 확보했다.

"이게 무슨……."

대량으로 있던 얼음이 순식간에 사라지자 그 자리에 있던 사람들이 웅성거렸다.

'남은 건…….'

리오는 완전히 의식을 잃은 렌지의 몸을 들어 올리더니 레이스가 있는 방향으로 힘껏 내던졌다.

레이스의 전투력은 리오도 파악하고 있었다. 바람의 정령술을 통한 고속이동이 가능하다는 것을 알고 있었기에 도주에 전념하며 마구잡이로 공격을 날리면 꽤 성가신 상대였다. 다른 용병들도 방심할 수 없는데다 지금 이러는 동안에도 레스토라시온의 공전기사들 숫자는 계속 줄고 있었다. 가면의 내구시간도 있으니 리오로서는 장기전은 피하고 싶었다.

렌지를 인질로 잡았다가는 교착상태에 빠져 장기전이 될 것은 자명했다. 그렇다면 차라리 기절해서 걸리적거리는 렌지를 떠밀어 레이스의 기동력을 떨어뜨리는 편이 리오로서는 더 나았다.

그런 상황에서도 싸우겠다고 한다면 기절한 렌지를 안고 있는 레이스를 철저하게 저격할 것이다. 그런 의사표현을 위해 리오는 주위에 몇 개의 광구를 전개했다.

"이런……."

레이스가 렌지의 몸을 받아들었다.

그때였다.

끼긱.

리오가 착용한 가면이 소리를 냈다. 금이 간 것은 아니지만 규칙이 발동하고 있고 그 부하를 가면이 대신하고 있다는 증거였다.

"……."

리오는 가면을 살짝 손으로 만져보았다. 여기서 가면이 얼마나 더 버텨줄지는 리오도 몰랐다. 조금이라도 빨리 결판을 내야 했다.

"그렇게 무섭게 노려보지 않아도 금방 떠날 겁니다. 이 자리는 말이지요. 뭐, 도망칠 수 있다면 최대한 도망치세요. 그럼 갑시다."

레이스는 기절한 렌지를 안은 채 리오와 싸우기 싫었는

지, 혹은 리오와 싸울 생각이 애초부터 없었는지 주변에 있던 루치와 알레인 일행에게 철수를 지시했다.

"쳇……."

그들은 혀를 차면서도 레이스의 지시에 따라 그리핀에 올라탔다. 그리고 그대로 날아가 버렸다.

"……."

펼쳐놓은 광구를 조종해 추격할까도 고민했지만, 그렇게 해서 다른 전투가 벌어져도 곤란했다. 공격하는 것만으로도 특정세력을 편들었다고 판단될 우려가 있었다. 리오는 조심스럽게 주위에 전개한 광구를 껐다.

"리오 님!"

소라가 크리스티나와 유그노 공작을 양쪽 겨드랑이에 끼고 저공비행으로 언덕길을 내려왔다. 배후에는 바네사나 다른 호위로 보이는 자들이 있었다. 마법으로 신체능력을 강화한 것인지 황급히 소라를 쫓는 모습도 보였다. "기다려!"라든가 "놓치지 마!"라는 소리가 들려오는 것은 기분 탓이 아니리라.

'……뭐, 어쨌거나 임무는 달성해 줬으니까.'

아마도 소라는 충분한 설명 없이 이 자리에 무작정 크리스티나와 유그노를 데려왔으리라. 하지만 긴급사태이니 눈감아주기로 했다. 그때였다.

"……리오?"

세리아가 리오의 이름을 불렀다.

"어⋯⋯?"

리오는 사라 일행에게 보호받는 세리아 쪽을 바라보았다. 이름이 불려 순간 멈칫했지만, 초월자의 규칙은 발동하고 있었다. 세리아도, 사라도, 오피아도, 아르마도, 리오를 이미 잊고 있을 것이다. 소라가 부른 이름을 듣고 말한 것뿐이겠지. 가면을 벗고 시간이 지나면 언젠가는 이름도 잊어버릴 것이다.

"돌아왔습니다!"

소라가 리오의 곁에 착지하더니 크리스티나와 유그노 공작을 땅에 내려놓았다.

"뭐, 뭐야?"

"이게 대체 무슨 일인가?"

크리스티나도 유그노 공작도 몹시 당황하는 모습이었다.

"⋯⋯이 틈에 항구로. 마도선을 타고 당장 도망치세요."

리오가 여전히 가면을 쓴 채 크리스티나에게 지시했다.

"네, 네에. 당신은⋯⋯?"

"최소한의 시간은 벌어보겠지만 지체하면 안 됩니다. 서둘러 주세요."

리오는 하늘을 올려다보며 재촉했다.

"감사합니다. 다들, 서둘러 항구로 향해요! 자, 달리세요!"

리오가 가면을 벗으면 이 자리에서 있었던 대화도 점차 잊어버리겠지만, 크리스티나는 일시적이라고 해도 리오에게 감사를 표했다. 지체할 시간이 없다는 것은 사실이었다. 로다니아 상공에서는 현재 진행형으로 전투가 벌어지며 굉음이 울려 퍼지고 있었다.

낙하하는 기사들의 모습도 보였다. 크리스티나의 재촉을 받은 일동이 황급히 항구로 달려 나갔다.

"이봐……! 이게 무슨……?"

여기서 소라를 따라온 바네사 일행에 간신히 따라붙었다. 크리스티나와 유그노 공작을 납치하는 형식으로 여기까지 데려온 소라를 추궁하려는 것처럼 보였다.

"바네사, 뭐 하고 있어? 빨리 항구로 가야 해! 넌 히로아키 님과 플로라가 타는 마차를 호위하도록!"

크리스티나가 바네사를 발견하고 호통을 친다.

"아, 예! 너희들! 항구까지 공주님을 보호해라!"

"예!"

바네사와 기사들이 호위에 가담했다. 플로라, 로아나, 그리고 기절한 히로아키를 태운 마차도 앞서 달리기 시작했고 피난민들도 속속 이 자리를 떠나기 시작했다.

"……가자, 소라."

세리아 일행을 보호하고 싶었지만 동행할 수는 없는 노릇이었다. 그들에게 잠시 시선을 보낸 리오는 어딘가 쓸쓸한 표정으로 소라와 함께 떠나려 했다.

"세리아 선생님도 빨리……."

"아니, 잠깐만! 리오!"

크리스티나가 아직도 그 자리에 남아있는 세리아 일행에

게 이동을 재촉하려 하자 세리아가 리오의 이름을 외쳤다.

"……."

리오와 소라가 걸음을 멈추고 돌아보았다.

"나, 당신을 알아. 그래, 맞아. 내가 왜 잊고 있었던 거지? 리오, 리오……."

세리아는 그렇게 말하면서 눈물을 뚝뚝 흘렸다.

"무, 무슨 일입니까, 세리아 씨?"

사라 일행은 영문을 모르겠다는 얼굴로 크게 당황하고 있었다.

"……어째서, 다들 기억을 못 하는 거야?"

세리아가 울면서 그녀들의 얼굴을 바라보았다.

"맙소사, 말도 안 됩니다……."

신이 정한 규칙을 어째서?

소라가 경악했다.

"아니, 설마……. 저 얼굴, 저 머리색. 저 호문쿨루스 모습은 분명……. 그렇다면 이것도 리나의……?"

곧이어 소라가 흠칫 놀라며 세리아의 얼굴을 뚫어져라 바라보기 시작했다.

그때였다. 세리아의 몸에서 복잡한 마법진이 떠오르며 온몸에서 눈 부신 빛을 발하기 시작했다.

──성공이야. 아직 전부는 무리지만, 네게 맡길게. 그 애에게 다 전해주지 못한 것을.

"어, 어……?"

세리아는 당황하며 주위를 두리번거렸다.

'……무슨 일이지? 무슨 일이 일어나는 거지?'

영문을 모르긴 리오도 마찬가지였다.

초월자는 스스로의 권능을 행사할 때마다 세계에서 존재가 잊히게 된다. 초월자를 특정할 만한 정보는 사람들의 기억에서 모두 빠져나간다.

심지어 정체를 숨기고 다가가더라도 초월자는 사람들의 기억에 남기 어려운 존재가 된다고 한다. 초월자를 기억할 수 있는 존재는 초월자와 권속뿐이다. 그것이 신이 정한 초월자에 관한 규칙이었다.

그럼에도 세리아는 리오를 떠올렸다. 명백하게 리오가 아는 초월자의 규칙을 벗어난 사태가 발생하고 있었다.

왜?

어째서?

리오의 뇌리에 의문과 당혹감이 가득했다.

하지만, 그 밖에도 솟구친 감정이 있었다.

그것은…….

희망.

기대.

예감.

환희.

눈앞에서 일어나는 기적에 감정이 홍수가 일듯 밀려왔다.

신이 정한 규칙이다.

저항할 수 있을 리가 없다고 마음 한구석에서 체념하고 있었다.

하지만…….

누군가가 원했던 것이다.

누군가가 그려본 것이다.

그러면 좀 어때. 인류와 세계 전체의 이익을 위해 써야 할 힘을 소중한 사람들만을 위해 쓰면 좀 어때.

그러면 좀 어때. 모두가 잊어버리는 사람을 기억해주는 자들이 있으면 좀 어때.

그러니까…….

이는 신이 정한 슬프디슬픈 규칙을 어기는 이야기라고.

잃었던 인연을 되찾는,

그런 이야기라고.

분명 그런 것이기를…….

리오는 간절히 빌었다.

【 에필로그 】 ❈ 상봉

장소는 가르아크 왕성으로 이동한다.

로다니아에 벨트람 왕국 본국군의 마도선이 몰려오고 있는 반면, 가르아크 왕성에는 센트스텔라 왕국의 마도선이 도착하고 있었다.

새로운 용사로 들어온 마사토와 그에게 말려들어 함께 전이된 리리아나를 보호하기 위해 찾아온 것이었다.

새롭게 용사가 된 마사토가 향후 가르아크 왕국과 센트스텔라 왕국 중 어느 쪽에 소속되게 될지 논의할 예정이었다.

먹구름까지는 아니지만 양국의 대표자들 사이에는 혹여 상황이 틀어지지 않을까 하는 묘한 긴장감이 감돌았다.

한편, 양국의 심정과는 무관하게 오랜만에 재회하게 된 자들도 있었다. 한쪽은 가슴에 희망을, 한쪽은 가슴에 충격을…….

"안녕……."

재회한, 그들의 이름은.

"또 만났네, 미하루."

아야세 미하루.

그리고 센도 타카히사였다.

◖ 후기 ◗ ✦

여러분, 안녕하세요. 키타야마 유리입니다.『정령환상기 21. 용의 권속』을 읽어주셔서 진심으로 감사합니다.

TV 애니메이션『정령환상기』의 1기가 무사히 종료한 이후 첫 번째로 나온 책입니다. TV 애니메이션 1기 방송이 종료된 것이 2001년 9월 하순이니 빠른 속도로 5개월 하고도 조금의 시간이 더 지나갔습니다.

이미 아는 분도 많으시겠지만, TV 애니메이션『정령환상기』는 2기 제작도 결정되었으니 다음에 나올 정보를 기대하며 기다려 주신다면 좋겠습니다! 저도 벌써부터 기대가 됩니다! 2기에서는 어디까지 다루게 될까요! 두근두근!

그 얘기는 잠시 놔두고, 또 하나 알려드릴 것이 있습니다! 무려『정령환상기』의 드라마 CD 제4탄의 제작도 결정되었습니다! 이쪽은 발매 시기가 정식으로 결정되어 소설 22권 특장판에 수록될 예정입니다. 드라마 CD 안에서 리오와 주변인물들이 어떤 이야기를 펼쳐나갈지 함께 기대해 주신다면 좋겠습니다!

참고로 본 책의 말미 예고에도 나와 있듯이『정령 환상기 22. 순백의 방정식』은 여름 발매 예정입니다. 그럼 홍보도 끝났으니 21권의 전개를 이어 22권은 어떻게 될지 알려드리고자 본권(21권)의 이야기도 나눠보겠습니다.『정령

『환상기 21. 용의 권속』은 어떠셨나요?

지금까지 이야기할 기회가 없었던 복선이나 설정이 대량으로 알려지는 한 권이 될 거다! 라는 마음으로 집필했는데, 애석하게도 20권에 걸쳐 쌓아 온 복선의 대답으로서 새로운 설정 등이 나열되었기 때문에 정보를 정리하기 매우 어려운 한 권이기도 했습니다.

어찌어찌 당초 예정대로 간행할 수는 있었습니다만, 저의 집필 일정이 늦어져서 담당 편집자님이나 Riv 선생님께 큰 폐를 끼쳤습니다. 정말 죄송합니다.

본 작품이 항상 이렇게 무사히 간행되는 것은 담당 편집자님과 Riv 선생님께서 굉장히 열심히 애써주시고, 두 분이 정말 우수하신 분이기 때문입니다. 항상 감사합니다! 이 자리를 빌어 진심으로 사과와 감사를 드립니다!

그리고 집필하면서 생각했습니다. 머리가 좋아지고 싶다고 말이죠. 본편에서 심각한 전개가 이어지면서 쓰고 싶은 것을 제대로 써내기 위해 머리를 써서 집필해야 하는 경우가 늘어나고 있습니다. 그러한 장면에서도 몇 번이나 고쳐 쓰지 않고도 술술 집필할 수 있게 되고 싶다고 절감했습니다.

그리고 또 "기분 전환도 겸해 '아마카와 경의 식탁.'이라는 느낌으로 한 회마다 독립된 스핀오프 작품을 만들어 보고 싶네. 리오들이 만든 밥을 작중 캐릭터들이 먹고 어떤 반응을 보이는지 그저 구경하면서 히죽거리고 싶네. 가능하면 비누나 목욕을 경험한 캐릭터들의 반응을 그려보는 것도 좋겠다. 만화로 볼 수 있다면 최고겠네"라는 식으로 반쯤은 현실도피, 반쯤은 진심으로 생각하고 있었습니다 (웃음). 아니 근데 정말로 만들고 싶다!

이야기가 잠시 샜습니다. 21권만으로는 아직 회수를 다하지 못한 복선이나 미처 다 이야기하지 못한 세계의 수수께끼가 많이 있습니다. 작품이 흥미진진해지는 것은 지금부터입니다. 이번 권은 그것을 위한 예비지식 같은 느낌이랄까요. 사실 제가 정말 쓰고 싶은 내용도 여기서부터입니다. 21권을 다 읽은 여러분도 "아니, 이제부터 재미있어지려는데 다음 권 어디 있어!"라고 생각하시지는 않았나요? 만약 그렇다면 정말 행복할 것 같습니다.

본편에서는 믿음직한 캐릭터도 추가되었으니 앞으로는 그 아이도 함께하며 세계의 수수께끼를 풀고, 잃었던 것을 되찾는 여행이 될…… 예정입니다!

마지막으로 작품을 늘 읽어주시는 여러분과 작품에 관련된 모든 관계자 여러분께 진심으로 감사드리며, 22권에서도 다시 여러분을 뵐 수 있다면 좋겠습니다.

2022년 2월 초 키타야마 유리

정령환상기

정령환상기

22. 순백의 방정식

신이 정한 절대적이고 무자비한 규칙
그러나 변화는 소년의 바로 곁에 있었다.
그것은 우연의 기적일까, 아니면 필연일까?

유일하게 확실한 건
이 인연을, 잃고 싶지 않다는 것.

한편, 화염의 용사인 소년은,
그토록 그리던 소녀 곁에 다시 나타난다.

이번 기회에 미하루도
센트스텔라 왕국에 와주지 않겠어?

SEIREI GENSOUKI Vol.21

ⓒYuri Kitayama
Originally published in Japan in 2022 by HOBBY JAPAN CO., Ltd.
Korean translation rights ⓒ2022 by Somy Media, Inc.

정령환상기 21 —용의 권속—

2022년 12월 14일 1판 1쇄 발행

저　　자 키타야마 유리
일러스트 Riv
옮 긴 이 이은혜
발 행 인 유재옥
본 부 장 조병권
담당편집 정영길
편 집 1 팀 김준균 김혜연 박소연
편 집 2 팀 정영길 조찬희 박치우 정지원
편 집 3 팀 오준영 이해빈
디 자 인 김보라 박민솔
라이츠담당 김정미 맹미영 이승희 이윤서
디 지 털 박상섭 김지연
발 행 처 ㈜소미미디어
제 작 처 코리아피앤피
등　　록 제2015-000008호
주　　소 서울시 마포구 토정로 222, 403호 (신수동, 한국출판콘텐츠센터)
판　　매 ㈜소미미디어
마 케 팅 한민지 최정연 박종욱 최원석
물　　류 허석용
전　　화 편집부 (070)4164-3962, 3963 기획실 (02)567-3388
　　　　 판매 및 마케팅 (070)4165-6888 Fax (02)322-7665

ISBN 979-11-384-1329-9 (04830)
ISBN 979-11-6611-646-9 (세트)